新潮文庫

抹　殺

古着屋総兵衛影始末 第三巻

佐伯泰英著

新潮社版

9126

目次

抹殺

古着屋総兵衛影始末 第三巻

序章　後継

江戸の正月元旦《がんたん》は徳川御三家に御家門《ごかもん》、譜代大名、幕閣ならびに城中諸役人の登城拝賀で始まる。朝六つ半（七時頃）には烏帽子大紋《えぼしだいもん》の行列が晴れやかに城に向かう。さらに二日は外様《とざま》大名、三日には諸大名の嫡子《ちゃくし》、家康以来の古町《こまち》町人などが将軍家への拝賀に押しかける。

元日は大手万歳　市のよう

三河万歳のような烏帽子大紋が町じゅうに溢《あふ》れるのが江戸の正月だ。

元禄《げんろく》十六年（一七〇三）元旦、日本橋富沢町の大黒屋《だいこくや》では、大晦日《おおみそか》の喧騒《けんそう》が終わって一刻《とき》（二時間）後の七つ（午前四時頃）時分、大番頭以下、住み込みの奉公人たちが鳶違《とびちが》え双紋《ふたつもん》を染め抜いた海老茶《えびちゃ》の戦衣《いくさごろも》に身を包んで、普段はかぎられた者しか立ち入りのできない地下大広間に集まって主《あるじ》の前にかしこまる。

大黒屋の二十五間（約四五メートル）四方、六百二十五坪の敷地中央、主総《そう》兵衛《べえ》の屋敷下に広がる空間は鳶沢《とびさわ》一族の城であり、一族の結束の証《あか》しであり、神君家康以来の影の使命を象徴していた。

そこに集うとき、大黒屋の主の顔はなく、奉公人の姿は消え、各々《おのおの》は鳶沢一族の頭領鳶沢総兵衛勝頼《かつより》であり、忠義の臣であった。

神棚に二礼二拍手一礼をなした一同は、初代鳶沢総兵衛成元《なるもと》の木像に向かい、

「われら鳶沢の者ども、家康公との誓い忘れまじ、違《たが》えまじ。違約のときは死をもって身を処すべし」

と百年の誓いの言葉を唱和した。

その後、勝頼と臣下の一人ひとりが屠蘇《とそ》を酌《く》み交わして元旦の儀式は終わり、ようやく床に入る。

古着屋商いは正月三が日は休み。大黒屋としての年賀は、お昼過ぎに総兵衛の住まいの広座敷に席を設けて、

「明けましておめでとうございます」

と主以下、奉公人が賀意を交わした後、打ちそろっての祝宴を始める。

正月二日目、大黒屋の大番頭笠蔵《かさぞう》は、いつもの新春と同じように得意先の年始回りに出て風邪を引いた。

三日から床について自慢の薬草をせんじて飲んだが、加減はどうにもよくならない。四日の初仕事もお店《たな》の二階の自室で過ごすことになった。

総兵衛は、

「日頃の無理がたたったのであろう。ゆっくりと養生することです」

と奥向きの女中おきぬに伝えさせたが、手代の駒吉《こまきち》などは、

「ありゃ、鬼の霍乱《かくらん》。私どもに骨休めをせよとのご託宣ですよ」

と陰口を叩《たた》いていた。

正月の七日、おきぬは、なずなや青菜を炊《た》きこんだ餅《もち》入りの粥《かゆ》を笠蔵の枕辺《まくらべ》に運んだ。

大番頭の部屋は入堀に面した二階の八畳間に六畳の控え間がついており、漢方薬に関する書物が積みあげられ、乾燥した薬草が壁に吊《つる》されて、机の上には

乳鉢、薬研《やげん》などが置かれ、まるで薬種問屋に迷いこんだようだ。

「すまないねえ、おきぬさん」

笠蔵は洟《はな》を啜《すす》りながら、床に起きあがった。

「旦那《だんな》様は、この際、大番頭さんに湯治に行ってもらおうかと気にかけておられますよ」

「湯治なんて滅相もない。なあに気がかりがなくなれば簡単に治ります」

「病《やまい》のおりになにやかやと気を揉《も》むのが一番悪いことです」

「そうはいってもな」

笠蔵は餅入りの粥を啜った。すると腹が温まり、なんだか元気が出てきたようだ。

「旦那様はおられますか」

「いえ、昨夜より幾《いく》とせにお泊まりです」

総兵衛が船宿幾とせの千鶴《ちづる》のもとに出かけていることをおきぬは告げた。

千鶴は総兵衛とは幼馴染《おさななじ》み、互いに思い合っていることを大黒屋の奉公人ならだれもが承知していた。

笠蔵はしばし思案するふうに小首を傾《かし》げたがおきぬに訊《き》いた。

「信之助《しんのすけ》はどうしております」

信之助は笠蔵に次ぐ地位の一番番頭だ。また鳶沢一族の故郷《くにもと》、駿州《すんしゅう》鳶沢村にある分家の次男でもある。笠蔵は日頃から信之助を自分の後継者として考えていた。

「帳場におられると思いますが」

「呼んではもらえませぬか」

おきぬは食べ終えた粥の椀《わん》を持つと、

「無理をなさらぬように」

と大番頭に仕事のことは気にかけぬように注意した。

「おきぬさん、そなたも同席してくだされ」

「私もでございますか」

笠蔵の用件はおきぬの見当と違うようだ。

信之助はおきぬからそのことを聞き、早々に笠蔵の部屋に上がった。

おきぬも茶を三つ用意してふたたび笠蔵のところへ戻った。

「二人してすまないね」

笠蔵は言うと、

「こうして寝ついてみるといろいろ考える」

信之助もおきぬも用件を察しかねていた。

「旦那様のことです」

「旦那様……」

おきぬの顔に迷いが生じた。

総兵衛には古着問屋の大黒屋主人の顔と鳶沢一族の頭領としての鳶沢総兵衛勝頼の貌《かお》の、二つの姿があった。

「後継者です」

笠蔵にずばりと言われて、二人はようやく合点した。

「こうやって病に倒れてみますとな、なんとも鳶沢一族に嫡子がいないのが気になりましてな、死ぬにも死にきれません」

「大番頭さん、風邪くらいで死ぬだなんて」

おきぬが苦笑いした。

「いや、笑いごとではありませぬ。大黒屋にとっても鳶沢一族にとっても勝頼様に後継者がないのはわれらおそばに仕える者の怠慢……」

鼻にずれた眼鏡ごしに笠蔵が信之助を睨《にら》んだ。

信之助は黙したままだ。

「大番頭さん、どうしようというのです」

鳶沢一族の頭領の嫁は、一族の娘という不文律があった。鳶沢総兵衛成元と家康とが交わした極秘の使命を守るためだ。家康に命を助けられた初代は、徳川一門が危機に見舞われたとき、陰から守護するという極秘の任務を授けられ、密約を交わした。

元和《げんな》二年（一六一六）四月二日のことだ。

鳶沢一族がこの使命を果たすために家康は自分の埋葬地に決めた駿州久能山《くのうざん》の裏手、鳶沢村に所領地を与えた。さらに陰の護衛役の隠れ蓑《みの》として千代田城からほど近い富沢町に拝領地と古着商いの権利を許し、代々の総兵衛は古着商の惣代《そうだい》を務めてきた。

徳川家康が死して九十年近く、統治の機構は複雑かつ形骸化《けいがいか》して、家康の意向は薄れていこうとしていた。およそ鳶沢一族の極秘の働きを知る者は、幕閣の一人に連綿と極秘に継承される〝影〟の存在だけである。元禄十四年、五代将軍綱吉の側用人柳沢保明《そばようにんやなぎさわやすあきら》によって、大黒屋総兵衛は古着屋惣代の地位を奪われていた。〝影〟の仕事と古着商いの束ねは、家康以来不可分のものであった。

鳶沢一族にとって第一の危難といえた。

第二の危難は昨年のことだ。

〝影〟からの指令、吉良上野介義央《きらこうずけのすけよしなか》の首を狙《ねら》う元赤穂《あこう》藩士らの殲滅《せんめつ》を命じられたにもかかわらず、総兵衛は大石内蔵助《くらのすけ》を頭領とする赤穂浪士の討ち入りを助けて、成功させていた。〝影〟の命《めい》に背いたのは六代目の総兵衛にして初めてのことだ。

当然、〝影〟からなんらかの沙汰《さた》があると推測された。だからこそ元禄十五年十二月十五日未明の元赤穂藩士の討ち入りの後、総兵衛も一族の者たちも〝影〟の動きを気にかけて緊張のままに過ごしてきた。

だが、年が暮れ、新年が明けたが動きはない。

そんな年始、総兵衛が千鶴のもとへ出向いたのはひさしぶりのことであった。

「二人に相談というのは千鶴様のことです」

船宿幾とせの亡《な》き主丈八《じょうはち》と先代の総兵衛とは肝胆相照らす仲で、当代の総兵衛と千鶴の仲もそんな背景があってのことだ。そのことを、笠蔵らは承知していた。

信之助は心のうちで察していたことがあたったかとうなずき、おきぬは、はっとした。

おきぬは総兵衛に密《ひそ》かに恋心を抱いていたが、それを面《おもて》に出さないように努めてきた。

「千鶴様が鳶沢の者ではないことが二人の婚姻を妨げ、ひいては一族の後継者なき状態に陥らせている因《もと》です。このことは二人に説明するまでもない」

笠蔵は舌が乾いた様子で茶を啜った。

「総兵衛様は千鶴様を慕われ、嫁にと願っておられながら、一族の秘密を守るために言いだしかねておられる。そのことを打ち破るのは、われらおそばにいる者の務めです」

「大番頭さん、鳶沢の頭領の嫁は同じ血を分けたものに限られます」

信之助が初めて口を開き、釘《くぎ》を刺した。

三人にとっては自明のことだ。

笠蔵は大きくうなずき、

「二人に大黒屋と鳶沢一族の内憂外患を話すまでもないな」

と念を押す。

「一に惣代剝奪《はくだつ》、二に〝影〟様との対立……」

「さようです、信之助」

笠蔵は息を整えた。

「鳶沢一族の危急存亡の秋《とき》といってよい。そのおりに総兵衛様に鬱々《うつうつ》としたものを一つでも残しておいてよいものか。千鶴様はたしかに鳶沢一族の者ではない。ないが鳶沢一族の任務にからんで拐《かど》わかしに遭われたこともある。なにより先代以来の昵懇《じっこん》の付き合い、大黒屋の内情は、およそ知っておられる……」

「大番頭さん、不都合は鳶沢一族に課せられた使命をご存じないことです」

「信之助、すでに千鶴様がご存じとしたら」

「総兵衛様が話されたといわれるか」

信之助の舌鋒《ぜっぽう》が鋭くなった。

「いや、旦那様がそのような人物でないことはそなたも承知しておろう。千鶴様はこれまで総兵衛様とご一緒のときにたびたび襲われておられる。なぜそのようなことが起こるのか、聡明《そうめい》な千鶴様なら、われら一族の特命をおよそ察しておられるであろう。おきぬにはいささかつらいことかもしれませんが、総兵衛様と千鶴様はもはや夫婦同然の間柄……」

おきぬがうなずいた。

「ならばお二人の間には暗黙のうちにわれらの秘密を守る約束ができておるということです。だが、お二人とも一族のことをおもんぱかって口にはされない」

信之助が瞑目《めいもく》して顎《あご》を小さく振ると言った。

「そこでわれらが総兵衛様と千鶴様の後押しをしようというのですか」

笠蔵がうなずき、二人の顔を見た。

「大番頭さんのお考えに賛同します」

とおきぬが言った。

「大番頭さん、おきぬさん、その前に踏まねばならない手続きがある」

信之助が言い、笠蔵がうなずいた。

「分家の鳶沢次郎兵衛《じろべえ》様の了解をとることじゃな」

笠蔵が訊いた。次郎兵衛は総兵衛の叔父であり、信之助の父親であった。

信之助が首肯した。

鳶沢一族の行動は江戸の大黒屋と駿府の鳶沢村で暮らす一族の二つからなる。

重大な決定は鳶沢村の長《おさ》、鳶沢次郎兵衛の了解なくしては実行に移せない。

「手紙などでは分かりにくうございます」

「総兵衛様はこの笠蔵めを湯治に行かせるお気持ちとのこと。ならば、その機会を利用して駿府まで足を延ばしてきましょうか」

「それは重畳《ちょうじょう》、よい思案にございます」

「大番頭さん、善は急げと申します」

二人が口々に賛同の言葉を告げた。

「ならば今夜にも湯治の件をお願いしてみます」

笠蔵はほっとしたように肩の力を抜いた。

総兵衛はその時刻、思案橋の船宿幾とせの離れの部屋の寝床に一人いた。

火鉢の鉄瓶がちんちんという音を気怠《けだる》くたて、障子越しに淡い新春の明かりが差しこんでいた。

正月も七日、総兵衛は心地好《よ》い開放感とともに年来の危惧《きぐ》を感じていた。

総兵衛は寝床から銀煙管《ぎんぎせる》と煙草盆《たばこぼん》を引き寄せ、朝の一服を吸った。常々、

（千鶴のことをなんとかせねばなるまい）

と思いつつも、総兵衛から一族の仕来《しきた》りを破る話を配下の者たちにできなかった。

「おはようございます」

二十になったばかりの千鶴が盆に茶と梅干しを載せて運んできた。

晴れやかな加賀友禅の御召しの、顔には薄化粧が刷《は》かれて、初々《ういうい》しい色気が漂っていた。それは二人がひさしぶりに床をともにして、互いの肌を確かめ合ったことから生まれた官能の名残りであった。

障子の向こうから入ってきた冷気が部屋の温《ぬく》もりをかき乱し、総兵衛の頭を

冷やした。

「刻限はどうか」

「四つ（午前十時頃）時分にございます」

「もはやそんな時刻か」

普段の総兵衛の日課は、夜明け前に刃渡り四尺（約一二〇センチ）になんなんとする馬上刀を緩やかに使う鳶沢総兵衛勝頼として始まる。

代々鳶沢一族の頭領を継ぐ者は、祖伝夢想流の剣技の修行を課せられる。

当代の総兵衛は実戦剣法にくわえて、自らの創意を取りこんだ秘剣落花流水剣法の会得者《えとくしゃ》であった。が、船宿である千鶴のもとにいるときのみ、稽古《けいこ》を休んだ。

「笠蔵様の風邪の具合はいかがにございますか」

千鶴がお茶を淹《い》れながら訊《き》いた。

床を出た総兵衛が、

「なかなか抜けぬようでな、困っておる。日頃の疲れが重なったものと思うて湯治へ行かぬかともちかけたのじゃが、当人がうんと言わぬ」

「それは困りましたな」

茶が千鶴の手から総兵衛に渡され、一口喫した総兵衛が、

「千鶴、そなたのことじゃ」

と言いだし、千鶴は千鶴でぎくりとした。が、素知らぬ顔に変えて訊いた。

「私のこととは……」

「いつまでもこのままではいかぬ。そなたの母も心配しておられるであろう」

「私と総兵衛様の仲は亡き父が承知のこと、心配いりませぬ」

と答えながらも千鶴が頬を染めた。

十五年も前の春、二人は千鶴の父親の丈八が櫓《ろ》を漕《こ》ぐ新造船で、鐘《かね》ヶ淵《ふち》に花見に行った。総兵衛が十六、千鶴が五つのおりだ。そのとき、千鶴は総兵衛に、

「大きくなったら千鶴は総兵衛さまのお嫁さんになってあげる」

と指切りをさせて約束させたものだ。丈八はその光景をじつにうれしそうに眺めていたのだ。

「千鶴、おれは信之助に大黒屋総兵衛の地位と名を譲ろうかと思う」

「なんと……」

「隠居をすれば千鶴と二人、だれに気兼ねなく暮らしていけよう」

「いけませぬ」

唐突とも思える発言に千鶴は叫んでいた。

「総兵衛様あっての大黒屋にございます。笠蔵様らもお許しになりませんでしょう。それにだいいち信之助さんが承知なさいませぬ」

「承知せぬか」

「それに」

「それになんじゃ」

総兵衛には商人とは別の貌《かお》があることを察していた。だが、口には出せぬことであった。

総兵衛は千鶴に答えを求めて迫った。

「千鶴はこのままでようございます」

口と腹が裏腹なのは二人とも承知していた。

「おれは……」

と言いかけた総兵衛が口を閉ざした。

「なんでございますな」

「千鶴、そなたの子が欲しい」

総兵衛は思いきったように言った。

千鶴がぎくりと顔を総兵衛に向けた。

「真実《まこと》にございますか」

「嘘《うそ》偽りを言ってなんになろう、千鶴」

「うれしゅうございます」

薄化粧の顔を染めた千鶴を総兵衛は引き寄せた。すると千鶴はなすがままに身を預け、総兵衛の手を取ると、ゆっくり自分の腹の上に置いた。

「もはや総兵衛様の子が」

「なんと言うた、千鶴。もはやわれらのやや子が腹に宿っておるのか」

総兵衛は千鶴の顔を引き寄せると確かめた。

「はい」

「なんとうれしいことじゃな」

千鶴との子は、七代目鳶沢総兵衛を継ぐ可能性があった。

(だが、どうしたものか)

離れにやってくる足音が響いた。

千鶴が総兵衛の胸から上体を離した。

「総兵衛様、七草粥《ななくさがゆ》ですよ」

千鶴の母親のうめの声がして障子が開けられた。

盆に載せられたお椀《わん》から新春の香りが漂ってきた。

「すまぬな」

総兵衛が声をかけるとうめが、

「あっ、そうそう、総兵衛様宛《あて》に文を置いていったものがございますよ」

「なにっ、私宛に」

千鶴が心得て、盆に載せられた文を取り、総兵衛に渡した。

表書きはない。だが、裏を返すと〝やはち〟の崩し文字が記されてあった。

初代の〝影〟本多正純《ほんだまさずみ》の通称弥八郎からきていた。〝影〟からのつなぎがついにきた。

(とうとうきたか)

〝影〟が動いた。

鳶沢一族の命運を分ける対決の呼び出しであった。

「総兵衛様、なんぞ不都合にございますか」

うめの声がのんびりと部屋に響く。

千鶴が総兵衛の気配を窺《うかが》っている。

「なあに年を越した挨拶《あいさつ》状よ」

総兵衛はなかを読もうともせずに懐《ふところ》に〝影〟からの呼び出し状をしまった。

第一章　対決

一

　その未明、鳶沢《とびさわ》総兵衛勝頼はいつものように供に鳶沢信之助をともない、徳川家の菩提寺《ぼだいじ》の一つ、三縁山《さんえんざん》増上寺内東照宮の内宮拝殿前に座していた。

〝影〟からの呼び出しに応じてのことだ。

　瞑目《めいもく》して待つ主従の耳に芝の切通しの七つ（午前四時頃）の時鐘が響いてきた。すでに待機して一刻《とき》半（三時間）が経過しようとしていた。

　だが、〝影〟が姿を見せる様子はない。二人は身動《みじろ》ぎもせずに待った。

　総兵衛の膝《ひざ》の前には初代成元が家康から拝領した三池典太光世《みいけでんたみつよ》刃渡り二尺三

寸四分（約七〇センチ）がおかれてあった。茎《なかご》には葵《あおい》の紋が刻まれ、葵典太と呼ばれる逸品だ。

三段突きの槍《やり》の名手として一族のなかで知られる信之助も腰に脇差《わきざし》を、かたわらには大刀を引きすえて、異変に備えていた。

だが、明け六つ（午前六時頃）の鐘が鳴ってもついに〝影〟は姿を現わさなかった。

総兵衛の体がゆらりとゆれて立ちあがった。

信之助も従った。

二人は緊張を保ちつつ、寺内を抜けて将監橋際《しょうげんばしぎわ》に止めた屋根船に戻った。

船頭を務める手代の駒吉の顔も引きつっていた。

二人は早々に船に入った。

駒吉が船を堀に出す。

障子を立てまわした屋根船のなかで、総兵衛と信之助は紋服大小の武家から商人の装《よそお》いに手早く身を変えた。

主従は対座した。

総兵衛は銀煙管《ぎんぎせる》で一服点《つ》けた。

「なにか異変なれば、知らせが入る手筈《てはず》にございます」

信之助が言った。

二人の夜行には鳶沢一族の者たちが隠密《おんみつ》のうちに付き従っていた。

「異変といえば〝影〟の欠席よ」

「尋常ではありませぬな」

「いや」

総兵衛が紫煙を吐いた。

「われらに〝影〟からの呼び出しがあるとき、徳川家の危難が迫ったときに限られていた。が、このたびはわれら鳶沢一族の違約を責めるための呼び出しと推察された」

「呼び出しに応じたわれらをないがしろにされた」

「信之助、それが答えということであろう」

「〝影〟様の意思に、ございますか」

「鳶沢一族と〝影〟は家康様の御起請文《ごきしょうもん》と割花押《わりかおう》で結ばれておる」

家康は〝影〟と鳶沢一族の頭領それぞれに直筆《じきひつ》の御起請文を与え、二つの書き付けは割花押で一致するようになっていた。

〝影〟から指令あるとき、東照宮内殿で二つの御起請文は合わされて、〝影〟であることと鳶沢総兵衛であることが証明された。それは連綿と八十余年にわたり繰り返してきた儀式であり、信頼の証《あか》しであった。また家康がもたらした徳川幕府と一門を陰から護衛する機関が機能しつづけていることを示していた。

「われらを呼びだし、〝影〟自らは姿を見せぬ。これがわれら鳶沢一族への縁切り状であらずして他に考えられるか」

「交戦の意思を示したものと考えてようございますか」

「家康様は〝影〟とわれらが対決するなどお考えもしなかったであろうな」

総兵衛は深慮遠謀の家康の奇策をふと考えた。

「総兵衛様」

信之助が問いかけた。

「昨年の春、〝影〟様のご命令に違約なされ、大石一派の討ち入りを助けられました。改めてお尋ねいたします」

「なにゆえ違約したと尋ねるか」

「はい」

返答しだいでは鳶沢一族の長として資格が問われることになる。

〝影〟の命《めい》は家康の意志であった。

「信之助、大石一統を助けたは、家康様ご存命なれば、同じ行動をとられたと考えたからじゃ。〝影〟はあの夜、この総兵衛に『……赤穂藩士が徒党を組みて、江戸入りをはたす所存ならば、府内に入る前に阻止し、ことごとく討ちはたせ』と命じられた」

信之助はその後の総兵衛の言動からそのことを察していた。が、そのことを総兵衛の口から聞くのは初めてであった。

「家康様との約定により、〝影〟からの命令は絶対である」

このことは鳶沢一族が守らねばならない第一のことであった。

「だがな、信之助、〝影〟が私利私欲に走って、幕閣のどなたかと手を結び、その人物の意思で、われらに命じたとしたらどうなるな」

「さてそれは」

信之助は返事を渋った。

「〃影〃の命がだれぞの意を受けたものとしたら、それはもはや家康様の考えられた〃影〃とはいえぬ、そうではないか、信之助」

「……………」

「あの夜、〃影〃に反問した。ご用命の背後に道三河岸《どうさんがし》（柳沢保明）の意向はないやとな。すると『鳶沢総兵衛、身のほどを知れえ！ 〃影〃の命は何人《なんぴと》にも左右されることなし』と激昂《げっこう》した一喝が戻ってきた。おれはな、その言葉を信じたかった。が、胸にわき起こった疑惑はどうにもならなかった」

信之助は鳶沢一族の苦悩を目《ま》の当たりにして、恐れおののいた。

「おれが鳶沢村に隠棲《いんせい》したのは、家康様のご意志を確かめるためじゃ」

信之助は、総兵衛が懊悩《おうのう》のはてに得た答えを知っていた。その後に続く柳沢保明との暗闘が、総兵衛の決断を自ずと示していた。

「信之助、あのとき、われらが大石一統の江戸入りを阻止して、討ち果たしていたらどうなったな。徳川幕府の威信が保てたか、武家諸法度《ぶけしょはっと》をねじ曲げたうえに力で大石らの忠義の企てを潰《つぶ》す行動が世間に支持されたか」

「………」

「そのとき、徳川幕府は不信に揺らぎ、人心を失う。これこそ、徳川の危難と言わずしてなんという」

信之助は鳶沢一族の頭領を正視した。

大石内蔵助《くらのすけ》ら四十六士（寺坂吉右衛門《てらさかきちえもん》が引き揚げの最中に別行）は熊本藩細川家ら四藩に預けられ、幕府の決断を待っていた。

討ち入りの直後から澎湃《ほうはい》として四十六士の忠義の行動を支持し、助命する声が江戸じゅうから上がっていた。それは幕府がとった、大名の処遇にもあるまじき浅野内匠頭《たくみのかみ》の庭先切腹、喧嘩《けんか》両成敗の原則を無視した高家吉良上野介《こうけきらこうずけのすけ》お構いなしの沙汰《さた》を非難する声でもあったのだ。

幕府としても大石らの処置を間違えば、幕府の屋台骨を揺り動かす原因となり、後々に大きな禍根を残すことになると考えた。

綱吉に近い儒学者室鳩巣《むろきゅうそう》は、大石ら御預けちゅうから『赤穂義人録《あこうぎじんろく》』を書き始め、大石たちの行動を賛美した。さらには水戸徳川家の彰考館《しょうこうかん》に集まる学者の一人、三宅観瀾《みやけかんらん》も『烈士報讐録《れっしほうしゅうろく》』を記して、その行動を顕彰しようとさえした。当初、罪人赤穂浪士と呼ばれていた大石らは忠義の士、赤穂義士と呼ばれるようになっていく。

反対に荻生徂徠《おぎゅうそらい》は、『赤穂四十六士論《あこうしじゅうろくしろん》』において、

「義央《よしなか》(吉良)、長矩《ながのり》(浅野)を殺さんとせしに非《あら》ず。君の仇と謂《い》うべからざるなり」

と書いて幕府のとった行動を支持した。しかし、大半の人々は、

「四十六士の行動は忠義の発露に紛れることなし」

と絶賛したのだ。

それが大石らの処罰を巡る動きであり、信之助も総兵衛の決断があればこその討ち入りであったと承知していた。

「信之助、おれがとった行動が鳶沢一族の頭領として正しかったか、間違っていたか、〝影〟との戦いのなかに定まっていくであろう」

「総兵衛様、われらは鳶沢の頭領のご意志に従います」

「ありがたい」

「ただ、〝影〟様とのつながりなりたたずば、鳶沢一族の使命もこれにて終わ

ることもまた必定にございます。どうしたもので」

総兵衛はうなずくと、

「まずは〃影〃がだれか探りだすことじゃ」

「ならば筆頭老中の土屋《つちや》相模守政直《さがみのかみまさなお》様ら四人と若年寄加藤越中守明英《かとうえっちゅうのかみあきひで》様らの四人からあたりまする」

〃影〃は老中か若年寄のなかの人物と考えるのが至当であった。

元禄《げんろく》十六年正月の時点の老中は、常陸《ひたち》土浦《つちうら》藩七万五千石の土屋相模守、武蔵《むさし》岩槻《いわつき》藩五万石の小笠原《おがさわら》佐渡守長重《さどのかみながしげ》、甲斐《かい》谷村《やむら》藩四万石の秋元但馬守喬知《たじまのかみたかとも》、下総《しもうさ》佐倉《さくら》藩十万二千石の稲葉丹後守正通の四人、若年寄は加藤越中守明英、本多《ほんだ》紀《き》伊守正永《いのかみまさなが》、稲垣対馬守重富《つしまのかみしげとみ》、井上《いのうえ》大和守正岑《やまとのかみまさみね》の四人であった。

「第二に家康様からお許しをえた古着商いにこれまで以上に精を出すことの二つじゃな」

と言った総兵衛が、

「駒吉」

と船頭役の駒吉に声をかけた。

「はい、御用にございますか」

小僧から手代に昇進して綾縄《あやなわ》小僧も落ち着きを加えていた。

「近々大番頭さんが箱根に湯治に行かれる。そなたは供をしなされ」

「はい」

「滞在がどれほどになるか分からぬ。そなたはな、箱根までお供したら、富沢町に戻ってくるのです」

「承知しました」

と答えた駒吉が、

「栄橋に戻ってございます」

と富沢町の大黒屋の河岸に帰着したことを告げた。

総兵衛はその足で地下にある大広間に直行した。そこで刃渡り四尺（約一二〇センチ）の馬上刀を使って、一刻（二時間）以上も稽古《けいこ》に励み、汗を流した。それで〝影〟の欠席が与えたもやもやがいくぶん薄れた。

総兵衛が住まいに上がると、さっそくおきぬが熱い茶を運んできた。

「大番頭さんが旦那様《だんな》にご挨拶《あいさつ》をと申しております」

「起きてもよいのか」

「お許しをえたので明日にも箱根へ出かけたいとのことです」

「それは気が早い」

おきぬは笠蔵を呼びに店の二階に去った。

すると信之助が姿を見せ、

「本庄《ほんじょう》様のお使いにございます」

と書状を差しだした。

「使いは待っておられるか」

「はい、返事をいただきたいとのことにございます」

本庄とは大目付にして旗本三千二百石の本庄伊豆守勝寛《いずのかみかつひろ》のことだ。本庄と総兵衛は親しい交わりを続けて、互いに全幅の信頼をおいていた。

総兵衛は急いで封を開いた。

文面は短く、火急の用件あり、今晩にも迎えの者を出すので万障繰り合わせて都合してくれとの内容であった。本庄の手紙には切迫したものがにじんでいた。

「承知したと伝えてくれ」

と言った総兵衛は信之助に、

「ここに戻ってきなされ、話がある」

と命じた。

笠蔵が思ったよりも元気な足取りで総兵衛の前に姿を見せた。

「大番頭さん、顔色もよいな」

「もはや回復しております身で箱根への湯治などとは贅沢《ぜいたく》にございます。それにこのような時期に」

「いや、それは違う。前途多難なおりに大番頭さんが湯治に行く。それが大黒屋の余裕というものです」

「そうでございましょうか」

「そうですとも。それに大番頭さんは先代以来、一日も休むことなく帳場で陣頭指揮をとってこられたのじゃ。このへんで一休みも必要です」

「ならばお言葉に甘えて、明日より休みをいただきます」

「箱根まではな、手代の駒吉を同行させます。駕籠《かご》を使ってな、ゆっくり行かれることです」

「もったいのうございます」

と思わず涙を落としかけたとき、信之助が戻ってきて、おきぬが二人の番頭の茶を運んできた。

「信之助、今、旦那様に箱根行きのご挨拶をしたところ、明日から店を頼みましたぞ」

「はい、承知しました」

信之助が頭を下げて受けた。

「大目付の本庄様より火急に会いたいとの知らせじゃ、私には思い当たる節はない」

三人の顔に緊迫が走った。

大目付は諸大名のすべてを取り締まる重要な役目で、将軍家への直訴《じきそ》をする権利を持ち、老中の支配下にありながら、老中を監察する立場にあった。

「近ごろの幕閣の難儀は大石様らのご処分じゃが、ご処分の判断を一介の商人風情《ふぜい》に相談はなさるまいて」

総兵衛の独白に笠蔵が応じた。

「本庄様の呼び出し、本未明の一件と関わりがございましょうか」

違約した〝影〟が老中職のひとりである可能性は高かった。

うーんと唸《うな》った総兵衛は、

「ないとは言えぬが、このたびばかりはどうも勘が働かぬ」

「となると、本庄様のお役目か、お家のことにございますか」

おきぬが笠蔵に代わった。

「なんぞお家に揉《も》め事があると聞いたか」

総兵衛は屋敷の内情に詳しい信之助に訊《き》いた。

「奥方の菊《きく》様もご壮健にて、絵津《えつ》様、宇伊《うい》様のお嬢様お二人もすこやかに成長されておられます。また家内になにかあったとは聞いておりませぬ」

「となると、昨日今日に起こったことであろう。ともあれ、夕刻には分かることよ」

「旦那様、やはり箱根行を延ばします」

「ならぬ」

と総兵衛の声が笠蔵に飛んだ。

「大番頭さんの抜ける穴は大きい。じゃが一時《いっとき》の不在くらい信之助らが埋めてくれないで、この先、大黒屋はなんとします。〝影〟からの極秘の任務が届かないとすると、われら鳶沢一族の者たちは古着商いに頼るしか途《みち》はないのです。その百年の大計のために笠蔵さんは骨休めをなさるのじゃ」

「ありがたいお言葉で」

と病気で気が弱った笠蔵はついに涙をこぼした。

「旦那様、今宵《こよい》から一族の者たちを老中四人に張りつけます」

幕閣の最重要人物の見張りをしようというのだ。大黒屋にとって必死の戦いといえた。

「手配りはそなたに任す。が、屋敷内への忍びは許さぬ」

幕府最高の高官の屋敷への潜入を総兵衛は禁じた。

「はっ」

「鳶沢一族は成元様以来、幾多の危難を乗り越えてきたのです。われらがこの危難を乗りきらなくてなんとしますぞ」

総兵衛が明るく言い、三人の幹部たちがうなずいた。

夕刻、大黒屋の店先に本庄家の用人川崎孫兵衛《かわさきまごべえ》老人が実直な顔に疲れと憂い《うれ》を漂わせて現われた。

いつでも呼び出しに応じられるように支度を整えていた総兵衛は、すぐに店に出た。

「これはこれは、川崎様自らお迎えとは恐縮にございます」

「大黒屋、すまぬのう」

「何をおっしゃいます。ささっ、どちらなりともお供いたしますぞ」

「前の河岸に屋根船を待たせてある」

二人が暖簾《のれん》を分けて外に出ると、店にいた奉公人らがいっせいに、

「いってらっしゃいませ」

と声を揃《そろ》えた。

一番番頭の信之助は顔を店の一角に向けると、大黒屋の荷運び頭の作次郎《さくじろう》に

目で合図した。敏感にも応じた作次郎は店の奥にある蔵の一つに走った。幾棟もならぶ蔵の一棟の戸を開いて、作次郎は内に入った。

江戸時代、衣類の販売と流通は新物よりも古着が中心であった。木綿を中心とした衣類は何度も洗い張りされて仕立て直され、丁寧に継ぎあてられて使われた。また不要になった古着は古着買いに引き渡され、古着商の手を経て、再利用されていったのだ。

また古着商の下には京などで売れ行きの芳《かんば》しくなかった新物や売れ残りの新物が多量に混じって江戸に買い取られてきた。それが江戸で改めて販売されるのだ。また江戸の呉服店で売れ残った品、仕舞物《しまいもの》が極秘に富沢町にもまわってきた。そんな新物の反物衣類が積まれた蔵の床の一角が開き、ゆらめく光が漏れてきた。

作次郎は迷わず階段を下りた。

蔵下には入堀から地下水路が通じ、猪牙舟《ちょきぶね》なら四、五隻《せき》も止められる船着場が広がっていた。船着場は時代を感じさせる大谷石《おおや》で積みあげられ、船着場の北側の通路は鳶沢一族の砦《とりで》というべき大広間に達していた。

家康との約定以来、鳶沢一族が百年の時と莫大《ばくだい》な金と膨大な労力をかけて築き上げた地下要塞《ようさい》であった。

二隻の猪牙舟では船頭がすでに竿《さお》を握っており、胴ノ間には古着の包みと思える荷が山積みされていた。が、なかはがらんどうで何人かの鳶沢の戦士たちが潜んでいた。

「用意はよいか」

「はい」

「頭、すべてぬかりありませぬ」

作次郎の問いに船頭役の文五郎《ぶんごろう》と晴太《せいた》が小気味のよい即答を返してきた。

大黒屋が取引する古着は何万何十万貫に達する。それを作次郎を頭分とする荷運び人足たちが水運陸運を利用して関東八州から東北北陸へ運んでいた。

この荷運びの中心となるのが作次郎を中心とした鳶沢一族の者たちだ。同時に作次郎らは鳶沢一族の戦闘中核部隊、大名家で言えば御番組、御小姓組《おこしょうぐみ》といった旗本衆であった。

「頭、今なら入堀に船はありませぬ」

入堀を見張っていた配下の一人が地下の船着場に走りこんできて外の様子を告げた。

「旦那様の乗られた屋根船は出たか」

「たった今、入堀から大川に向けて漕《こ》ぎだされました」

「よし、いくぞ」

船着場から延びた地下水路の行く手を塞《ふさ》ぐ厚板の扉が開かれて、二隻の猪牙舟は入堀にかかる栄橋下に出た。

文五郎らは橋下から闇《やみ》に紛れるように忍びでると、屋根船の明かりを確かめた。船は二丁も先の入堀を大川へと下っていた。

二隻の猪牙舟は屋根船の後をお店《たな》者が荷を運んでいく体《てい》で追い始めた。

二

大黒屋総兵衛が屋根船に身を入れると大目付本庄伊豆守勝寛その人が顔に憂色を見せて待っていた。予測されたことだ。

「本庄様、お招きにより参上しました」

総兵衛の背後から用人の孫兵衛が乗りこみ、障子が閉じられると船が大黒屋の河岸《かし》を離れた。

「総兵衛、もそっと近こうに寄れ」

勝寛が手招きした。

大目付は旗本三千石高から抜擢《ばってき》され、四人から五人が道中御奉行、宗門御改《しゅうもんおあらため》、加役人別帳《かやくにんべつちょう》御改、御日記帳御改、服忌令分限《ぶっきりょうぶげん》帳御改、御鉄砲指物《さしもの》帳御改などを分担して務めた。

道中御奉行を務める者が首座で、勝寛は次席、本務である大名諸家の監察糾弾を担当していた。

総兵衛は置かれた手あぶりのかたわらまで膝行《しっこう》した。

「大石どののご処罰で気苦労の多いこととお察しいたします」

うなずいた勝寛は、

「侃々諤々《かんかんがくがく》、にぎやかなことでのう。柳営は処分を巡って激しく対立して二分しておる」

と苦笑いした。

「まだご決定にはいたりませぬか」

「評定所で何度か評議されたが、いまだ意思統一がはかれぬ」

寺社奉行、町奉行、勘定奉行および幕府の要職が列座しての評定所の裁判は、幕府の最高議決機関であった。

大石らの行動は徳川幕府を揺るがす国事犯だ。老中、三奉行、大目付、目付が加わっての閣老直裁判《かくろうじきさいばん》のかたちをとっていた。

大石らの処断が死によって完結するのはだれもが認めるところであった。が、彼らの行動を罪人として裁くか、忠義の士として遇するかによってその意味は大きく異なる。これは武家社会のなかではけっして軽んずることのできない大事であったのだ。

「大石らが飛道具を持って討ち入ったゆえ、武士の敵討《かたきう》ちにあるまじき行為と非難される方もおられてのう」

勝寛はうんざりした表情をみせた。

総兵衛は綱吉の庇護《ひご》を背景に絶大な権力をふるう柳沢保明がどう策動してい

るか、気がかりなところだが、さすがに勝寛の口からもれることはなかった。

孫兵衛が船の隅に用意された酒器と盃《さかずき》を主《あるじ》と総兵衛の前に運んできた。

「まあ、一献喉《のど》を潤《うるお》そうか」

孫兵衛が勝寛と総兵衛の盃を満たした。

勝寛は一気に飲み、総兵衛は口をつけただけで話を待った。

「総兵衛、ちと困ったことが出来《しゅったい》した」

「本庄の殿様、この大黒屋でできることなら、なんなりとお申しつけください」

「大目付の役職にありながら、どうしてよいか思案にくれておる。そなたの知恵を借りたい」

「お屋敷内のことでございますか」

本庄家は三河以来の譜代の臣、石高三千二百石ながら、代々要職を歴任してきて内証も豊かであった。三千二百石を四公六民の規範に照らせばおよそ千三百石の実入りだ。が、役料を始め、もろもろの収入があって本庄家の実収は禄《ろく》高《だか》の二倍、三倍と推測された。敷地内には家臣の侍十数人を筆頭に奉公する者、五十余人を悠々と抱える長屋が十数軒もあった。

総兵衛は旗本には公《おおやけ》には許されない抱え屋敷を広尾に持っていることを承知していた。

この本庄家に不足といえば、世継ぎの男子に恵まれなかったことだろう。が、見目麗《うるわ》しい二人の娘をえて、十六歳の長女の絵津は同じ旗本四千石の御鉄砲百人組之頭米倉能登守正忠《よねくらのとのかみまさただ》の次男新之助《しんのすけ》と許婚《いいなずけ》の間柄、時期をみて、新之助が本庄家に養子縁組、絵津と結婚することが決まっていた。後継者も万全であった。

「総兵衛、そなたは本庄家が家康様以来の股肱《ここう》の臣ということを知っておるな」

「はい、ご先祖の本庄長安《ながやす》様は大坂の冬の陣、夏の陣にも活躍され、その一番槍《やり》は家康様にお褒めをいただいたそうにございますな。また二代秀忠様にも覚えめでたく、つねに旗本八万騎の筆頭に列座されてこられました」

「さすがに大黒屋、よう知っておるわ」

弱々しい笑いを浮かべた勝寛は、

「本庄家にな、その家康様と秀忠様に関わる門外不出の家宝が二つある。いや、今となってはあったというべきであろうな」

「盗《ぬす》っ人《と》に遭われましたか」

「そのようじゃ」

「盗まれたものは何にございますな」

「わがご先祖がじきじきに家康様から頂いた家康様ご直筆の茶掛一幅。芙蓉《ふよう》の花の絵のかたわらに、『咲き誇れ　芙蓉の花や　米《よね》の里』と詠《よ》まれてあった。芙蓉の米とはな、三河時代からのわが知行地の里名じゃ」

総兵衛は顔色が優れぬ主従の立場が理解できた。神君家康のご直筆の茶掛を宝にしてきた旗本家などそうはいない。

「いま一つはなんでございますか」

「家康様亡《な》き後、秀忠様は身の丈九寸（約二七センチ）の家康様のご座像を名のある仏師に彫らせて身近に置かれ、大切にされてきた。そのご座像をな、秀忠様は家光様に三代将軍を譲られた元和《げんな》九年（一六二三）に本庄家の先祖持親《もちちか》様に与えられた。家康様のご直筆の茶掛と家康様のご座像は、本庄家にとってなににも代えがたい家宝、それを失った」

勝寛の口から重い吐息が流れ、孫兵衛が、

「申しわけなきことにございます」

と総兵衛の背後に平伏した様子があった。

「殿様、二つの家宝ともに本庄家が所持することは世間に知られていないことでしょうな、このこといかがにございますか」

家康が与えた佩剣《はいけん》や脇差《わきざし》などを所持する大名や旗本たちは、城中の詰の間で自慢したりして、どこになにが所持されているかが知られていることが多かった。だが、親しい交わりをしてきた本庄家がこれほどに大事なものを持っていようとは、総兵衛も知らなかった。

「いや、ご先祖が二つともに世間様に自慢するものではないと代々の当主にきつく戒められてきた。今では綱吉様もこのことをご存じあるまい」

「相分かりましてございます」

総兵衛はうなずくと身を開いて、孫兵衛に向きなおった。

「さて二つの品の紛失が判明しましたのはいつのことですかな」

「昨夕のことじゃ」

と孫兵衛が総兵衛のかたわらににじり寄った。

「二つの品ともに蔵に保管されておられましたか」

「なにしろ家康様のご座像ゆえ、暗い蔵に入れておくのも失礼の極み。仏間を工夫してな、隠し場所を造り、そこに安置し、保管してあった」

勝寛が答えた。

「今少し詳しくお話し願えますか」

「先祖伝来の大きな仏壇の一部を改装して、位牌《いはい》が並んだ奥に隠し戸棚を造り、ご座像と茶掛を置いて、本庄家のご当主の勝寛様が節目節目に隠し扉を開いて、ご拝礼される仕組みじゃった」

孫兵衛が答え、勝寛が補足した。

「そのように秘蔵してきた二品、わが屋敷の家来や奉公人の大半はそれを所持することすら知るまい」

「それが昨夕城中よりお戻りになられた殿が隠し戸を開くと、蛻《もぬけ》の殻であった。勝寛様がすぐにそれがしめを呼ばれて問いただされたが、ただただそれがしも仰天するのみ、なんのお役にもたてず、情けないことじゃ」

「殿様が最後に二品をご覧になったのはいつのことにございますか」

「三日、いや四日前、お城より戻った後のことじゃ」

となると、この五日の間に盗難が発生したことになる。

「外から何者かが侵入した形跡はございますか」

勝寛も孫兵衛も首を横に振った。

「隠し戸棚の家宝のみが手妻にあったようにかき消えておるのじゃ」

「他に盗まれたものはございますか」

「調べたが、ない」

「奉公人で近ごろ雇われた者、あるいは解雇されたものがありまするか」

「それもない。およそ代々務めておる者ばかりじゃ。だいいち仏間には用人のそれがしですら、一人で立ち入ったことはない」

「一人でお入りになれるのは殿様と奥方様と考えてようございますか」

「娘たちはまだ信心がうすいでな、法事のときくらいしか入らぬ」

「もっともなことにございます」

「法事のおりは家康様ご座像は隠し戸棚に入られたままでございますな」

勝寛がうなずき、

「奥にも問いただしたが、驚いて口も利《き》けぬありさま。かといって、家来どもにも奉公人にも訊《き》くにも訊けぬ」

「本庄様、この一件、ちと厄介かもしれませぬな」

「総兵衛、ちとどころではないわ。なんとしても見つけださねば、ご先祖様に申し訳がたたぬ。それに露見すれば切腹ですむ話ではないぞ」

勝寛はお家断絶を心配していた。

「見つけるだけなら、さほど難しゅうはございますまい」

「ほんとうか」

主従の顔にぱっと明るさが戻った。

大目付を務める本庄家の出入りはことさら厳しい。一尺近くの仏像と茶掛を抱いて門を潜《くぐ》ることは門番の調べにあって難しい。

「いや、安堵《あんど》した」

「ですが、面倒はこれからにございます」

「なんと申すな、総兵衛」

「殿様、ご用人様、これは最初から本庄家の家宝を狙《ねら》って仕組まれた仕掛け。だれがなんの狙いで、かようなことを考えたか」

「わしの失脚を狙った者の仕業《しわざ》というか」

大目付の職権は老中以下大名方を監督する権威あるものだけに、思わぬところで敵を作ったとも考えられる。総兵衛は、柳沢保明が総兵衛と本庄伊豆守の交わりを知り、手を伸ばしてきたことを恐れていた。だが、口に出せることではない。

「ありえないことではございませぬ。ですが、今はなにも考えずに相手をじっくりと見定めるときにございましょう。相手さえ判明すれば、おのずと二つの家宝のありかは判明いたします。手前はまだ屋敷の外には出ておらぬと思います」

「屋敷のなかにあるというか」

外からの侵入がないとすると、まだ屋敷内にあることが考えられた。

「今後出入りの、とくに屋敷から出る者の手荷物の調べをなお一層に厳しくしてくだされ」

「すでにそれは命じてある」

「それに一人、奥向きの女中を雇っていただけますか」

「そなたの知り合いを屋敷に入れるというのか」

「はい、おきぬと申す女にございます。奥方様の遠い知り合いにして適当な理由を奉公人たちには申しきかせて雇い入れていただきとうございます」

「分かった。いつその者は屋敷にくるな」

「明日にも」

「孫兵衛、二つのこと、改めて手配せよ」

はっ、と用人が頭を下げた。

「総兵衛どの、どのような女性じゃな」

「行儀作法から茶道、華道と女の道は承知しております」

「ならばこうしようか。絵津様と宇伊様の二人のお嬢様方は、ちょうどお年頃、嫁入り前の娘ごの養育方にその女《もの》を雇い入れたということでは」

「それなれば、奥へ出入りもできます」

用人の提案を総兵衛が承知したとき、屋根船の船頭が悲鳴を上げて、水中に転落した気配があった。

「何事か」

孫兵衛を制した総兵衛は、障子を静かに開けた。三丁櫓《ろ》の船の舳先《へさき》に半弓を抱えた侍が立ち、数人の男たちが抜刀して、屋根船に接近しようとしていた。

弓弦《ゆづる》が鳴り、短矢が総兵衛に向かって射かけられた。

総兵衛は片膝《ひざ》をつくと、腰に差した銀煙管《ぎんぎせる》を抜き、飛来する短矢を、発止！

とばかりに船縁《ふなべり》に叩《たた》き落とした。

「大目付本庄伊豆守勝寛と知ったうえでの狼藉《ろうぜき》か」

勝寛が叫び、佩刀を引き寄せた。

総兵衛は三丁櫓の者たちが餓狼のような浪人剣客と見た。

「殿様、ここは総兵衛にお任せくだされ」

無腰の町人が平然と言ったとき、疾風のような勢いの猪牙舟《ちょきぶね》が二隻《せき》、三丁櫓の両舷《げん》に突っこんできた。

二隻の猪牙舟には作次郎によって指揮された鳶沢一族が無紋の忍び装束で分

乗していた。

「待て！　そなたらの相手はまずわれら」

作次郎が叫ぶと同時に、襲撃者の船に猪牙舟がぶつかっていった。

舳先に屹立《きつりつ》した作次郎は、鳶沢一族一の大力の持ち主である。腕に構えた長刀が虚空《こくう》に大きな円を描くと、三丁櫓の襲撃者の首を、胸を見舞った。

不意をつかれた襲撃者たちが血しぶきを上げて、大川の流れに転落していった。

「油断するな！」

「本庄は後まわしにして、こやつらを斬《き》り捨てぇ！」

三丁櫓の船の中央に立った首領が告げた。

三隻の船では壮絶な斬り合いが始まっていた。

作次郎らは船に慣れた百戦錬磨の戦士たちだ。それに用意万端整えて戦いに備えている。たちまち戦いの主導権を握った。

総兵衛の乗る屋根船が大きく揺れて、船尾にだれぞが飛び乗ってきた。

「総兵衛様、晴太にございます。どちらに船をまわしまするか」

「四軒町の本庄様のお屋敷近くの堀へまわせ」

「かしこまりました」

水上の戦いをよそに総兵衛は平然と障子を閉めた。

「川風は寒うございますでな」

「大黒屋総兵衛、そなたは」

と勝寛がなにか言いかけて、溜《た》め息《いき》をついた。

「なんでございますな」

「ただ者ではないとつねづね思うていたが……」

「殿様、古着問屋の主《あるじ》でございますよ」

「だれが今の一件を目撃させられて信じるものか。武士《もののふ》じゃな」

「大黒屋は富沢町の誕生のおりから古着商人にございます」

「待て、江戸開闢《かいびゃく》以来の町人とな。富沢町のそなたの店はお城の艮《うしとら》（東北）の方角、半里（約二キロ）と近い角地。それに古着商いは幕府の管理する『八品商売人』であったな。どうやらそなたの先祖は家康様と縁を持ったとみえる、店も拝領地であろう」

『八品商売人』あるいは『八品商』とは唐物《からもの》屋、質屋、古着屋、古着買、古道具屋、小道具屋、古鉄屋、古鉄買の商人を指す。これら八品商には盗品、紛失物を扱う可能性があることから町奉行が直接監督した。さらには故買される品物と一緒に闇《やみ》の情報も集まった。

「本庄様、大黒屋は一介の古着屋、そうしておいてくだされ」

勝寛が総兵衛の顔を凝視していたが、

「家康様もいろいろと策を考えられたものよ」

と嘆息し、

「今後ともよしなにな」

と言うと自ら酒器をとって総兵衛の盃《さかずき》を満たした。

その深夜、総兵衛は地下の大広間で作次郎らの帰りを独り待っていた。

船着場に猪牙舟が戻ってきた様子があって、迎えに出た番頭の信之助にともなわれた作次郎がすでに戦いの気配を消し去った顔で現われた。

「ご苦労であったな。なんぞ分かったか」

「はっ、金で雇われた浪人者にございました」

大目付本庄伊豆守勝寛と分かったうえで襲ってきた一団は、本所深川に道場を構える石垣歳五郎《いしがきとしごろう》と門弟、それに出入りの浪人者の八人であった。石垣は馬《ま》庭念流《にわねんりゅう》の看板を牛込御門近くに掲げる伊達村兼光隆次《だてむらかねみつたかつぐ》とのつながりを持つ者とか。

「半弓を射た若い浪人が伊達村の名を喋《しゃべ》りましてございます。ですが、それ以上のことは知らぬ様子……」

「どうせ金で動かされた者たちであろう」

「生き残った者を痛めつけましたところ、大目付本庄様の手足の一本も折れば一人三両の手当てを出すと言われ、徒党を組んだ模様にございます」

「首領の石垣はどうしたな」

「死にましてございます」

作次郎が答えた。

「捕縛した者のなかには伊達村と面識のある者はおりませなんだ。牛込の伊達村道場に駆けこむ者もおるまいと判断しましたゆえ、存分に脅しつけて放逐しました」

「それでよい」

「伊達村道場は、大名家の家臣や高禄《こうろく》の旗本の子弟たちが通うことで名の知られた道場にございます。おそらく伊達村と知り合いのだれぞが伊達村に頼み、伊達村は汚れ仕事を深川に巣くう石垣らに任せたということでございましょうな」

信之助が考えを述べた。

「本庄様を襲ったことで尻尾《しっぽ》を出しおったわ」

総兵衛が笑い、信之助と作次郎は不審な顔をした。

「作次郎、手傷を負った者がおるか」

「いえ、骨のない相手にございますれば、だれもかすり傷一つ負っておりませぬ」

「ご苦労であったな」

作次郎が大広間から退出した。入れ替わりにおきぬが姿を見せた。

「笠蔵はどうしておるな」

「作次郎らも戻った様子、旦那《だんな》様にお会いせねばと申されておりましたが、私が無理に床に入れて休んでいただきました」

「それでよい。病人まで動かす話ではない」

総兵衛は本庄勝寛から聞かされた家宝紛失事件を腹心の二人に言いきかせた。

「なんとまあ、えらい災難が」

さきほどの主のつぶやきの意味をようやく理解した信之助が絶句した。

「旦那様、本庄様の盗難はわれらと関わりがございましょうか」

憂《うれ》い顔でおきぬが訊いた。

総兵衛がそれは分からぬと顔を横に振り、

「そこでじゃ、おきぬ、そなたが明日より本庄家の娘ごのな、養育方として屋敷に住みこむことになる。本庄家の内部の事情に詳しい者が加わっておらぬかぎりできぬ仕事よ。そやつを暴《あば》き出せ」

おきぬがかしこまって、受けた。

「家宝の紛失のことを知る者は本庄家では勝寛様、奥方の菊様、それに用人の川崎孫兵衛様の三名だけじゃ。かまえて娘ごたちに気取《けど》られるでないぞ」

「承知いたしました」

「家来や奉公人らの履歴は孫兵衛様が用意しておる。四軒町に近い鎌倉河岸《がし》につなぎの船を出しておく。また、ときおり信之助を屋敷に伺わせる」

信之助は本庄家の女たちとも親しく付き合いを許されている。京下りの手土産持参で顔を出す信之助には、菊の絶大の信頼があった。

「信之助、ちと忙しくなるが牛込御門の伊達村兼光道場の周辺にもだれぞ人を派遣して調べさせよ」

鳶沢一族には〝影〟との対決に備えて、〝影〟自身を炙《あぶ》りだすという大仕事があった。が、本庄の一件もないがしろにできない事態である。

「かしこまりました」

と答える信之助におきぬが、

「番頭さん、菊様やお嬢様方のことを教えてくださいな」

と明日からの準備に入った。

三

翌朝、笠蔵が駒吉を供に箱根湯治に出掛けた。

大黒屋を取り巻く異変を敏感に察知した笠蔵は、

「湯治は先延ばしにして、富沢町にとどまります」

と言いだしたが、総兵衛に拒まれ、信之助らに促されて明六つ（午前六時頃）前には駕籠《かご》で出立《しゅったつ》していった。

五つ半（午前九時頃）にはおきぬの姿が消えて、大黒屋の奥には総兵衛一人が残された。黙念と煙草《たばこ》をくゆらしていた総兵衛が立ちあがったのは、石町《こくちょう》の時鐘が九つ（正午）を打った刻限だ。

「お出かけにございますか」

帳場に座った信之助が春めいた淡い水色の小袖《こそで》の着流し、腰の博多帯に銀煙管を差した格好の主に訊《き》いた。

「番頭さんたちばかりに働かせていては按配《あんばい》が悪い。柳原土手をへ巡って余所《よそ》様の商いを見物してきましょうか」

「だれぞ供を」

と信之助が店先を見まわすと、手代の稲平《いなへい》がすぐにも応じた。

総兵衛は二人の奉公人にうなずき返し、三和土《たたき》の隅で古着の荷造りに精を出す小僧に目を向けた。

「手代どんを供にしたのでは店に差し障《さわ》りもあります。あの者、虎三《とらぞう》の弟でしたな」

「はい、丹五郎《たんごろう》にございます」

「ならば、丹五郎を連れていこう」

「それでよろしいので」

と言いながらも信之助は迷いをふりきって、

「丹五郎、旦那様の供をしなされ」

と命じた。

丹五郎は汗だらけの顔をこちらに向けて、突然の使命に棒立ちに突っ立っていた。

「聞こえぬのか」

一番番頭の言葉に、

「はっ、はい」

と慌《あわ》てて答えた丹五郎が総兵衛の前に走ってきた。

「よいな、旦那様の言うことをよう聞いて従うのだよ」

番頭の注意に十五歳になったばかりの丹五郎は緊張の顔で何度もうなずいた。

「いってらっしゃいませ」

奉公人に見送られて総兵衛と丹五郎は通りに出た。

富沢町から柳原土手に行くには入堀を土橋まで上がり、旅人旅籠《はたご》が並ぶ馬喰《ばくろ》町《ちょう》を浅草御門まで進んで神田川に沿って上ればよい。さほど遠い距離でもない。

新春の陽光がおだやかに差して、総兵衛の気分を和ませてくれた。

「丹五郎、仕事には慣れたか」

「へえ、番頭さんを始め、皆さんにようしていただけますので、だいぶ慣れましたです」

十五にしては小柄である、言葉遣いもまだお店《たな》の奉公人のそれではない。

丹五郎の兄の虎三は作次郎の下で荷運び人足を務めていた。それを十手持《じって》ちの黒烏《くろがらす》の勘平《かんぺい》に大黒屋の内情に詳しいものと勘違いされて四谷の賭場《とば》に誘いだされたうえにいびり殺されていた。

虎三は大黒屋の裏の貌《かお》を探りだしたいと暗躍していた十手持ちによって殺された犠牲者だった。丹五郎は弔いもすまぬうちに大番頭の笠蔵に、

「兄さんの代わりに働かせてほしい」

と願ったという。働き手を亡《な》くした一家は次の日から路頭に迷うことになる。そんなわけで丹五郎は大黒屋に勤め始めた。が、年のわりには体がまだ幼い。力仕事の荷運びではまだ無理があろうというので小僧として働いていた。

「十四の年までそなたは何をしておったな」

丹五郎の親父《おやじ》は、数年前の冬の夜に酒に酔い、堀に嵌《は》まって溺死《できし》していた。子沢山の家《うち》で遊んでいる余裕はないはずだ。

「五つの年から近所の八百屋《やおや》、豆腐屋、米屋で小僧をして参りました。でも、どこも給金をまともにくれません。いえ、おっ母さんが私の給金をあてに前借りするものですから当たり前のことなんだけど」

「兄弟姉妹は何人だな」

「上に一人、下に二人おります」

「そなたが頑張らねばならぬな」

「はい、早く大きくなって虎兄ちゃんみてえ荷運びがしてえ。おっ母さんを楽させてえで給金が一人前にほしいです」

丹五郎は正直だった。

「番頭さん方の言うことをよう聞いて働きなされ。悪いようにはせんでな」

「はい」

小僧の丹五郎は大黒屋の主《あるじ》と初めて話して顔の表情も柔らかくなっていた。

馬喰町の長い通りは諸国から江戸見物や公事《くじ》（訴訟）に出てきた人たちの往来でにぎわっていた。地名の由来は二丁目の東側に初音の馬場があって、かつて博労頭《ばくろうがしら》の富田《とみた》半七《はんしち》と高木《たかぎ》源兵衛《げんべえ》が住んでいたからとか。

二人は浅草御門の広場にぶつかったところで神田川にそって曲がった。この浅草御門から筋違御門《すじかいごもん》の南岸の土手に柳が植えられ、土手見世が並んでいた。どこも間口九尺（約二・七メートル）奥行三尺ほどの床見世だ。夜には簡便な屋根をたたんで小さく閉じられた。なかには地べたにむしろを敷いての天道干《てんとうぼ》しの露店もあった。
柳原土手の古着屋が流行《はや》り始めたのは元禄になった頃で、さらに整備されていくには時間を待たねばならない。
総兵衛と丹五郎は古着を買い求める客の間をのんびりと歩きながら、人々が欲しがる古着を見てまわった。

引っ張れば　糸の乱れる　柳原

川柳に詠《よ》まれた柳原は新しいだけに富沢町よりはるかに庶民的な古着市であった。夜、古着市の終わった後は夜鷹《よたか》とよばれる最下級の売女《ばいた》の世界になる。

柳原　おんなじ軒を　ならべてる

「おお、これは大黒屋の総兵衛様」

床見世の主には総兵衛の顔を見知った者もいて、挨拶《あいさつ》をしてきた。

「彦十《ひこじゅう》さん、商いはどうですな」

「わしらの商売は、いつも地べたを這《は》いまわっておりますよ」

「気を落とさぬよう気長にな」

「はいはい」

総兵衛の頭には古着問屋大黒屋の行く末が重くあった。

江戸の誕生期、衣類の流通は古着が主であった。が、時代が経るにつれ新物が増えつつあった。

(どう大黒屋の商いを広げていくか)

それは鳶沢一族の命運に関わることなのだ。

思案しながら歩く総兵衛の耳に、

「掏《す》りでございます、摑《つか》まえてくだされ！」

という老人の声が聞こえてきた。

半丁ほど先で、田舎から出てきた風情《ふぜい》の老爺《ろうや》が必死の形相で叫びながら、二人組の男らに追いすがろうとしていた。

だが、速さは歴然と違っていた。

二人組は行き交う人込みのなかを刃物を振りまわしながら逃げてくる。いかにも血に飢えた相貌《そうぼう》で傍若無人の所行だ。

「丹五郎、端に退《の》いておれ」

小僧にそう言いおいた総兵衛はゆらりと二人の前に立ち塞《ふさ》がった。

「どけどけ、どかなきゃあ、突っ殺すぞ！」

無精髭《ぶしょうひげ》の生えた頬に刃物の傷を持った男が総兵衛を匕首《あいくち》で威嚇《いかく》しつつ、そのかたわらを走り抜けようとした。

「蛆虫《うじむし》どもめ！」

総兵衛がそう言いざま、腰に差した銀煙管《ぎんぎせる》を抜くと匕首を振りまわす手首を叩《たた》いた。

「あいたっ！」

祖伝夢想流の総兵衛が振るった一撃だ。

老人から財布を強奪した男が匕首を取り落とすと叩かれた手首を抱えて、吠《ほ》えた。

「やりやがったな！　玄《げん》の字、突き殺せ」

後ろから走ってきた小太りの仲間が懐《ふところ》から匕首を抜くと、腰にしっかりとつけて総兵衛に突っこんできた。

何の迷いもない攻撃から修羅場を潜《くぐ》ってきたことが推測された。

総兵衛は銀煙管で匕首の切っ先を払うと男の腕を小脇《こわき》にかいこみ、半身に開きながら相手の体を腰に乗せて投げ飛ばした。数間先に転がった男の懐から縞《しま》柄《がら》の財布が落ちた。

総兵衛は銀煙管の先で最初に手首を叩いた男を牽制《けんせい》しながら、

「丹五郎、財布を拾いなさい」

と小僧に命じた。

「へえっ」

丹五郎が紐《ひも》の解《ほど》けた財布を摑んだ。その場から逃げだそうとする男たちの襟首を引っ摑んだ総兵衛のもとに必死の形相の老爺がへたりこんできた。

「か、金を盗まれてしめえました。公事の金にございます」

「小僧が持っている財布だね」

総兵衛の声に丹五郎が差しだした。

「そ、それにございます」

老爺が丹五郎の手から奪いとるように財布を取り、

「どなたか存じませぬがありがとうございました、ありがとうございました」

と総兵衛を伏し拝んだ。

そこへ人垣をかき分けるように壮年の御用聞きと手先が走りこんできた。親分の精悍《せいかん》な風貌《ふうぼう》に鋭い目が光って、ふいに和んだ。手先たちに総兵衛が押さえている男二人に縄をかけるように命じると、

「大黒屋の旦那《だんな》、助かりましたぜ」

と笑顔を向けた。

「わっしは下柳原同朋町《しもやなぎわらどうぼうちょう》の御用聞きの左近《さこん》と申します」

「おおっ、歌舞伎《かぶき》の左近親分にございますか」

左近親分は背に歌舞伎の助六の彫り物を入れているとかで、巷《ちまた》で助六の親分とか、歌舞伎の親分と呼ばれて人望を集めていた。それに左近は女房に船宿いろはをやらせていて、なかなか繁盛《はんじょう》していると、千鶴から聞いていた。

「大黒屋の旦那に歌舞伎だなんて呼ばれると、若い頃の所行がはずかしゅうございますぜ」

「なんのなんの、親分の活躍はよく耳にしておりますよ」

「江戸無宿の永五郎《えいごろう》と玄助《げんすけ》の野郎は、最近、島から舞い戻った乱暴者でしてね。強盗まがいのかっぱらいを繰り返して、わっしらも必死で行方を追っていたとこでさ。旦那のおかげで助かりました」

左近の子分たちが島帰りの二人を縄にして立たせた。

「じいさん、番所まで付き合ってくんな」

そう財布を強奪された老爺に声をかけた左近親分は、

「大黒屋の旦那、後日、挨拶に伺わせてもらいますよ」

「挨拶などはどうでもよい。ですが、左近の親分、大黒屋にも遊びにきてくださいな」

と別れの挨拶をした。

総兵衛は丹五郎を向柳原《むこう》の蕎麦屋《そばや》に連れていった。

総兵衛は酒を頼み、丹五郎にはけんちん蕎麦を取ってやった。

丹五郎が美味《おい》しそうにずるずると蕎麦を啜《すす》る音を聞きながら、総兵衛が冷やを喉《のど》に落としたとき、背中に荷を担《かつ》いだ実直そうな男が入ってきた。年の頃は四十過ぎか。

「おや、これは大黒屋の旦那様、さきほどはあざやかなお手並みを拝見させていただきました」

格好からして古着の担ぎ商いか、柳原土手に仕入れにきたとみえた。

「お恥ずかしいところを見られましたな」

そう言うと、総兵衛は自分のかたわらを指した。

「どなたさんでしたかな、見忘れたらごめんなさいよ」

「見忘れるも何も、大黒屋様とお付き合いのできる身分じゃございません」

「私と同業とみましたが」

「へえっ、同業とは申せ、しがない担ぎ商いの六平《ろっぺい》にございますよ」

六平は遠慮がちに総兵衛のかたわらに座った。

総兵衛は新たな酒を小女に頼むと、猪口《ちょこ》をもう一つ持ってこさせた。

「差し支えがなければ付き合ってはもらえませぬか」

「へえ、仕入れは終わり。馬喰町の旅籠《はたご》に戻るだけにございます」

「よい品が手に入りましたか」

「私は房州から奥州《おうしゅう》筋を歩いておりますが、水洗いに強い木綿ものがなかなか仕入れできなくて困っております」

江戸時代をとおして庶民の主たる衣料は木綿であった。それも大半が古着として出まわった。

大黒屋のように上方で大量に仕入れた綿ものを江戸の富沢町を経由して、綿の栽培のできない東北地方などに大量に売りさばくのは珍しく、多くは六平のような個々の担ぎ商いによって流通していったのだ。

「ならば富沢町にも顔を出してくだされ」

「大黒屋の旦那、お言葉ではありますが、私らの商いは一文の仕入れ値が懐に響きます。富沢町へはちと足が向けられませぬ」

富沢町と柳原土手では扱う古着の質が違った。六平の言うことももっともだった。

「なんの六平さん、富沢町とて品はぴんきり、いろいろとございますよ。袖《そで》振り合うもなにかの縁、明日にも訪ねてくだされ。なんとかそちらが納得のいく品を揃《そろ》えさせますでな」

「大黒屋様にお出入りができますので」

「出入りもなにも、どなたでも歓迎いたします」

総兵衛と六平は猪口をやったりとったり昼酒を楽しんだ。

六平も酒好きとみえて、なんともうれしそうだ。

「六平さん、あなたのように江戸から諸国を歩いておいでだといろいろと面白い話も見聞きしましょうな」

「いえいえ、田舎は退屈なものでねえ。この江戸ほど面白いところはございませんよ」

「そうですかねえ」

「そうですとも」

六平は総兵衛に注《つ》がれた酒をゆっくりと飲み干し、

「面白いといえば、世の中、奇妙なことがあるものでございますねえ」

と言いだした。

「ほお、奇妙な話とはなにかな」

「いやさ、駿河町《するがちょう》の三井越後《みついえちご》様ですよ」

江戸期をつうじて代表する商人が呉服店の三井越後屋だ。創始者の三井高利《たかとし》は、伊勢松坂の生まれ、延宝《えんぽう》元年（一六七三）に、京都に呉服の仕入れ店を設け、さらに江戸に販売店を開いた。

江戸店は最初本町一丁目におかれ、「店前売《たなさきうり》」や「現金、掛値無し」の新商法で大当たりをとった。が、それが呉服仲間の反感を買い、天和《てんな》三年（一六八三）に駿河町に移転した。その店舗と住まいは、四十間（約七二メートル）四方におよび、金融業（両替商）にも手を広げて、資産と信用を築き、幕府の公金を扱う御為替御用《おかわせごよう》も務めている。

「私はまさか三井様が一年に二度も、仕舞物《しまいもの》を富沢町に卸されているなんて夢にも考えませんでしたよ」

仕舞物とは流行遅れになった売れ残りの新物のことである。

三井越後屋では七月と十二月の決算期を控えて、仕舞物を富沢町に極秘のうちに売り払い処分した。大黒屋でも取引があったから、総兵衛は承知していることだ。

「私のような古着商いと三井様のように敷居の高いところはまったく縁がねえものと思っておりましたからさ、知り合いがもらした話に、へえっと思ったものでございますよ」

六平は昼酒に舌が滑らかになったようだ。

「ところがさ、大黒屋の旦那、もっと驚くじゃありませんか。ご当主の高富《たかとみ》様は今度さ、反対に富沢町から品を仕入れて店で売ろうとなさっておられるというじゃありませんか。古着の町から駿河町の三井越後様が仕入れるなんて、世の中こりゃ逆さまだ。仰天しましたぜ」

六平の言葉に総兵衛の目がぎらりと光った。が、なにごともなく和やかなまなざしに戻した。

「あれっ、私はだれに向かってこんな話をしたんだろう。富沢町の惣代《そうだい》を務められた当人の大黒屋さんに喋《しゃべ》ってしまいましたよ。つまらない話をしてしまったねえ」

「なんのなんの巷にはいろいろと風聞が流れるものですな」

総兵衛は当たり障《さわ》りのない受け答えをすると、蕎麦を三枚新たに頼んだ。

「丹五郎、蕎麦を食べたらな、六平さんの荷を担いで馬喰町までお供していきなされ」

「へえっ、もう一枚蕎麦を頂いていいんですか、旦那様」

「おお、いいとも。そなたの年では食ったそばから腹の虫が鳴いておろうよ」

総兵衛は満足そうな笑みを浮かべて、

「いいかい、六平さん。明日にも総兵衛を名指しで大黒屋を訪ねてくださいよ。あなたの望みの荷をどうとでもして集めさせますからな」

と六平に約束させた。

夕暮れ前に一人で戻ってきた総兵衛に信之助がおやっという顔をした。

「丹五郎にはちと使いを頼みました」

と答えた総兵衛が、

「番頭さん、手がすくようでしたら奥に顔を出してくださらんか」

と言った。

「はい、すぐにも」

帳場に四番番頭の又三郎《またさぶろう》が代わって座った。

総兵衛が座敷に座ったとき、台所の女中よねをともない、信之助が顔を見せた。おきぬが不在の今、台所を預かるよねが茶を運んできた。よねも鳶沢一族の娘だ。

よねが会釈《えしゃく》して主《あるじ》と番頭の前に茶を置くと、座敷から姿を消した。

総兵衛が茶を喫すると、古着の担ぎ商いの六平から聞いた話を信之助に告げた。

「旦那様、これは」

「もし江戸買い入れが真実《ほんとう》なれば、見逃しはできませぬぞ」

「まったくにございますな」

三井越後屋が古着商いで名を売った富沢町から仕入れて、駿河町の店で現金販売しようという話だ。古着と新物の仕入れと販売が交流するということは衣類の流通形態がまったく変わる話である。江戸買い入れが真実なら、なんとしても大黒屋がその仕入れ口に名乗りを上げておきたい。

「信之助、今晩にも駿河町を訪ねて、高富様に私がお会いする手筈《てはず》をつけてくれませぬか」

「かしこまりました」

大黒屋では仕舞物の仕入れをつうじて三井越後屋とは付き合いがあった。

「善は急げと申します。着替えをしましたら、すぐにも」

立ちかける信之助に総兵衛が、

「丹五郎がそろそろ戻ってこよう、会っていくとよい。それにな、明日、六平が店にきたら、なんなりと望みを聞いてあげてくださいよ」

と命じた。

この夜、信之助の帰りを総兵衛は、住まいで待機していた。

すると四番番頭の又三郎が大番頭の笠蔵の供をしていった手代の駒吉を連れて姿を見せた。

「駒吉、どうしたのだ」

「はい、それが」

駒吉は複雑な顔をしていた。

「大番頭さんになにかあったのではないな」

「いえ、それがいたってお元気でございまして」

「旦那様に事情を話すのだ」

又三郎に促されて、駒吉は喋りだした。

「六郷の渡しを渡られた大番頭さんは駕籠《かご》も雇わずに元気に歩かれまして、このぶんなら箱根まで一人で行けるから、駒吉、お前は、今晩保土ヶ谷宿に泊まったら明朝にも富沢町へ引き返しなされ、私は大丈夫ですと何度もおっしゃられまして」

「それで大番頭さんを置き去りにしたか」

又三郎が責めるように尋ねた。

「番頭さんはそうおっしゃられますが、じつに健脚で私が追いつかないほどにございました。それに大番頭さんに今駒吉の手を必要としているのはこの笠蔵ではない、お店ですと言われますと、私もそのような気がしまして、大番頭さんを保土ヶ谷宿の旅籠までお送りして、江戸にとんぼ帰りに走り戻ってきたのです」

総兵衛らは笠蔵が駿府《すんぷ》鳶沢村行きを策していることを知らなかったから、

「大番頭さんのことだ。湯治に行く者が手代の駒吉を連れにして店に迷惑をかけると遠慮したのであろう。元気ならいうこともない。それに駒吉が店を心配する気持ちも分からぬではない。今は猫の手も借りたいからな、そうであろう、又三郎」

と自分たちの気持ちを納得させた。

「駒吉、それにしても休みなしの保土ヶ谷往復は疲れたであろう。台所に行ってな、ゆっくり食事をしなされ」

と駒吉と又三郎を去らせた。

四

一番番頭の信之助が総兵衛のもとに姿を見せたのは四つ（夜十時頃）前のことだ。

総兵衛は寝酒の膳《ぜん》を前にしていた。

「遅くなりましてございます」

「ご苦労でしたな」

総兵衛は信之助にまずは猪口《ちょこ》を取らせた。

信之助は一杯飲むと肩の荷を下ろしたような吐息をついた。

「高富様にお会いしてございます」

「なんと高富様に会うことが適《かの》うたか」

「最初、昵懇《じっこん》の番頭清右衛門《せいえもん》様にお目にかかり、主が高富様にぜひともお会いしたいのでお時間をと申しでますと、大黒屋さんがじきじきに面会したいというのはよほどのこと、用件をお漏らしいただきたいと頑張られます。私も主より話の内容を喋ってよいという許しをえていませんと押し問答を繰り返しておりますと、清右衛門様が奥に引っこまれて、しばらく待たされた後に高富様の座敷に連れていかれたのでございます。さすが私も三井越後のご当主とお会いするのは初めてのこと、緊張いたしましてございます」

創業者三井高利の次男高富は、後の宝永三年（一七〇六）に商いの根幹をなす『此度店々江申渡覚』、俗に三井越後屋の『宝永店式目』と呼ばれる規則を作成した人物である。

「そなたが大黒屋の一番番頭さんですか、お若いなあ」

高富は鋭い眼光で信之助を射すくめた。

「大番頭の笠蔵が風邪をこじらせ、療養ちゅうにございます。そこで弱輩の私が御用に参じました」

「大黒屋総兵衛どのがわてと会いたいそうな、そなたは用件を存じておられるか」

「はい」

「ならば話してくだされ。話次第ではわてのほうから富沢町に出向かんでもない」

「恐縮にございます」

と答えながら、信之助は腹を固めた。

「申しあげます。主の総兵衛がさるところから、三井越後様が富沢町筋からの買い入れを考えておられると聞きこんで参りました。もしそれが真実であるならば、大黒屋にお願いできないものかと高富様にご面談をお願いした次第にございます」

その場の高富と清右衛門の顔色がさっと変わり、緊迫した。

「な、なんと『江戸買之払物』の一件が巷《ちまた》に漏れておる」

「だ、旦那様《だんなさま》」

三井の呉服は京を中心にした下り物が主である。それを江戸で、それも古着商いで名を馳《は》せる富沢町から仕入れようという話である。

高富は素早く動揺から立ちなおった。

「信之助さん、三井越後の払物がそなたらの富沢町にまわることすら、幕府御用の店にはふさわしくないと考えられるお方がございます。それを富沢町から仕入れをなすなどありましょうか」

払物とは売れ残った商品を富沢町に売り渡すことである。

「ならば江戸での仕入れは噂《うわさ》にすぎませぬか」

信之助の問いに高富の返答が遅れた。

「高富様、大黒屋は『八品商売人』の古着商いにございます。品物についてまわる風聞、噂が数多くございますゆえに、その真偽を吟味する修業を小僧に入ったときからさせられます。まして主の総兵衛が聞きこんできた話、眉唾《まゆつば》ならばこうしてお邪魔はいたしませぬ」

高富と清右衛門が顔を見合わせたとき、信之助はこの話が真実だと確信した。

ふーうと吐息をついた高富が、

「大黒屋さんには嘘《うそ》をつけませぬ。そなたのところは幕府開闢《かいびゃく》以来のお店、うちよりも古い暖簾《のれん》ですからな」

さらに肩で息をついた高富が、

「富沢町からの買い入れ、うちでは『江戸買之払物』と称しておりますのやが、この高富、たしかに考えております。だが、まだ思案ちゅうの話、ここに控える清右衛門ら数名の幹部しか知らぬものです」

信之助はうなずいた。

「三井越後がこれほどのお店《たな》になったのも主と奉公人の信頼のうえになりたってのことです。それが巷に漏れた……。『江戸買之払物』が大黒屋さんの耳に止まった以上の打撃です。そのことを心配するゆえにな、虚言を弄《ろう》しました」

「高富様、主がどこから聞きこんできたか、私は知りませぬ。主と相談のうえにその者の口を閉じることはできまする」

「お願いしましょう」

と高富が即座に言った。そのうえで、

「うちはどこから漏れたか調べます。われらはこの一件の処置をすませた後にこの高富、総兵衛様にお目にかかりましょう。この一件は新物、古着と異なりますが、江戸の衣類を動かしていることにおいては変わりはない。富沢町の仕入れの一件はいずれ大黒屋さんと相談をと考えておりました」

「ありがとうございます」

「信之助さん、富沢町の真実の惣代《そうだい》がだれか高富はよう存じております、と総兵衛どのに伝えてくだされ」

「はい、たしかにうけたまわりました」

と信之助はかしこまって高富の前を引きさがった。

「信之助、ようしてのけてくれた」

総兵衛は褒めた。

「一つお詫《わ》びをいたさねばなりません」

「なんだな」

「駿河町の帰りに馬喰町の旅籠《はたご》によって、担《かつ》ぎ商いの六平さんに会って参りました」

「さすがに一番番頭さん、やることが素早い」

総兵衛が笑った。

「六平の口を封じられたか」

「はい、大黒屋への出入りを許す条件にだれにも話さぬように頼みましてございます」

「けっこう、けっこう」

「旦那様、六平さんの幼馴染《おさななじ》みが三井越後の番頭の一人にございまして、町で偶然に会ったそうでございます。出入り先で振る舞われた酒に酔っていた番頭さんは、気が大きくなったとみえて、古着の担ぎ商いの六平に店のなにやかやを自慢げに喋《しゃべ》ったようなのでございます。そのような人物が江戸での仕入れの話などという大事に関わっていたとは思えません。おそらく店のなかで小耳にはさんだ断片を六平に話したものにございましょう」

「その者の処分は三井の高富様がなされよう。われらは素知らぬ顔が肝心じゃな」

「承知いたしました」

「信之助、大番頭さんの供に出した駒吉が途中から戻ってきたのを聞いたか」

「はい、大番頭さんは店のことを心配なさったのでございましょうな」

「それにしてはちと訝《いぶか》しい」

信之助は背筋に冷汗をかいた。が、なんとか素知らぬ顔を通した。


その刻限、おきぬは大目付本庄伊豆守勝寛の屋敷の仏間にいた。

その場にいるのは用人の川崎孫兵衛ただ一人だ。

行灯《あんどん》の明かりが仏間の一角に鎮座する幅一間半（約二・七メートル）余の仏壇を照らしだしていた。

孫兵衛は両開きの扉を開けると両手を合わせ、先祖の位牌《いはい》が並ぶ背後の金箔《きんぱく》の張られた背壁の端を引いた。すると背壁が横に滑って、幅二尺（約六〇センチ）高さ一尺ほどの戸棚が現われた。

「ここにな、家康様の木像が安置され、巻かれた茶掛が保管してあったのだ」

おきぬは巧妙な仕掛けを子細に調べた。外部から侵入した盗人《ぬすっと》が簡単に気づくようなからくりではない。またふつうの盗人だとするならば、他の部屋で金品を物色した様子がないのが訝しかった。

孫兵衛が戸棚の仕掛けをもとに戻し、仏壇の扉も閉じた。

「用人様、屋敷内でこのことを知っておられるのはどなたですか」

「まず勝寛様に奥方の菊様、家来ではそれがしだけじゃ」

「お嬢様方の絵津様と宇伊様はご存じありませぬか」

その日に会ったばかりのまだあどけない顔を思い浮かべながら訊《き》いた。

「まずはご存じあるまい」

「では、屋敷の外でだれぞ知っておられる方はございますか」

「勝寛様のご実弟義勝《よしかつ》様と姉の吉野《よしの》様、叔父に当たられる方は八十余歳、だいぶ耄碌《もうろく》しておられるので除外してよかろう」

「義勝様はどちらに」

「旗本千二百石御先手御弓頭の花房家に婿養子に入られ、ご当主になっておられる」

吉野様は旗本六百石の石出様に嫁がれておられる」

ということは花房、石出の両家の連れ合いに伝わっている可能性もあった。

「お二人はよく屋敷にお出でになられますか」

「花房義勝様は、ご多忙な役目柄ゆえ、そうそうには見えられぬ。しかし吉野様は旦那様の茂里《しげさと》様が無役とあって、しばしばお里帰りをなさる」

「無役なれば、内情は苦しゅうございましょうな」

孫兵衛は困惑の顔をした。

「用人様、本庄家の大事にございます」

「吉野様が里帰りされるのは、菊様に金を無心するためじゃ。勝寛様には内緒じゃが、これまで用立てた金子は三百両に達しておろう」

「最近、吉野様は屋敷に見えられましたか」

「そういえば、何日か前も里帰りされておられたな」

「お戻りの節に増えた荷物などありましたか」

「滅相もない。手ぶらで暗い表情であった」

「暗い顔とはどういうことですか」

「奥方も新たな無心はお断りになったようでな」

「主《あるじ》の茂里様はどのようなお方です」

「気の弱いお方でな、役に就いたとしても人付き合いは苦手であろうな」

　そう答えた孫兵衛は、

「おきぬ、ともかく吉野様も茂里様も実家の家宝を持ちだされるような方ではないぞ」

　と言い足した。

「今はこの仏間に近づけ、家宝二品の存在を知ったお方をすべて知りたいだけにございます」

　孫兵衛は首肯すると懐《ふところ》から書き付けを出しておきぬに渡した。

　本庄家の屋敷に仕える家臣と奉公人の五十余人の名前と履歴が記してあった。

「おきぬ、なんとか家宝を盗んだ者が炙《あぶ》りだせそうか」

「探索は始まったばかり、しばらくお時間を頂戴《ちょうだい》しとうございます。ともあれ、今は家宝が盗まれたことを奉公人や親戚《しんせき》筋の方々に悟られぬことが肝要かと存じます」

「よろしくな」

孫兵衛は白髪頭をおきぬに下げた。

本庄家の四軒町の拝領屋敷は四十間四方、千六百坪と広大なもので、海鼠壁《なまこかべ》が取り囲んでいた。門番所のついた長屋門を入ると、その左右には家臣や奉公人の住まいする長屋が並んでいる。

切石の敷かれた道を真っすぐに進むと式台つきの玄関が控え、武芸場のかたわらに沿って奥へ抜ける廊下の突き当たりに泉水のある庭が広がっていた。

主の本庄家の四人の住まいは敷地の中央部、庭の東南に位置する一角であった。

おきぬは主一家が起居する奥に一室をもらい、十六歳の絵津と十三歳の宇伊に行儀作法を教える養育方として暮らすことになった。

広い敷地は長屋、台所、御用部屋、奥の主一家の住まいと厳然と区別されていた。

奉公人の一人が奥の仏間に立ち入るなどまずは難しい。そのことが一日いただけでも理解できた。

用人と仏間で会った翌日の昼下がり、おきぬは娘二人と文庫蔵の前の庭にいた。辺りには早咲きの梅の花が馥郁《ふくいく》とした香りを放っている。

奥方の菊も絵津も宇伊も、かぎられた女中たちにかしずかれて静かに暮らしていた。若い二人はおきぬが一目で気に入った様子で、流行の着物の柄や芝居のことなどいろいろと訊きたがった。

おきぬは紅梅の木の下に咲きそろう水仙と梅の枝を切り取って、絵津の部屋に戻った。

早春の日差しが淡く差しこんでなんとも気持ちよい。

「絵津様も宇伊様もようごらんください。花も命のあるものにございます、おろそかに扱うとせっかく生きてきた花が死にまする」

紅梅の一枝と白の水仙をそれぞれに渡すと、自由に生けてごらんなさいと二人に命じた。

二人は花鋏《はなばさみ》を無造作に使うと、古備前の壺《つぼ》に梅の枝を切り揃《そろ》え、白水仙を散らして生け、おきぬを振り見た。

若々しい奔放な生け方だ。

「絵津様、宇伊様、これではせっかくの水仙がかわいそうにございます」

おきぬが梅の花を刈りこみ、水仙の花の位置に変化を持たせて立体感をつけるとまるで印象が違って見えた。

「まあ、おきぬの手にかかると水仙が笑っているわ」

「姉上、水仙が笑うものですか」

「宇伊はまだ小さいから分からないの。水仙が喜んでいるのよ」

二人の姉妹はにぎやかにおきぬが手を入れた花をためつすがめつ眺めた。

「おきぬはいくつですか」

絵津がふいに聞いた。

「二十四歳にございます」

「独り者ですか、好きなお方はいなかったのですか」

今度は宇伊が矢継ぎ早に訊く。

「一時《いちどき》に尋ねられては答えようがありませぬよ。おきぬは独り者にございます」

「おきぬは宇伊の目から見ても美形です。どうして結婚されなかったのかしら」

十三歳の娘にとって二十四歳のおきぬは不思議な存在に映るのだろう。

「美形とはありがとうございます。さてどうして嫁の貰《もら》い手がないのでしょうか」

「好きな殿ごはおられませんのか」

おきぬは一瞬総兵衛のことを思い描き、鳶沢村に向かった笠蔵へと考えを巡らした。分家の次郎兵衛が千鶴のことを納得すれば、もはや総兵衛はおきぬの手から遠いところに行ってしまう。それが鳶沢一族に生まれたおきぬの宿命ならば、甘んじて受け入れるしか途《みち》はない。

「ございましたよ」

「なぜそのお方と一緒になれなかったのですか」

宇伊が遠慮なく訊いた。

絵津はおきぬの複雑な心中を察したように黙りこんでいた。

「その方は別のお女《ひと》がお好きでした」

「まあ、世の中無情ね。だいいちおきぬを見捨てるなんて、その方の目はおかしいわ。ねえ、姉上」

おきぬは困惑の表情を浮かべた絵津に目を移した。

「絵津様は米倉様のご次男新之助様と許婚《いいなずけ》の仲だそうにございますね」

絵津が頰を朱に染めた。

「お好きなのでございますね」

「わかりませぬ」

と絵津がきっぱり言った。

「私は新之助様を幼いときから知っております。米倉のおば様がしばしば新之助様を連れられて屋敷にお出でになったり、私と宇伊が母上と一緒に米倉様のお屋敷に伺ったりしましたから」

米倉能登守は御鉄砲百人組之頭四千石の大身《たいしん》で米倉と本庄は城中詰めの間が近く、二人の親しい交わりが二家の交際に発展したという。孫兵衛からの情報だ。

御鉄砲百人組之頭とは甲賀組《こうがぐみ》、根来組《ねごろ》、伊賀組《いが》、二十五騎組《にじゅうごき》の四組の組頭で戦時は鉄砲隊である。平時は大手三之門に詰めて、枡形内《ますがた》を警備し、将軍家が、東叡山《とうえいざん》寛永寺や三縁山《さんえんざん》増上寺に参詣《さんけい》のおりに山門を警護する役目だ。

能登守の長男の勝太郎《かつたろう》は二十、数年後には米倉が隠居して勝太郎が出仕することが決まっていた。新之助は十八歳、絵津とは二つ違いということになる。

「おきぬ、結婚とはどういうものですか」

絵津が訊いた。

「武家と町方の結婚はだいぶ違いましょうな」

「武家の嫁は世継ぎを生むことと聞かされております。それだけのことでしょうか」

「結婚もせずにこの年まで過ごしてきたおきぬには、絵津様の問いに答えることはできませぬ。しかしながら、女子《おなご》の務めが子を生むだけのものなら、おきぬは哀《かな》しゅうございます。まずは一緒に暮らす殿方のことが好きでありたい。そしておきぬもまた殿方に好かれたいと思います」

絵津と宇伊が目を見張っておきぬを見た。屋敷のなかで自分の気持ちを正直に話す女性に初めて接したのだ。

「おかしゅうございますか」

「おきぬのような女子を初めて知りました。絵津も新之助様をそう思いたい。そしてそう思われたいと思います」

「十六歳の絵津様に恋心が生じるのは道理にございます。それが自然の人の心にございます、絵津様」

絵津が大きくうなずいた。

「たくさんのことを新之助様とお話しなさいませ。互いがなにを思い、考えているか話し合われませ。それが好きになる早道にございますよ」

「新之助様は近ごろ、姉上のことを子供だと馬鹿《ばか》にしておられるのです」

「これ、宇伊」

絵津が妹を窘《たしな》めた。

「新之助様は大人にさしかかった十八歳、絵津様はいまだ十六歳にございます。あと一年もすれば、絵津様がさらに一層お美しく変わられる。そのとき、新之助様は絵津様のことを驚きの目で見直されますよ、おきぬが請け合いまする」

絵津が縋《すが》るような視線を向けたとき、菊が座敷に入ってきた。

「母上、おきぬに江戸の町の話をいろいろと聞いていたところです」

絵津が新之助との話題をそらすように言った。

「宇伊は江戸の町をおきぬの案内で見とうございます」

「まあまあ、無理を言って」

おきぬは二人の娘たちが江戸の市井《しせい》に触れるのも大事なことのような気がした。

「奥方様、私からもお願い申します」

「殿の許しがあれば」

菊は生き生きとした二人の娘の表情を見て、そう答えた。すると絵津が満面の笑みを漏らし、宇伊は、

「母上、約束ですよ」

と喜びを全身に表わした。

その日、本庄伊豆守勝寛が城中から下がってきたのは七つ（午後四時頃）前のこと、すぐさまに勝寛は仏間に入り、ご先祖の霊の前に瞑想《めいそう》した。

その直後、奥方の菊がおきぬを呼びにきた。

おきぬは昨夜に続いて仏間に入ると、用人の川崎孫兵衛がわなわなと膝《ひざ》に置いた拳《こぶし》を震わして、今にも気絶しそうな気配であった。

菊が退室した。

おきぬは仏間の端に座ると、

「なにか異変がござりましたか」

と勝寛に訊《き》いた。

大目付の要職にある勝寛の顔は、いちだんと厳しい緊張に見舞われていた。

だが、平静を保とうと自らを抑制していた。

「本日、上様《うえさま》に呼ばれた」

「…………」

「上様はかように申された。『伊豆、そなたの屋敷には秀忠様より拝領した家康様のご座像が伝わるというではないか。一度、拝顔したいものじゃなあ』とな」

「殿、なんという間の悪いことにございますか」

孫兵衛が腹から絞りだすような悲鳴を漏らした。

「さよう、あまりにも間が悪いわ。わしは、ただ今、京の仏師に修復のために預けてあるとご返事申しあげて引きさがってきた。綱吉様は、一度口にされたことはお忘れにならぬお方じゃ。早い機会に奪い返さねば本庄の家は潰《つぶ》れる」

さすがの勝寛も衝撃は隠しきれない様子だ。

「殿様の咄嗟《とっさ》のご返答におきぬは感服いたしました」

とおきぬは勝寛の機転を称《たた》え、にっこりと笑うと、

「これは悪い知らせではありませぬ」

と言い切った。

「なんと申した」

「上様のご下問は偶然ではありませぬ。この屋敷から家康様の座像と茶掛を盗みだした者が策動を始めた証《あか》しにございます。となれば、上様を唆《そその》かした者を暴《あば》きだせばよいこと。殿様のご機転にていくらかの時間も生じましたし、そう落

胆するにはおよびませぬ」

勝寛がおきぬの平静な顔を凝視した。

「いかにもさようであったな。わしはこのことを総兵衛に任せたのであったわ」

「はい」

おきぬはそう答えると、

「手配をいたしますゆえ」

と断って仏間から退出していった。

第二章　盗　難

一

鎌倉河岸《がし》は江戸城を囲むお堀の一角、御本丸の東側にあった。その南側には親藩の大名諸家の上屋敷が宏壮《こうそう》な甍《いらか》を連ね、その奥には城の天守閣がそびえていた。北側は鎌倉町など町家《まちや》が広がり、さらに旗本屋敷に接していて、大目付本庄伊豆守勝寛《ほんじょういずのかみかつひろ》の拝領屋敷もあった。

鎌倉河岸は千代田の城を築いたときの資材を陸揚げした河岸で、城にもっとも近い。

その河岸に一隻《せき》の屋根船が止まっていた。

早春の日が落ちた河岸には冷たい川風が吹き抜けていた。

船頭姿の男がおきぬを見て、頭を下げた。

「あら、清吉《せいきち》さん」

清吉はかつて富沢町の古着屋江川屋の手代だった若者だ。事情を知らないままに江川屋と大黒屋の争いに巻きこまれ、江川屋の番頭に裏切られて、危うく殺されようとしたおり、番頭の信之助に助けられて大黒屋に拾われた。また大黒屋打倒に執念を燃やす柳沢保明一派との暗闘の最中には敵方に捕らえられ、手酷《てひど》い拷問《ごうもん》を受け、総兵衛に救いだされるという受難をも経験していた。

清吉は心身の治療のために鳶沢《とびさわ》村に送られ、年の瀬も押し詰まった師走《しわす》に富沢町に戻ってきた。

障子を引くとするりと船室に入った。すると手炙《てあぶ》りのそばに総兵衛がいた。

「おれの勘があたったようじゃな」

おきぬの顔を見た総兵衛がつぶやくと清吉に、

「おきぬと二人だけで話がある。だれも近づけるでない」

と命じた。

「はい」

と答えた清吉が船を離れ、河岸に上がった。

「どうやら盗人一味が動きだしたようにございます」

おきぬは勝寛が綱吉から家宝の家康像を見せるように命じられたことを告げた。

「おもしろいな、やはりお城とつながっておったか」

と独白した総兵衛は、

「本庄様はどうしておられる」

と大目付の身を案じた。

「城中からお下がりになったおりはだいぶ動揺を見せておられましたが、今は大黒屋にこの一件を任せたのであったなと申されて平静を取り戻されました」

うーむと答えた総兵衛はおきぬを屋敷に入れてよかったと考えていた。

「だれぞ頭の黒い鼠《ねずみ》はいたか」

「家臣、奉公人が仏間に入るのは無理がございます。また仏間に入ったとしても、あの仕掛けを知っていなければ、盗むことはできませぬ。屋敷内で隠し場所を知っていたのは、殿様に奥方様、それに川崎用人の三人。まだ確かめてはおりませぬが、娘ご二人は知らぬ様子にございます。となれば、屋敷の外の人間で家宝のことを知り、かつ仏間に自由に出入りできる者……」

「本庄様の親戚《しんせき》筋じゃな」

「はい、はっきりと家宝二品の存在と場所をご存じなのは、殿様の弟君、御先手御弓頭花房家に養子に出られた義勝様と石出家に嫁がれた姉の吉野様のお二人にございます。このうち吉野様はしばしば四軒町の屋敷にこられて、義妹の菊様に無心をなさっておられます。その金が三百両にも達しております」

「石出のお役はなんじゃな」

「永の小普請《こぶしん》にございます」

「無役か、苦しいな、屋敷はどこか」

「水戸様上屋敷北側の下富坂町にございます。二品が紛失した前後にも屋敷に見えて、無心をなされておりますが、さすがの奥方様も手元不如意《ふにょい》とお断りなさったそうにございます」

「調べてみよう。ほかに心当たりがあるか」

「絵津様の許婚《いいなずけ》の米倉能登守様ご次男新之助様は当年とって十八歳、まだ幼い絵津様では物足らず、近ごろ背伸びをされている様子にございます。が、まずこちらは心配ないかと存じます」

「だれぞに唆《そそのか》され、吉野様が家計の苦しさも相俟《あいま》って実家の家宝に手を出したことが考えられるか」

おきぬと総兵衛の意見は一致した。

「とはいえ、吉野様が屋敷外へ持ちだしたとは思えぬ。仏像の身の丈は九寸（約二七センチ）と聞いた。茶掛と二品を手にして外に出るのは、怪しまれよう」

「はい。用人様も吉野様は手ぶらでこられて手ぶらで戻られたと言っておりました」

「屋敷内に仲間がおらぬともかぎらぬ。となれば、まだ屋敷うちにあるやも知れぬ。吉野様の仕業と決めつけるのは早いが、怪しげな行動をだれぞがとらんともかぎらぬ。精々目を瞠《みは》っていよ」

かしこまったおきぬが訊《き》いた。

「総兵衛様はどちらかお出掛けにございましたか」

「神田川を上がってな、牛込御門近くの伊達村道場を見てきた」

本所深川の道場主の石垣歳五郎に本庄伊豆守勝寛の襲撃を命じた当人だ。むろん伊達村も何者かに頼まれてのことと考えられた。

「弟子たちの稽古《けいこ》を見ただけだが、伊達村兼光の馬庭念流《まにわねんりゅう》の腕前、かなりのものと思われる……」

馬庭念流を創始した上州多胡《たこ》郡馬庭の樋口《ひぐち》家の遠祖は木曾義仲《きそよしなか》四天王のひとり、樋口次郎兼光といわれる。末裔《まつえい》の樋口又七郎定次《またしちろうさだつぐ》は、たまたま馬庭村に遊歴してきた友松清三入道に正法《しょうぼう》念流の剣術を習い、その伝を会得《えとく》して樋口念流、馬庭念流を興《おこ》した。

巨漢の伊達村兼光がどこで馬庭念流を修行したかは分からなかった。牛込御門近くの道場は、間口十間(約一八メートル)、奥行十二間の破風《はふ》造り、堂々とした構えであった。一道場主の背後に金主がいるものと推測された。

「だれぞ関わりの者が弟子におりましたか」

おきぬは四人の老中の家臣が弟子にいたかと訊いた。

「本日は表構えをのぞきにいったまで、そこまでは分からぬ。おてつがすでに探りに入っておるゆえ、そのうちなんとか言ってこよう」

おきぬは会釈《えしゃく》すると、

「屋敷に戻ります」

と総兵衛の前から退こうとした。

「おきぬ、うちに起こった災難にはだれもが平静を保てぬもの、精々本庄様のお力になって働いてくれ」

かしこまりましたと答えたおきぬが、障子際《ぎわ》で今一度笑みを主《あるじ》に向けた。

「絵津様と宇伊様を江戸の町にお誘いしたいのですが、よろしゅうございますか」

「ほほお、お姫様方をな、勝寛様さえお許しならばいつでもな」

と応じた総兵衛は、

「吉野様の調べがすんだら信之助を屋敷に伺わせよう」

と言った。おきぬはうなずき、姿を消した。

「船をどちらに向けますか」

しばらくして清吉の声がした。

「富沢町に戻る」

と答えた総兵衛が、

「清吉、そなたに話したいことがある。まずはこれへ入れ」

ゆるゆると元禄《げんろく》十六年の正月が過ぎていこうとしていた。

一月最後の夜、店仕舞いした後、富沢町の大黒屋の地下にある大広間に鳶沢一族が呼び集められた。

ここには危急存亡の秋《とき》や節目の儀式以外に一同が集められることはない。

三番番頭の国次《くにじ》、四番番頭の風神の又三郎、筆頭手代の磯松《いそまつ》、荷運び頭の作次郎、担《かつ》ぎ商いの秀三《ひでぞう》らの顔にも緊張が漂っていた。

総兵衛のかたわらには一番番頭の鳶沢信之助が控えていた。

「まずそなたらに知らせることがある。鳶沢村より早飛脚が参った」

一座に緊迫が走った。

「かねてより療養中の二番番頭の栄太郎《えいたろう》が亡《な》くなった」

静かな動揺が走った。

栄太郎は肺病を病み、この数年、鳶沢村に戻って治療を続けていた。が、年始めに肺炎を併発して亡くなったと、分家の鳶沢次郎兵衛からの知らせがきた。

栄太郎が富沢町から鳶沢村に戻ったとき、当時の三番番頭であった藤助が仮の二番番頭の地位に就いた。

栄太郎が元気になれば、新たな地位に就ける心積もりの総兵衛であった。が、それも適《かな》わず、栄太郎の代理を務めていた藤助も箱根の山中で務めの最中に非《ひ》業《ごう》の死を遂げていた。

大黒屋にとって二番番頭は鬼門といえた。だが、古着問屋と影仕事の二つの宿命を持った鳶沢一族に停滞は許されない。

「栄太郎の弔いは、鳶沢村にてすんだそうな。江戸にても葬儀をいたさねばなるまい。じゃがわれら鳶沢一族が直面している問題を排除した後のことじゃ、分かったな」

おお、という声が地下に響いた。

「国次、前へ」

総兵衛は三番番頭の国次を呼んだ。

主の考えをただひとり知る信之助が神棚の前からお神酒《みき》の入った白地の徳利と盃《さかずき》を下げてきた。

「国次、そなたを二番番頭へ昇進させる」

「はっ、かしこまってござる」

国次が決然と平伏した。

「栄太郎の弔いをせぬ前にと考える者もいよう。じゃが、われら一族を大きな危難が襲っておる。戦《いくさ》に勝ち抜くためにも一族の陣容を立てなおさねばならぬ」

古着問屋の大黒屋の身分は鳶沢一族の序列に応じていた。

信之助が総兵衛に白地の盃を捧《ささ》げ、神酒を注いだ。

「戦いが勝利に終わった後、昇進の儀式はいたす。今宵《こよい》は仮式じゃ」

そう言った総兵衛が神酒を半分啜《すす》って国次に渡し、国次は頭領の口をつけた神酒を飲み干した。

「風神の又三郎、前へ」

四番番頭の又三郎が国次の務めてきた三番番頭を命じられ、ふたたび儀式が繰り返された。

「手代の磯松、これへ」

国次といっしょに明神丸で上方からの仕入れをおもに担当してきた磯松を、総兵衛は四番番頭に任命した。そして三度、主従の誓いが繰り返された。

「今ひとつ申し渡すことがある」

そう前置きした鳶沢総兵衛勝頼は、板戸の向こうに声をかけた。

「清吉、これへ」

板戸が開くと、駒吉に付き添われた清吉が控えていた。

一座にざわざわとした動揺が走った。

地下の大広間に集う者は一族の者だけである。これは一族の不文律だ。

顔面に緊迫を掃いた清吉は、まっすぐに総兵衛の下に腰を屈《かが》めて近寄った。

「本夜をもって清吉を鳶沢一族に迎える」

不満のざわめきが走った。

「静まれ。頭領の話は終わっておらぬ！」

信之助の叱声《しっせい》が大広間に響きわたり、一座は水を打ったような静寂に包まれた。

「清吉は富沢町の江川屋の手代を務めてきた男だ。本来なら同業の大黒屋に転職できるわけもない。なぜ、この総兵衛が清吉を大黒屋に迎え入れたか。そのほうらに訳を言い聞かす」

総兵衛は、清吉の箱根山中の危難から大黒屋の持ち船明神丸に乗っての再修業、さらには柳沢派の町方同心新堂鬼八郎《しんどうきはちろう》に捕らえられ、半死半生の拷問《ごうもん》に遭いながらも沈黙を守りとおした事実などを改めて説明した。

「清吉は新堂鬼八郎に総兵衛と鳶沢一族について話せと責められながらも一言も喋《しゃべ》ることなくわれらの秘密を守りとおしてきた。それは体に負うた傷が示している。清吉を怪我《けが》の治療に鳶沢村へ送ったことは皆も承知しておろう。清吉は鳶沢村に生まれ育った者ではない。じゃが、天が鳶沢一族に加われと下された男じゃ。鳶沢総兵衛勝頼は幾多の試練を乗りこえてきた清吉をわれらと同座に迎える。異論ある者あらば、この場で唱えい！」

「総兵衛様！」

と声を張りあげたのは信之助だ。

「清吉はすでに鳶沢村での暮らしも経験、われらの秘密の半分を共有しております。六代目頭領が熟慮された決定にわれら家臣のだれが異論を唱えましょうぞ」

三段突きの槍の名手鳶沢信之助が一座を睨《にら》みまわした。

「頭領のご意思は鳶沢一族の総意にございます」

「なんの不満がありましょうか」

「清吉を喜んで鳶沢一族へ迎えます」

賛意の声が上がった。

「よし、一座に盃を」

総兵衛の命に神棚の前に置かれた白地の盃が配られ、神酒が満たされた。

その間、清吉は板の間に平伏して待機していた。

信之助が清吉の前に盃を置き、神酒を注いだ。最後に総兵衛の盃にも四度目の神酒が注がれた。

「清吉、頭を上げえ」

総兵衛が盃を片手に清吉の顔を正視し、

「誓いの飲み分けじゃ」

と言うと、かしこまった清吉が、そして総兵衛が盃の神酒を半分ほど啜り、盃を交換した。

「清吉、これからは生きるも死ぬも鳶沢一族の宿命に殉ずることになる。かまえてそのことを忘れるな」

「未熟者ではありますが必死に相勤めまする」

「よおし！」

一同が手にした神酒を一気に飲み干した。

鳶沢一族の再編の儀式は終わった。

信之助が指名した数名を残して、一族の者が大広間から引きさがった。

「探索具合を聞こう」

総兵衛が探索に当たる者たちの顔を見まわした。

「秀三」

信之助が、老中のひとり土屋相模守《さがみのかみ》政直の上屋敷に出入りする商人たちから情報を探りだそうとしてきた担ぎ商いの秀三に顔を向けた。

「総兵衛様、〝影〟を務められるには屋敷全体に緊迫が足りぬように思えます。それにどうやら政直様、お体を悪くされているとか」

「病気か」

土屋は常陸土浦《ひたちつちうら》藩七万五千石の領主、上屋敷は駿河台《するがだい》の富士見坂にあった。

「寝所近くに宿直《とのい》の若侍は配されておられるそうでございますが、お庭番のごとき忍びがいるとも思えませぬ」

〝影〟ならば身辺に気を配って生きるはずだ。病が長引くようでは老中職もおぼつくまい。

政直は、浅野への上裁が厳しすぎたゆえに吉良《きら》邸討ち入りを招いたと評定所の閣老直裁判《かくろうじき》で主張しているという。

「相分かった」

「風神、小笠原佐渡守《さどのかみ》長重はどうか」

小笠原は武蔵岩槻《むさしいわつき》藩五万石の城主であった。

「佐渡守様のご城下岩槻まで往復して参りましたが、こちらもいたって静か……」

老中職にある身の佐渡守は当然在府である。だが、風神の又三郎はもし〝影〟なれば、岩槻にもなんらかの匂《にお》いがあると考えたようだ。

「岩槻城中お文庫を始め、参勤下番のおりに起居される寝所にも忍びこみましたが、それらしき痕跡《こんせき》はいまだつかめておりません」

総兵衛がうなずいた。

「稲平」

信之助が手代の稲平を指示した。

稲平は甲斐谷村《かいやむら》藩四万石秋元但馬守《たじまのかみ》喬知の身辺探索を命じられていた。

「但馬守様、大石様ら元赤穂藩士の処分に頭を悩まされて、連夜にわたり、儒学者らをおそばに呼んで考えを聞かれておりまする。その様子に、〝影〟を務める片鱗《へんりん》も見えませぬ」

総兵衛は黙想したままうなずいた。

「磯松のほうはどうか」

手代から四番番頭に昇進したばかりの磯松は、二年前に老中職に就任した下《しも》総佐倉《うささくら》藩十万二千石の稲葉丹後守正通を調べていた。

「おかしいと言えばおかしゅうございます」

一座が初めて緊張した。

「丹後守様、お城からお下がりの後は、出入りの商人が差しだした愛妾《あいしょう》の舞世《まよ》様のおそばにて大酒なさいますそうな。重役方はこのことが外部に知れぬように必死で隠そうとなさっておられます。〃影〃を糊塗《こと》するために女と酒におぼれてみせる、とも考えられますが、私にはどうみてもそうとは思われませぬ」

「〃影〃なればこそ簡単に尻尾《しっぽ》は見せまい。気長にな、四人の老中の動静を見張れ」

「屋敷内に入ること適いませぬか」

風神の又三郎が聞いた。

「ならぬ。迂遠《うえん》かもしれぬが外から情報を探れ」

これが総兵衛の指図であった。

「おてつが牛込御門の伊達村道場を担当しているのであったな」

秀三の母親おてつが大目付本庄伊豆守勝寛を襲った石垣ら浪人者を差し向け

た馬庭念流の道場主、伊達村兼光の周囲に目を配っていた。

「なんぞ知らせは入っておるか」

総兵衛は秀三に視線を向けた。

「本日の昼間におてつどんと会いましてございます」

秀三は自分の母親をこう呼んだ。二人で組んで探索を務めることが多い二人は、親子であることを忘れ、鳶沢一族に奉公するおてつ、秀三として認め合っていた。

「まだ探索について日も浅いが、なんぞ話があったか」

「伊達村の懐《ふところ》の潤沢は蔵前の札差《ふださし》、伊勢屋《いせや》亀右衛門《かめえもん》が後ろに控えているからにございますそうな。なぜ伊達村と札差が懇意か、今のところ定かではありませぬ。また伊達村では多くの大名家の家臣を門弟に抱えておりますが、四人の老中のうち、土屋相模様と稲葉丹後様のご家来がそれぞれ一人ずつ通っておられるとのことにございます。ただしいまだ姓名身分の儀は判明いたしておらぬそうにございます」

「おてつはやることが素早いな」

総兵衛がそういうと銀煙管《ぎんぎせる》に刻みを詰めて、火を点《つ》けた。

一服ふかして紫煙を吐いた総兵衛がぎろりとした目を向けた。

「磯松、丹後どのに妾《めかけ》を差しだした商人がだれか調べて参れ」

「はっ、さっそくに」

磯松がかしこまった。

「本日はこれまでじゃ。国次、駒吉を今一度ここに呼べ」

大広間に総兵衛と信之助を残して国次らが消えた。

「信之助、人それぞれ得意もあれば、不得手もある。新しく一族に加わった清吉は、頭の回転の早さと口の固さじゃ。鳶沢村で物心ついた一族の者とは違い、棒振り剣術はまったく身につけておらぬ。これはこれでよいが、せめて護身の技くらいは身につけさせておきたい。おれも考えよう。信之助、暇をみて、そなたも清吉に護身の術のいろはを教えてくれ」

はっ、と信之助がかしこまったとき、板戸の向こうから駒吉の声がした。

「来たか、入れ」

駒吉が総兵衛の前に姿を見せた。

「そなたに申しつける」

「待っておりました」

駒吉は大番頭の笠蔵の供で箱根に向かった。そのせいで任務から外されていた。

「せっかくの大番頭さんの心遣いじゃ、必死で働け」

「なんなりと」

「本庄伊豆守様の姉上が旗本無役六百石、石出茂里様の奥方として嫁いでおられる。この屋敷の内緒を探れ」

「お屋敷は分かりましょうか」

「水戸様上屋敷の裏手、下富坂町じゃそうな」

「内緒とは石出様の懐具合でございますか」

「勝手が苦しいのは分かっておる。どこにどれほどの借財があるか。また最近金まわりが変わったかどうか。もし金まわりがよくなったとしたら、どこからの金か、すべてのことだ」

「さっそくに調べます」

駒吉はそれだけかという顔で総兵衛を見た。

「物足りぬか。ならば」

総兵衛はふと思いついた。

「本庄様のご息女、絵津様の許婚《いいなずけ》は旗本四千石、米倉能登守様の次男の新之助様じゃ。このお方のお人柄、交遊関係を調べあげえ。屋敷は御城の北、今川小路にある」

「かしこまりました」

「駒吉、かまえて米倉様の次男坊の身辺をわれらが探っておることを悟られてはならぬ。分かったな」

総兵衛は本庄と米倉両家の仲違《なかたが》いの種だけは作りたくないと危惧《きぐ》していたのだ。

駒吉が厳しい顔でうなずいた。

二

駒吉は大黒屋のなかで荷掛けの縄を使わせたら右に出る者はいない。小僧時代から綾縄《あやなわ》小僧と呼ばれてきた。

総兵衛から任務を命じられて半刻《とき》（一時間）後、その姿は水戸中納言《ちゅうなごん》家の上屋敷裏、下富坂町の石出家の前にいた。

「なんてひどい構えだ」

駒吉が呆《あき》れ返るほど、屋敷のたたずまいは荒れ果てていた。

六百石取りの旗本は一旦《いったん》事あらば、侍三人、甲冑《かっちゅう》持ち一人、槍《やり》持ち一人、馬の口取り二人、小荷駄二人、草履取一人、挟箱《はさみばこ》持ち一人、立弓持ち一人、鉄砲一人の十三人を引き連れて城中に駆けつけるのが務めである。

だが、尾羽打ち枯らした石出の屋敷に馬二頭が飼われているとも思えない。

屋敷はおよそ六、七百坪の見当だが、長屋門は破れ放題、長屋は医師に貸し与えているらしく、通用口に本道医師前田道庵《どうあん》の表札がかかっていた。

駒吉は通用口をさっと押してみた。するとぎいっと音を立てて開いた。中間《ちゅうげん》の何人かは長屋門の番所に控えていようと駒吉は緊張したが、だれか出てくる気配もない。

駒吉は縞《しま》の袷《あわせ》を尻《しり》っぱしょりして草履を懐に入れた。

わずかに開いた通用口から敷地に入りこんだ。

刻限は四つ半（午後十一時頃）過ぎだというのに、中間部屋あたりに人の気配がした。

駒吉は破れ塀の内側に並ぶ中間部屋に近づくと、明かりが格子《こうし》窓から洩《も》れてきた。

「丁半、揃《そろ》いましてございます」

なんと中間部屋で賭場《とば》が開かれていた。

御目見以下の御家人の屋敷を賭場に貸すという話はよく聞くが、六百石の旗本が屋敷内で賭場を開いているとは驚天動地のことだ。

ふいに腰高障子戸が引かれて、門番二人が徳利をぶら下げて門のほうに歩いていく。

駒吉は暗がりに身を潜めてやり過ごした。

「平吉《へいきち》、この屋敷も長くはねえな、旦那《だんな》はさいころに憑《つ》かれていなさるぜ。いくらお内儀が内職なさっても追いつくめえぜ」

「そういうな、がみがみ言われる屋敷よりなんぼか過ごしやすい。こうやって賭場の開かれる日にゃあ、酒にもありつけるしな」

「ただ酒より給金だ。いつになったら払ってもらえるんだい」

駒吉は母屋《おもや》の勝手口にまわった。戸締まりは一応されていたが、屋根の明かり窓が開いていた。

不用心も極まれりだが、盗まれる金品がありそうにもない。

敏捷《びんしょう》な綾縄小僧が窓枠に足をかけて屋根に這《は》いあがり、明かり窓から台所に忍びこむのにさほどの時間を要しなかった。

台所は屋敷の内情をしめして後片付けすらされてなかった。汚れたままの鍋《なべ》釜《かま》が流しに山積みされ、野菜の切れはしが三和土《たたき》のあちこちに散乱していた。

女中部屋からか、大きな鼾《いびき》が聞こえてきた。

駒吉は足音を忍ばせ、廊下を奥に向かった。

奥の部屋にはまだ明かりが洩れていた。納戸《なんど》部屋の障子がだらしなく開いている。真っ暗な納戸に入りこんだ駒吉は、雑然と置かれた家具や道具に注意を払いながら、天井裏に這いあがった。そして、明かりの洩れる部屋の真上に移動した。

部屋から鼻唄《はなうた》が聞こえてくる。女の声だ。

駒吉は袷の襟に差しこんだ小刀を使って天井板をわずかにずらした。

まず目に入ったのは六百石の拝領屋敷の部屋一面に広げられた傘の花畑だ。真ん中には、奥方の吉野が座り、行灯《あんどん》の明かりで傘の骨に紙を張っていた。その手慣れた様子は内職がかなり前からおこなわれていることを示している。

(なんとまあ、旗本六百石の奥方が……)

救いがあるとしたら、吉野の屈託のない顔だ。

一本の傘を張っていくらになるのか。長屋のかみさんでも喜んで手を出す内職ではない。

ふいに廊下から足音がして、傘畑の座敷に男が入ってきた。

「お前様、また賽《さい》の目に見放されましたか」

「ついておらぬ。今月の賭場の貸し賃が二刻(四時間)もせぬうちに、虎蔵《とらぞう》親分の懐に戻ったわ」

虎蔵親分が賭場の胴元らしい。

「奥、金はないか」

「ございませぬ」

「四軒町は用立ててくれぬのか」

「菊様に断られました」

「けちじゃなあ」

「けちもなにも三百両もの借金が積み重なっておりますから、無理もないことにございますよ」

「勝寛どのに申しても駄目であろうな」

「弟に借金を申しこむのですか。そなた様の不始末を知ったら、腹を斬《き》らされるのが落ち、弟は私と違い、きびしゅうございますよ」

「なにせ大目付じゃからな」

「今晩は諦《あきら》めて寝なされ」

茂里は気弱なまなざしを吉野に向けると、

「世の中、不公平にできておる。金がある家と金のない家とにな」

と嘆いた。

「いつかは風の吹き具合も変わりましょうに、辛抱にございます」

あくまで吉野の言葉は楽天的だ。

駒吉は天井板を戻すと、その場から撤退していった。

実家の家宝を持ちだして金にした形跡はない。貧乏神がすっかり居着いた屋敷から抜けでた駒吉は、夜の路上で溜《た》め息《いき》を一つついた。


幾とせの老船頭勝五郎《かつごろう》の屋根船は春うららの大川から中川との間に掘り抜かれた竪川《たてかわ》に入っていった。

障子を開けていても川面《かわも》に吹く風は冷たくない。それに胴ノ間には炬燵《こたつ》も用意されていた。

「おきぬ、大川を渡ったのは初めてですよ」

本庄伊豆守勝寛の次女宇伊が喜びの声を上げた。さすがに十六歳の絵津は慎みを忘れなかったが、きらきらと輝く瞳《ひとみ》が興奮を示していた。

おきぬは勝寛から許しが出たので大黒屋に連絡《つなぎ》をつけた。するとその日のうちに信之助がご機嫌伺いに本庄邸を訪れ、次の日の船遊びを知らせてきたのだ。

竪川沿いの道を二人の子供が担《かつ》いだ太鼓を打ち鳴らしながら行く。着物の裾《すそ》を帯にたくしあげた女の子が稲荷《いなり》大明神の幟《のぼり》を持っているところを見ると、気の早い初午《はつうま》の行事の真似《まね》とみえる。

そんな光景がめずらしいのか、二人の姫は外の様子に釘《くぎ》づけだった。

「初午の日には、あのように一日じゅう太鼓を叩《たた》いて練り歩いても叱《しか》られないんですよ」

おきぬが説明を加えていると屋根船は二ツ目之橋を潜《くぐ》り、三ツ目之橋に近づいていった。

「お姫様、そろそろ横川を横切りますよ」

屋根船の舳先《へさき》には大黒屋の荷運び頭の作次郎が助船頭《すけせんどう》の体で乗っていた。初めて船遊びをされるお姫様に万が一のことがあってはならぬというので、大力の作次郎が守護を命じられていたのだ。

屋根船が新辻橋《しんつじ》を潜ると、周囲の町家の風景がさらに身近に眺められた。

この辺りの堀には上方を中心に江戸に運びこまれる物資が荷揚げされる河岸《かし》が並んでいる。荷船が行き来し、物売り船が声を張りあげてかしましい。

絵津も宇伊もそんな賑《にぎ》わいを飽かずに眺めている。

「おきぬ、どちらへ案内してくれますか」

絵津が顔をおきぬに向けた。

「絵津様と宇伊様がさらに一層賢く、美しくなられますように亀戸《かめいど》天満宮にお参りして、梅見をしてまいりましょう」

「おきぬ、梅見ならば屋敷でもできます」

宇伊が口をとがらせた。

「そうでございましょうかね」

おきぬが笑った。

屋根船は早春の若緑を芽吹かせた土手をのどかに進むと、十間川へと左折した。すると一層ひなびた風景にと変わった。

「おきぬさん、そろそろ天神橋を潜りますぜ」

艫先の作次郎が声を張りあげ、亀戸天満宮への到着を知らせた。

勝五郎が船を天神橋際《ぎわ》の船着場に寄せ、作次郎が素早く河岸に飛ぶと船を舫《もや》った。そうしておいてあたりにちらりと目を配った。

総兵衛から作次郎は、

「時が時じゃ、何人《なんぴと》がお姫様を襲わんともかぎらぬ。かまえて油断などするな」

と厳命されていた。

舷側《げんそく》を河岸に寄せた作次郎が二人のお姫様の履物をおきぬから受け取り、河岸に揃えた。

「水に落ちられるといけねえ、お手をかしてくだされ」

おきぬに二人を渡した作次郎は、用意していた金剛杖《こんごうづえ》を手にして三人に従った。

おきぬは武家務めの奥女中らしく懐剣を忍ばせていた。

船着場から参道に上がった絵津と宇伊は、門前に軒を並べる料理屋や茶屋に雲集する参拝客にびっくりしている。

「さてお参りいたしましょうか」

おきぬを道案内に絵津と宇伊が続き、その後方に作次郎が従った。

「亀戸名物は業平蜆《なりひらしじみ》にございます。宇伊様、お参りの後で食事をしてまいりましょう」

「外でお昼を食するなんて初めてよ」

「おきぬ、業平蜆の業平とは六歌仙の在原業平《ありわらのなりひら》様ですか」

「絵津様、さようにございますよ。業平様が任を終えて京に戻る途中にこの地で亡《な》くなられた、そこで土地の者が手厚く葬《ほうむ》ったという言い伝えがございまして、それでこの辺りで採れる蜆を業平蜆というのだそうにございます」

二人は天満宮の賑わいにも慣れ、壮麗な楼門を潜って菅原道真《すがわらのみちざね》を祭る社殿に参った。そして九州太宰府から移し植えたという紅梅の飛梅《とびうめ》を見物した。

「おきぬ、天神様の梅の木には屋敷の梅もかないませぬな」

宇伊が素直な感想を漏らし、おきぬはほほ笑んだ。

ちょうど昼食の時分だった。

参道の一隅にある料理茶屋の一部屋をとると、名物の川魚料理と業平蜆の食事をした。

絵津も宇伊もわずかな白酒に頰を染め、どの料理も美味《おい》しいと箸《はし》を出した。

「おきぬ、次のときには、姉上と私を芝居に連れていってくだされ」

「さてそれは」

「お父上のお許しが出るかどうか難しいわ」

絵津がおきぬの代わりに答えた。

「姉上、新之助様は中村座を見物したと自慢しておられたわ。私も見てみたいものです」

宇伊が頑張る。

「奥方様とご一緒なら殿様もお許しなさるかもしれませぬ。お願いしてみましょう」

「そうだ、母上とご一緒なら大丈夫よ」

張り切った宇伊に、

「新之助様はなんでもご存じなのですねえ」

とおきぬが笑いかけた。

「そうなの、姉上の知らないことをなんでも教えてくださいますよ」

威張る宇伊に絵津は困惑の表情だ。

「新之助様は幼い頃からお屋敷に遊びにこられたそうですが、小さきおりにはなにをしてお遊びになられました」

「正月はかるた取り、お雛《ひな》様にはさきほどのように白酒を飲んで、新之助様が酔っ払われたこともありますよ、ねえ、姉上」

「それでは、新之助様は屋敷じゅうをご存じですねえ」

「姉上と三人でよく隠れ遊びなどをしましたから庭も御文庫蔵も知っておられます」

「おきぬは小さきおりには仏間が怖《こお》うございました」

「私は今もそう。でも、新之助様と姉上はお二人で仏間に隠れられたことがあったわ」

頰を赤くした絵津が、

「私が五つか六つのおりのことです」

と言いわけした。

ふいに宇伊が言った。

「あのとき、二人とも青い顔をして廊下に出てこられた」

絵津は黙りこんだ。

「なにか怖い思いをなされたのですか」

「いえ、なにも」

「姉上、新之助様は宇伊に、仏壇の供え物をいたずらしようとしたら、お位牌《いはい》の向こうになにかを見たと言われたわ」

「宇伊、そんなことを話した覚えはありませぬ」

絵津は強い口調で否定した。

「幼いおりの記憶は夢のようなものですものね、絵津様」

そうとりなしたおきぬは、

「そろそろ船に戻りましょうか。その前に」

おきぬの言葉に促されて宇伊が厠《かわや》に行った。

「おきぬ」

絵津が真剣な顔でおきぬを見た。

「宇伊が申したこと忘れてくれますか」

「絵津様、おきぬは今日話されたことを殿様や奥方様に申しあげる気はございませぬ」

絵津がほっと安堵《あんど》した。

「絵津様、一つだけお聞きしとうございます。絵津様と新之助様はすでに本庄家の家宝二品のこと、存じておられるのですね」

絵津の瞳が大きく開かれ、怯《おび》えが走った。

「殿様がなぜお二人の船遊びを許されたか、お考えください。このおきぬのことをよく承知しているからにございます。どうか絵津様もおきぬを信頼してくだされ」

「おきぬ、それは本庄の家にとって大事なことですか」

おきぬが絵津の顔を正視してうなずいた。

絵津は一瞬瞑目《めいもく》して大きな吐息をついた。

「私が神君家康様と二代様ご縁の家宝があることを知ったのは、数年前の法事のときです。父上と伯母上が話されていることを耳にして、新之助様と幼いおりに見たあれが家宝かと思いあたりました」

「木像の主がだれか絵津様はご存じですか」

「はい、家康様にございますね」

「家宝であることを新之助様と話されたことがございますか」

「いけなかったでしょうか」

「いえ、新之助様は絵津様のお婿《むこ》様になられて本庄家を継がれるお方、遅かれ早かれ知られることにございます」

そう言いながらも、おきぬはこの一件が両家に暗い影を落とすことなくすむだろうかという懸念《けねん》を拭《ぬぐ》いきれなかった。絵津の顔もまた強張《こわば》ったままだ。

「おきぬ、家宝になにかあったのですか」

「…………」

「教えてください。もはや絵津は子供ではありませぬ」

おきぬは絵津の手を握り、優しく包みこんだ。

「絵津様、家宝が紛失したのです。それで勝寛様が私を屋敷にお入れになったのです」

「おきぬは父上の配下ですか」

「いえ、殿様とごく親しき方の配下の者にございます。お父上様からのご依頼でなんとしても家宝を取り戻したいと願っているにすぎません」

待ってください、と絵津は強い口調で言った。

「おきぬは新之助様を疑っているのですか」

おきぬは絵津に顔を横に振ってみせた。

「だれが家宝の在処《ありか》を知っていたか。それを調べている最中にございます」

「分かりました」

「近ごろ、新之助様がお屋敷に見えられたのはいつにございますか」

「正月のことです」

「ならば、新之助様を疑うことはありませぬ」

「なくなったのは近ごろのことなのですね」

うなずくおきぬに、絵津の憂《うれ》い顔にかすかな明るさが宿った。

「絵津様、この話、お父上様や私どもにお任せになってくださいますね」

「はい」

「新之助様にも宇伊様にもお話しにならぬようお願い申しあげます」

絵津が何度もうなずいた。

「姉上もどうぞ」

絵津が宇伊に代わって厠に行き、食事の終わるのを待っていた作次郎が廊下に顔を見せて、おきぬにうなずき返した。

三

この日の夕暮れ、牛《うし》ヶ淵《ふち》の九段坂にある米倉能登守の屋敷の通用口から次男新之助が姿を見せた。それを駒吉が尾行していく。

この朝、新之助は一度外出している。昌平坂学問所にある馬場で乗馬の稽古《けいこ》をした後、神田明神裏にある小野派一刀流の浅羽《あさば》道場にまわって汗を流している。

いったん屋敷に戻った新之助が外出する確信はなかったが、駒吉は気長に待った。その甲斐《かい》あって、屋敷を出てすたすたと東に向かう新之助の後を追うことになった。

新之助はふたたび昌平坂学問所に戻ろうとしていた。聖堂を訪ねるには刻限が遅い。それに新之助の飛ぶように歩く様子が朝とは異なっていた。

昌平橋を渡った新之助は学問所には向かわず、右折して向柳原の河岸沿いをひたすら下る。

十八歳の新之助と駒吉は同じ年だ。背丈は駒吉のほうが一寸（約三センチ）ほど高い。

駒吉は駿州《すんしゅう》鳶沢村で物心ついたときから一族の者としての教育を叩《たた》きこまれ、八つのおりには富沢町の大黒屋に送られて、小僧見習いから厳しい修業の十年を経ていた。

一方の新之助は旗本四千石の屋敷の次男に生まれ、多くの家臣や奉公人にかしずかれて何一つ不自由なく育ってきていた。十八歳の今、新之助は少年と大人の境にあって、どこか不安定な心持ちを全身ににじませていた。

新之助の足が緩んだのは浅草橋の手前だ。浅草御蔵前に向かう通りに折れた新之助は、福井町の辻《つじ》を左に曲がり、小粋な黒板塀の格子戸《こうしど》を慣れた様子で開いて姿を消した。

どうみても素人《しろうと》の家ではない。大店《おおだな》のお妾《めかけ》が囲われている風情《ふぜい》の家だ。

駒吉はさてどうしたものかとあたりを見まわした。

人通りはない。

（よし、忍びこんでやれ）

裾《すそ》を尻《しり》っぱしょりして帯にたくしこんだとき、新之助のときには姿を見せなかった犬が二匹も歯をむき出しにして、格子戸の向こうから駒吉を威嚇《いかく》した。

「どうしたえ、黒《くろ》」

どすの利《き》いた声もした。

駒吉はその家からするすると離れながら、新之助の訪問は一度や二度ではないなと思った。

蔵前の表通りまで戻った駒吉の目に二八そばの明かりが見えた。まだ始まったばかりか、客はいない。

「そばをいただけますか」

老爺《ろうや》に声をかけた駒吉は、いつもこの場で商いをするのかと訊《き》いた。

「早い刻限は毎晩ここでございますよ」

「ちょっと聞きたいことがございます」

駒吉は老爺の前に一朱を置いた。銭に換算すれば二百五十文、十六文のそば代からしても破格な額だ。

「なんだい、手代さん」

「この奥の小粋な黒板塀のうちにお住まいはだれかと思ってね」

「様子のいい姐《ねえ》さんに惚《ほ》れなすったか、よしときな」

「なぜですね」

「どこのだれとは言えないが、さる大店の囲われ者だ」

「大店の旦那《だんな》がついていなさるんじゃあ、手代風情じゃ相手になりませんね」

「それにお七の兄さんは浅草寺の梵天《ぼんてん》の五郎蔵《ごろぞう》親分さ。やめといたほうがいいね」

そういった老爺は二八そばを縁の欠けた丼《どんぶり》で出した。

新之助が、

「またいらっしゃいな、若様」

と仇《あだ》な年増《としま》女に見送られて家を出てきたのは、四つ（夜十時頃）過ぎの刻限だ。それがお七らしい。

浮き浮きした新之助は今度は柳原土手を遡《さかのぼ》って九段坂のお屋敷へと戻ってい

った。

おきぬが聞きだした絵津の秘密と駒吉からの知らせは総兵衛を困惑させた。

深夜の座敷には一番番頭の信之助と三番番頭の又三郎がいた。

「新之助は年増のお七の虜《とりこ》になったようじゃな」

「家宝の一件が新之助様の口からだれぞに伝わっているかどうかにございますな」

「番頭さん、新之助はそのことを喋《しゃべ》ったゆえにお七をあてがわれたと考えるのが順当であろうよ」

信之助の言葉に総兵衛が応じた。

「総兵衛様、家宝がだれぞの命《めい》で奪いとられたとしたら、新之助様の使い道はもはやないのではありませぬか」

又三郎が訊いた。

「正月以来、新之助は四軒町を訪ねておらぬという。新之助が直接手を下したとは思えぬ。屋敷内に協力者がいるということだ」

「総兵衛様、近々に新之助様が本庄様のお屋敷を訪ねられ、まだどこぞにある家宝二品を受け取って運びだす役目を任されたのではありませぬか」

「考えられるな」

「お七の旦那がだれなのか、早急に調べる必要がございますな」

考えこんだ総兵衛が両眼を見開くと、

「信之助、明朝、本庄様の屋敷を訪ねて、おきぬにこのことを知らせよ。なんとしても新之助をこれ以上騒ぎに巻きこんではならぬ」

「梵天の五郎蔵とかいうやくざ者とお七はどういたしましょうか」

「福井町は下柳原同朋町のすぐそばであったな」

「浅草橋をはさんですぐ手近にございます」

「ならばちと思案がある」

総兵衛の頭には歌舞伎《かぶき》の左近親分の颯爽《さっそう》とした姿があった。

「新之助には駒吉をぴったりとつけさせよ。もし、この話がわれらの推測通りなれば、お灸《きゅう》をすえてやろうか」

二月四日の朝五つ半（午前九時頃）、総兵衛は手代の稲平に猪牙舟《ちょきぶね》を漕《こ》がせて、神田川の入り口、下柳原同朋町の船宿いろはの船着場につけさせた。

十手《じって》持ちの歌舞伎の左近親分は、この地で女房に船宿いろはをやらせ、自分は捕物に専念していた。

神田川が大川と合流する柳橋際《ぎわ》に立つ船宿は、場所柄もあって繁盛《はんじょう》していた。

そのことを船着場の船の数が示している。

稲平に酒の角樽《つのだる》を担《かつ》がせて、いろはの船着場に上がった総兵衛を小粋《こいき》な女が迎え、

「もしや富沢町の大黒屋様ではございませんか」

と訊いてきた。どうやら船宿の女将《おかみ》が客を乗せた船を見送ったところらしい。

「いかにも大黒屋にございます。歌舞伎の親分がおられたらな、お目にかかりたいと参じました」

まあ、それはそれはと腰を屈《かが》めた女は、

「左近の女房のさきにございます」

と挨拶《あいさつ》を返し、

「柳原土手ではお手柄であったとか、亭主が申しておりまして、一度富沢町までご挨拶にと話していたところにございます」

とさすがに如才がない。

総兵衛が案内されたのは船宿の敷地ながら、小体《こてい》な別棟だった。

「おまえさん、大黒屋の旦那様だよ」

さきの声に左近が姿を見せて、

「大黒屋さんにはわっしのほうから出向かなければならねえのに恐縮だ」

と小鬢《こびん》をかきながら、神棚のある居間に招き上げた。

「大黒屋の旦那は思案橋の幾とせさんとは昵懇《じっこん》だそうですね、さきから聞かされてびっくりでさあ」

「先代以来の付き合いでねえ」

さきが稲平に担がせてきた角樽を示して、

「おまえさんからもお礼を申してくださいな」

と言いながらも手早く茶を二人に淹《い》れ、総兵衛の用事を察したように店へ戻っていった。

よく手入れされた長火鉢をはさんで左近と総兵衛は向き合った。居間のたたずまい一つとっても、凛《りん》とした気配があり、それが左近の人柄と生き方を示しているように思えた。

総兵衛が左近に相談してみようと思ったのは、左近が南町奉行所の定廻《じょうまわり》同心笹間《ささま》佑介《ゆうすけ》から鑑札をもらっているのを知ったからだ。

大黒屋は側用人《そばようにん》の柳沢保明と親しい北町奉行の保田越前守宗易《やすだえちぜんのかみむねやす》と対立して暗闘を繰り返してきた。だが、南町奉行の松前伊豆守嘉広《よしひろ》とは親しい関係を保っている。

「かように早くからすまない」

「大黒屋の旦那がわっしの家にじきじきにお訪ねとは怖いねえ」

左近の顔は笑っていたが、目はなにか思案している風情だ。

「親分、ちと教えてほしいことがある」

「お役にたちますかえ」

「向こう岸の福井町にお七なる女が住まいしているそうですが、親分はご存じか」

「近ごろのし上がってきた五郎蔵の妹ですね」

さすがに縄張り内のこと、即座に答えた。

「なにかお七が悪さしましたかえ」

「悪さするような女ですか」

「外面似菩薩内心如夜叉《げめんじぼさつないしんにょやしゃ》というやつだ。梵天の五郎蔵よりは厄介かもしれませんよ」

「旦那はだれですね」

「蔵前の札差伊勢屋亀右衛門でさあ」

「伊勢屋亀右衛門さんですな」

浅草蔵前の札差は総勢百余名、そのうち伊勢屋の屋号を持つ者が三十数名に上った。ともあれ、伊勢屋亀右衛門ならば、牛込御門近くの馬庭念流道場の伊達村兼光の金主だ。

（どうやら見えてきたか）

「大黒屋の旦那、わっしにできることがあればなんでも申しつけてくれませんかえ」

左近は腹を割ってくれないかと遠まわしに言っていた。

「親分、ちと厄介な話でな、すべてを話すわけにはいかない。それでよろしいか」

「大黒屋さん、わっしも昨日今日の十手持ちじゃねえ。心得ているつもりだ」

「いかにもそうでした」

とうなずいた総兵衛は、言いだした。

「御鉄砲百人組之頭のお役目を務める旗本四千石米倉能登守様の次男新之助様がどうやらお七の手練手管に嵌《は》まっているらしい。新之助様はまだ十八だ、これ以上深入りはさせたくないのでねえ」

「伊勢亀はなかなかの精力家と聞いたことがありますぜ。その伊勢亀の囲われ者のお七が十八の若様をつまみ食いしたってわけですかえ」

左近は小首を捻《ひね》った。

「だれぞが裏にいて手引きして寝間に誘いこんだのであろう」

「伊勢亀、と大黒屋さんは考えておられるので」

「伊勢屋さんを知りませんでな。そのへんはなんともな」

「若様の火遊びが深間に入らねえように目をくばってりゃいいのですね」

「歌舞伎の親分には役不足かな」

「いやさ、大黒屋さんが持ちこまれた話だ。額面どおりには受けとれめえが
……」

左近が笑った。

「引き受けてくれますか」

「この話、子分どもには手をつけさせません。わっしが直《じか》に動きましょう。それでよろしゅうございますね」

飲みこんだ体の歌舞伎の左近が静かに総兵衛を見た。

「訪ねた甲斐《かい》がありました」

総兵衛は切餅《きりもち》二つ（五十両）を包んだ袱紗《ふくさ》を長火鉢の下に置いた。それには見向きもせずに、

「大黒屋の旦那、今度はわっしのほうから富沢町に寄せてもらいますぜ」

と左近が言うのを機《しお》に総兵衛は立ちあがった。

同じ刻限、四軒町の大目付本庄伊豆守の屋敷を大黒屋の番頭信之助がご機嫌伺いに訪ねた。京で仕入れた流行《はや》りの袋ものやら白粉《おしろい》や紅などの土産を持参しての訪問である。奥方や姫様方をいたく喜ばせた。

信之助は屋敷を辞去する前に奥方の計らいでおきぬと面談し、総兵衛の指示を伝えた。

「もしかしたら新之助様がこの屋敷を訪ねてこられるといわれるのですね」

うなずいた信之助が言い足した。

「だれか内通した者と接触するかもしれぬと心配されておられる」

「承知しました」

「新之助様には駒吉が張りついております。とはいえ、駒吉はこちらの屋敷には自由に入りこめませんからな」

という信之助におきぬはうなずいた。

「用人様から頂いた家臣、奉公人の略歴を何度も改めましたが、仏間に近づける者は、せいぜい五、六人です。なかでも、勝寛様の信頼の厚い常田矢七郎《つねたやしちろう》、奥方に可愛《かわい》がられる奥女中の八重《やえ》、勝手頭のいねの三人は、何度も仏間に出入りしたことがある者たちです」

「勝手の女も仏間に入れるのですか」

「ええ、朝には炊《た》き立ての御飯を奥方様に代わって捧《ささ》げることがあるそうにございます。いねの母親もこの屋敷に勤めておりまして、近々出入りの植木職人と所帯を持つことになっております」

「殿様のご様子はどうですな」

「お顔にいっさいご心労を見せてはおられませぬ。本日も朝から辰ノ口《たつのくち》の評定所に出かけておられます」

大石らの処断決定が迫っていると噂《うわさ》されていた。伊豆守勝寛は内外に問題を抱えて苦闘していた。

「おきぬさん、私はこれにて」

信之助が辞去しようとしたとき、本庄家の用人川崎孫兵衛老人が血相変えて、

「おきぬ」

と屋敷に戻ってきた。

「おお、ちょうどよい。信之助も参っておったか」

「お殿様になにか」

「いや、殿ではない。大石殿ら四十六士の処断が決まった」

信之助もおきぬも予想していたとはいえ、衝撃であった。

「ご決定は」

「武士の礼を持って切腹」

「いつのことにございます」

「今ごろお使者がお預けの細川家に向かっておられることであろう。殿がな、このことを総兵衛に知らせよと命じられた」

信之助とおきぬは平伏して孫兵衛に感謝した。

「ごめんくだされ」

信之助は、四軒町の本庄家から富沢町まで一気に駆け戻った。

熊本藩細川越中守綱利《つなとし》の下屋敷は、芝白金にあった。

細川邸には目付の荒木十左衛門《じゅうざえもん》、使番久永内記《つかいばんひさながないき》が遣わされ、切腹を見届けることになった。

評定所が最終的に出した裁断の理由は、

「徒党を組み、公儀を恐れない行為であること」

であった。

数珠《じゅず》を手にした大黒屋総兵衛と信之助の主従の姿が細川邸の前に塑像《そぞう》のようにあった。

大石内蔵助良雄《くらのすけよしお》ら十七人の浪士たちの切腹は邸内大書院前の広庭にしつらえられた場でおこなわれていた。

総兵衛主従は暮色にあたりが包まれるまで立ちつくし、口のなかで読経《どきょう》をしつづけていた。その姿に奇異の目を送る者もいたが二人の様子があまりにも厳しく険しく、声をかける者もなかった。

七つ半（午後五時頃）過ぎ、邸内に小さなざわめきが起こった。そして屋敷を覆《おお》う緊迫が弛緩《しかん》した空気に変わった。

「どうやら大石殿らはあの世に旅立たれたな」

信之助が黙ってうなずく。

二人は最後に瞑目《めいもく》して合掌した後、細川家の邸宅前から富沢町へと引き上げていった。

すでに江戸の町じゅうに、大石ら切腹の報が流れて、町家に入ると読売が売られ、辻々《つじつじ》に人が集まって声高に話し合い、騒然とした雰囲気であった。

「大石様らは本懐をとげられましたな」

「主の無念をはらし、武士としての大義を貫かれたのじゃ。これ以上の満足もあるまい」

と答えつつも総兵衛の胸に空《むな》しさが、寂しさが去来した。

四

本庄邸に米倉能登守の奥方秋津《あきつ》を乗せた駕籠《かご》が到着したのは、その日の八つ(午後二時頃)過ぎのことだ。かたわらには次男の新之助も従っていた。

「あれ、これはまた突然のお出《い》でにございますな」

菊がびっくりした顔で体格のよい秋津と供をしてきた新之助を迎え入れた。

おきぬはあまりにも早い反応に驚きながらも、奥座敷に対面する本庄、米倉家の二人の奥方と三人の子供たちの様子を窺《うかが》った。

庭では出入りの職人が一人、庭木の手入れをしていた。

座敷に菊と秋津を残した子供たちは、絵津の部屋に移り、なにごとか談笑していた。

新之助は絵津らに土産を持参したらしく、風呂敷《ふろしき》包みから木箱を出した。

それはからくりの嵯峨《さが》人形で絵津と宇伊の口から喚声が起こった。台座に立った嵯峨人形の底を押すと、からくり仕掛けで巧妙に動くのだ。

絵津と宇伊は一尺（約三〇センチ）あまりの嵯峨人形が動くのがおもしろくてたまらないらしい。

風呂敷だけ懐《ふところ》に入れた新之助がふいに二人を残して立った。

おきぬが自分の部屋からのぞいているとも知らず、新之助は庭に飛びおりた。するといつの間にか植木職人が近づいて道具箱から布包みを取り出した。二人は無言のうちに布包みを風呂敷で包むと新之助が手に下げて、庭木の陰に消えた。

おきぬはすかさず新之助の後を追った。

新之助は、だれにも怪しまれることなく玄関脇《わき》に出た。そこには秋津の乗ってきた駕籠が置かれてあった。駕籠担《かつ》ぎの若党たちは控え部屋で茶の接待を受けているらしく、その場にはだれもいなかった。

新之助は駕籠のなかに風呂敷包みを入れた。そしてふたたび庭伝いに奥へと戻っていった。

おきぬは、駕籠の扉を引いた。

風呂敷包みは駕籠の背板の間に巧みに隠されてあった。おきぬが手早く風呂敷包みと布を解くと、本庄家の家宝の家康木像と茶掛二品が姿を見せた。おきぬは玄関の式台にあった古備前の壺《つぼ》を布と風呂敷に包みかえ、二品が隠されていた場所においた。そして家宝を抱えると庭伝いに自分の部屋に戻った。まず二品を小袖《こそで》に包んで、戸棚に隠した。

おきぬはその足で用人部屋を訪ねた。

川崎孫兵衛は机に向かって書き物をしていたが、

「おお、おきぬか」

と目をしばたかせた。

「用人様、勝手頭いねと所帯を持つという相手は、たしか植木職人でございましたね」

「紋三《もんぞう》のことか。植繁《うえしげ》の職人でな、腕の立つ男じゃ。それがなにか」

「今日、お庭で働いている者にございますな」

「おお、そうであったな」

「用人様、いねと紋三をこの場に怪しまれぬように呼んでください」

「おきぬ」

と言いかけた孫兵衛は、おきぬのいつになく厳しい表情に立ちあがった。

しばらくおきぬは用人部屋で待たされた。ふいに廊下に足音がして、

「用人様、いねと所帯を持つのは夏のことだ。祝いだなんて早えよ」

声とともに孫兵衛に連れられた二人の男女が姿を見せた。

紋三もいねも用人部屋に養育方に雇われたおきぬがいるのを見て、訝《いぶか》しい顔になった。

「まあ、座れ」

孫兵衛が二人を座らせるとおきぬを見た。

「紋三、いね、よくお聞きなされ。私は役目を持ってこの屋敷に入った者です」

おきぬの言葉にいねの顔色がさっと変わった。

「紋三、さきほど、そなたがとった行動は一部始終見せてもらいました」

「なんでえ、こちとら植木職人だ。いいがかりをつけるんじゃねえ」

紋三は強がりをいうと居直った。

「おきぬ、なにがあったのだ」

「いねが失《う》せ物を盗みだし、台所のどこかに今日まで隠しておいたのでしょう。それを紋三が道具箱に入れて、庭まで運んできた」

いねが両眼を見開いてぶるぶると全身を震わせた。

「おきぬ、家宝は道具箱にあるのか」

「ご安心くだされ、もはや取り戻しました」

「おおっ、それはよかった」

と叫んだ孫兵衛が、

「おのれ、いね、さような不心得をなぜなした」

と怒鳴った。

紋三が突然立ちあがると廊下に飛びだそうとした。が、おきぬの動きはさらに素早かった。力仕事をする紋三の襟首を摑《つか》まえると足払いをかけて引き倒し、手首を捩《ね》じりあげて動きを制した。

鳶沢村で武芸百般を修行してきたおきぬにかかっては力自慢の職人も敵《かな》うわけがない。

「用人様、どなたかをお呼びください」

孫兵衛はあまりの手並みに呆然《ぼうぜん》としていたが、

「これ、だれかおらぬか」

と声を上げた。

二人ばかり若侍が部屋に顔を出して、立ちすくんだ。

「この者たちを逃すでない。しっかりと見張っておれ」

用人の命に慌《あわ》てた二人が、

「蔵に入れますか」

と訊《き》いた。

「いえ、勝寛様がお戻りになったうえでご処置を仰ぐとして、用人様の部屋を暫時《ざんじ》借り受けましょう」

おきぬの言葉に孫兵衛がうなずいた。

「おきぬ、事情を説明してくれんか、さっぱり子細が見えぬわ」

おきぬは廊下に出て、声を潜めた。

「用人様、それは勝寛様がお戻りになった後にいたします。ただ今は、米倉の奥方様と新之助様を何事もなくお送りすることにございます」

「おお、そうであったな」

そう応じた孫兵衛は、

「家宝が戻ったというのは間違いないか」

「ご安心を」

「よかった。皺腹《しわばら》を斬《き》らんですんだわ」

と本音を吐いて、奥方の部屋に向かっていった。

米倉秋津と新之助らの一行が本庄邸を出たのが七つ半（午後五時頃）過ぎ、見送る絵津はひさしぶりに許婚《いいなずけ》の新之助に会って上気していた。

本庄伊豆守勝寛が戻ってきたのは、六つ半（午後七時頃）前のことだ。城中で大石ら四十六士の切腹終了の報を持った使者が細川、松平（久松）、毛利、水野の四家から戻ってくるのを待っていたのだ。

勝寛の顔には重い疲労がにじんでいた。

おきぬはすぐさまに面会を求めた。

勝寛は肩衣《かたぎぬ》、半袴《はんばかま》の城中から下がってきたばかりの姿で面会を許した。

腕に家康座像と茶掛を抱えたおきぬが勝寛の部屋に入っていくと、

「おおっ」

という声を漏らし、

「おきぬ、ようやってくれたな」

と労《ねぎら》いの言葉をかけた。

おきぬは勝寛に二品を渡し、確かめてもらった。

「間違いない。この二品じゃ」

「おきぬ、なんと礼を言ってよいか」

側《そば》にいた奥方の菊も感激一入《ひとしお》の面持《おもも》ちだ。

用人川崎孫兵衛の両眼は潤《うる》んでいた。

「不埒《ふらち》な行為をなしたのは勝手頭のいねと植木職人というのは確かか」

うなずいたおきぬは、

「話が複雑にございます」

と前置きした。

「話してくれ、真実《まこと》が知りたいでな」

おきぬは目撃した事実を述べた。

勝寛も菊も孫兵衛も声もなくおきぬの話を聞いて衝撃を受けた。

「一難去ってまた一難じゃな」

勝寛が吐息をついて肩を落とした。

「おきぬ、新之助どのがかかわっておるのは間違いありませぬか」

菊が縋《すが》るような表情で問うた。

「浅草福井町のお七なる女の虜《とりこ》になり、つい誘惑に負けられたのでございましょう。そのことは植木職人の紋三といねをお取り調べになればはっきりいたします」

「殿様」

菊は勝寛に目を向けた。

「おきぬ、まさか秋津様は」

「米倉様の奥方様はおそらく駕籠の背にそのような物が入れられていようなどとはご存じございますまい。ご門番もまさか秋津様の乗り物のなかを調べるわけにもまいりません。新之助様はそのことを利用しようとなされたのでございましょう」

「いかにもそうであろう」

「新之助どのは女に惑わされてなんとしたことを」

「いえ、奥方様、お七ばかりではございません。その背後には私どもが知らぬ人物が控えておいでです」

「城中のだれぞか」

勝寛が言い、

「総兵衛はどう考えておろうか」

とおきぬに訊いた。

「まずは綱吉様にこちらの家宝の存在を漏らした人物を探りだすのが先決かと考えております。米倉家との話はその後のこと」

うなずいた勝寛は、

「新之助を本庄家の婿《むこ》に迎えたものかどうか」

と深い溜《た》め息《いき》をつき、

「孫兵衛、いねと紋三をこれへ呼べ」

と厳しい顔で命じた。

この日、総兵衛と信之助が大石らの切腹がおこなわれた細川邸前から富沢町に戻りついたのは、店の暖簾《のれん》が下ろされた暮れ六つ（午後六時頃）過ぎのことだ。

店では帳簿の整理を二番番頭の国次らがおこなっていた。

「お帰りなさいませ」

国次らのかけた言葉と総兵衛らのうなずきで主従は万感の思いを交流させた。

総兵衛は独り地下の大広間に下りると、神棚のご先祖の霊に大石らのあの世への旅立ちのことを報告した。そして哀《かな》しみを払うように馬上刀を振った。

総兵衛が遅い夕げを食し終えたとき、本庄邸にいるはずのおきぬがお茶を運んできた。

部屋のなかがぱっと明るくなったようだ。

おきぬに従う女中が総兵衛の膳部《ぜんぶ》を下げていった。

茶を差しだしたおきぬの顔に憂《うれ》いがあった。

「殿様のご命にて総兵衛様の考えを聞いてくるようにと一夜戻ってまいりました」

そこへ気配がして、

「なにかご用事はござりましょうか」

と信之助が廊下に座した。

「番頭さん、おきぬの話を一緒に聞きましょうぞ」

信之助が座敷に入ってきて障子を閉じた。

おきぬは本庄邸で起こったことを二人に報告した。

「勝寛様じきじきのお調べにて、いねが紋三の指示で家宝二品を盗みだし、台所の納戸《なんど》の奥に隠していたことを、さらに本朝、台所に立ち寄った紋三に渡したことを喋《しゃべ》りました。紋三は、道具箱に隠して接触のしやすい庭で新之助様の来るのを待っていたのです」

「紋三は新之助から頼まれたか」

「はい。十両の金で頼まれたとしぶしぶながら話しました。新之助様は紋三が奥庭の木を扱うことも、いねと所帯を持つ約束をしていることも承知していたのです。頼まれたとき、いねとの所帯の費用にしようと引き受けたようにございます」

「十両の金はお七の手から渡されたものであろうよ。新之助は紋三に仏壇の仕掛けを話したのじゃな」

「はい、それが紋三から仏間に入ることもあるいねへ伝えられたのです」

「紋三は用人の川崎孫兵衛様がともない、植繁に引き渡されました。またいねはこれまでの働きに免じて目付役所などには届けず、即刻解雇という温情の沙《さ》汰《た》を申し渡されました」

と報告したおきぬが、

「勝寛様は新之助様のことをどうしたものかと思案されておられます」

「女に金か。本庄家の家宝と知りながら、母じゃの駕籠《かご》に隠して屋敷の外に持ちだそうなどとは十八のやることではないな」

「ちと悪どうございますな」

信之助も口を揃《そろ》えた。

「ともあれ本庄家の跡取りになるお方、機会をみて私が会ってみようか」

と総兵衛が呟《つぶや》いた。

第三章　惨《ざん》死《し》

一

この夜明け前、総兵衛は地下の大広間に入ると、刃渡り四尺（約一二〇センチ）の馬上刀を使い、伝来の祖伝夢想流の組太刀稽古《げいこ》をゆるやかに舞うようにおこなった。

そんな最中、凶変がもたらされた。

思案橋にある幾とせの若い船頭が血相変えて富沢町まで駆けつけると表戸を激しく叩《たた》いた。すでに起きていた信之助が通用口を開けた。息も絶え絶えに転がりこんできた船頭が、

「ち、千鶴様が、千鶴様が……」

「これ、船頭さん、落ち着いてな。千鶴様がどうなされたか話しなされ」

「殺されなすった」

「なにっ！」

異常を察して店に下りてきた国次らに船頭のことを頼んだ信之助は、すぐさま奥の座敷に通り、すでに茶の支度などをしていたおきぬに異変を告げると自ら地下へ下りた。

「総兵衛様！　大事にございます」

さすがに動揺を隠しきれぬ信之助から報告を受けた総兵衛は、一瞬凍《い》てついたように立ち竦《すく》んだが、

「信之助、思案橋には船でいく」

とだけ指示した。

「はっ、すぐに準備させまする」

総兵衛はしばし神棚に向かって瞑想《めいそう》した。そこへおきぬが着替えを持ってきた。総兵衛は紋服に素早く着替え、地下の船着場に下りた。すでに猪牙舟《ちょきぶね》が用

意され、信之助と大力の作次郎が待機していた。

総兵衛がどっかと胴ノ間に座り、猪牙舟は地下の水路から入堀にかかる栄橋下に出た。

水面はまだ暗く朝靄《あさもや》が立ちのぼっていた。

入堀に出た猪牙舟は作次郎の櫓《ろ》に飛ぶように水面《みなも》を走り、川口橋から大名屋敷の間を抜ける堀に入ると、崩橋《くずればし》先から御堀と大川を結ぶ日本橋川へと矢のように突っ走った。

思案橋の船宿幾とせの船着場に舳先《へさき》をぶつけるように止めた猪牙舟から信之助が、総兵衛が飛びおりた。

二人は幾とせの門を潜《くぐ》った。まだ暖簾《のれん》も掲げてない玄関横の枝折戸《しおりど》を潜ると庭に入った。

千鶴は幾とせの母屋《おもや》と渡り廊下で結ばれた離れ座敷に起居していた。

その離れから千鶴の母親うめの泣き叫ぶ声が洩《も》れてきた。

総兵衛は渡り廊下に上がった。

血に染まって倒れた障子戸の向こうに控えの部屋の惨状が目に入った。そこには若い女中のいよが寝ていたが、裾《すそ》を乱したいよは全身を斬《き》り刻まれ、血塗《ちまみ》れで布団《ふとん》に突っ伏し倒れていた。

襲撃者たちが複数であることを見てとった信之助は、それより先は主《あるじ》に従おうとはせずに庭にまわった。

総兵衛は老船頭勝五郎や女中らがへたりこむ廊下を進むと、千鶴の寝所の八畳間に入っていった。

半狂乱のうめが布団の千鶴の亡骸《なきがら》にしがみついて泣き叫んでいる。

仲居頭のはつが、

「女将《おかみ》さん、女将さん……」

と袖《そで》を引いてその場から立ち退《の》かせようとしていた。

総兵衛の到着に気がついたはつが、

「女将さん、大黒屋様が」

うめが振り見た。その顔には哀《かな》しみを超えた狂気が宿っていた。

「そ、総兵衛様、なんでじゃあ！」

うめの叫びが総兵衛の肺腑《はいふ》を突いた。

総兵衛はうめを両腕に抱き留めると、

「うめ、この場はまかせよ」

と何度も繰り返した。

その総兵衛の視線の先に苦悶《くもん》の表情を血しぶきと一緒に顔に張りつけた千鶴がなますのように斬り刻まれて倒れていた。裾も乱れて凌辱《りょうじょく》された痕跡《こんせき》を残していた。

「勝五郎、うめを母屋に連れていけ」

総兵衛の叫びがあたりを圧し、勝五郎らに抱えられ、うめが引きずられるように離れから去った。

総兵衛は千鶴のそばににじり寄ると、袖から二の腕まで出した手を両手で握り締めた。

(千鶴)

千鶴の血が総兵衛の両手を染めた。

哀しみと怒りが総兵衛の五体を駆け巡った。

両腕に冷たくなった千鶴をひしと抱いた。

（千鶴が死んだ、おれの千鶴が殺された……）

そして総兵衛は、

（おれが千鶴を殺したのだ）

と慚愧《ざんき》の念に苛《さいな》まれた。

千鶴が好きになった男が鳶沢《とびさわ》一族の頭領でなければ、このような目に遭うことはなかったのだ。

総兵衛はその瞬間《とき》、新たな打撃に見舞われた。

（おれは千鶴を殺したばかりか、腹にあるやや子まで殺したのだ）

総兵衛の手が千鶴の腹を触った。

「総兵衛様、町方の者が参っております」

信之助の声が廊下の向こうから響いてきた。

重く長い沈黙の後、

「入れよ」

という総兵衛の乾いた声が廊下に届いた。

思案橋を縄張りとする安針町《あんじんちょう》の玉七親分が腰を屈《かが》めて入ってくると、すでに

座敷の隅に威儀を正して座す大黒屋総兵衛に沈黙のまま、目で挨拶《あいさつ》した。そして千鶴の様子に視線をやった玉七は、

「これはひでえや」

と思わず呟《つぶや》いていた。

「総兵衛様」

と遠慮がちな声が廊下からかけられた。その場に歌舞伎《かぶき》の左近親分が顔を出していた。

うなずき返すに総兵衛はとどめた。そして玉七らの調べが続く間、瞑想し続けた。

「大黒屋総兵衛様、検死はすみましてございます」

左近の声が総兵衛の耳に届いた。

「ならば私を一人にしてはくれませぬか」

総兵衛の凜然《りんぜん》とした言葉に二人の十手《じって》持ちがその場を下がっていった。

「信之助、湯を持て。千鶴の体の血をきれいに拭《ふ》きとってやりたいでな」

「はい」

湯と白布が大量に運ばれてきた。

「みな下がれ。ここはおれがやる」

総兵衛は羽織を脱ぎ捨てると千鶴を布団の上に横たえ裸にした。そして体中に残された傷の一つひとつを脳裏に刻みこむように丁寧に丁寧に血を拭《ぬぐ》いとっていった。

苦悶の表情を浮かべていた千鶴の顔がわずかに和んだ。

「総兵衛様」

信之助の声がして千鶴の死衣が差しだされ、ふたたび総兵衛は一人になった。

死衣は千鶴とうめが用意していた白無垢《しろむく》の花嫁衣装であった。

総兵衛は千鶴にそれを着せた。

千鶴の顔に笑みが浮かんだような錯覚を覚えた。

総兵衛は残った湯で自分の顔と手を洗い、羽織を着直すと千鶴のかたわらに座した。

離れと母屋を結ぶ渡り廊下に待機していた信之助らの耳には、総兵衛が謡《うた》う、

「たれをかも、知る人にせむ高砂の、松も昔の友ならなくにぃ……」

と古今集由来の祝儀謡《しゅうぎ》が響いてきた。

信之助は思わず落涙して、

「総兵衛様」

と悲痛な声を上げていた。

信之助は徒歩《かち》で駆けつけた四番番頭の磯松を呼ぶと、その場から駿府《すんぷ》鳶沢村に走らせた。千鶴の一件を分家の当主の次郎兵衛と滞在ちゅうの大番頭笠蔵に知らせるためだ。

「われ見ても久しくなりぬぅ、住の江の、岸の姫松いくよ経ぬらむ」

謡い納めた総兵衛が姿を見せた。

「お尋ねしたきことが」

と安針町の玉七親分が声をかけようとしたが、あまりにも厳しい顔つきに声をかけそびれた。

総兵衛は庭に飛びおりると船着場に戻った。その後を信之助が従った。

猪牙舟はすでに舫《もや》い綱を外して出立の用意を整えていた。

総兵衛と信之助が乗りこむとさらにもう一人続いた。

歌舞伎の左近親分だ。

作次郎の竿《さお》がしなり、船は思案橋脇《わき》から日本橋川に出た。

「大黒屋の旦那《だんな》はだれが千鶴様を手にかけたか、ご存じのようだ」

と左近が言いだしたのは流れの中央に船が出たときだ。

「知っておる」

総兵衛が答えた。

「大勢の者が一気に襲いかかった様子です。ともあれ、わっしら町方が口を出す一件ではありますまい」

と自ら言いきかせた親分が、

「報告がございます。ようございますか」

と総兵衛に断った。

「腹心の者ばかり、かまわぬ」

「浅草福井町に住まいするお七の兄、梵天《ぼんてん》の五郎蔵の代貸にふぐりの市助《いちすけ》という乱暴者がございます。こやつにはちょっとした弱みもございましてね、大番屋に呼んで島送りか、獄門かとちょいと脅しをかけてみました。しかし、なかなか喋《しゃべ》らねえ。こっちも意地になりましてねえ、昨夜から一晩根比べいたしやすとねえ、この明け方に喋り始めました……」

「親分」

と大番屋の柱に結わいつけられた市助が疲れきった顔を上げた。

「水だ、小便だというご託は通らねえぜ」

「いやさ、お七の旦那の伊勢亀の後ろにだれが控えているのか喋れば、解き放ちにしてくれますかえ」

「話してみねえ。おれも歌舞伎の左近、納得できりゃあ、このたびは目をつぶってやろうか」

「深い話は知らねえ。いやさ、ほんとのことだ。ただねえ、おれが牛込御門の伊達村って剣術の道場にさ、親分の供で行ったときのことだ。伊達村様の居間に伊勢亀の旦那ともう一人、身分の高けえ、お武家がお忍びでこられたことがある。おれはきたねえ、着替えの間に閉じこめられていたんだがよ。小便に行きたくて見張りの門弟に頼みこんで厠《かわや》に行ったのさ、そんときにちらりと乗り物から下りられる頭巾《ずきん》姿を見たんだ。それだけのことだ」

「いつのことだ」

「年も押し詰まった師走《しわす》のことだ」

「五郎蔵はそのお武家に会ったのだな」

「だれぞにお会いできると張り切っていた親分の帰りの落胆ぶりはなかったからね。姿も見てねえのは確かだ。それに道場の内外が目茶苦茶に警戒が厳しかったぜ。頭巾の侍に会った人間がいるとしたら、伊達村と伊勢亀だけでございましょうよ」

「半端《はんぱ》だな、おめえらは隠されれば隠されるほど、銭になるって食らいつく輩《やから》だぜ。ふぐりの市助ともあろう者がそのまま厠から引きさがったとも思えねえ」

「親分」

と左近の顔を見返した市助が首を竦《すく》め、

「厠の窓から目をこらしているとねえ、乗り物を担《かつ》いできた一人が小便をしたくなったらしく、厠近くの植え込みでさ、やりやがった。そのときさ、裏返しに着た半纏《はんてん》が風に靡《なび》いて翻《ひるがえ》り、紋がちらりと見えたのさ。大きな真ん丸に小さな丸がさ、取り囲んであるのよ」

左近は中央に大きな白丸を描き、まわりに小さな円を八つ配した九曜紋《くようもん》を筆で書いてみせた。

「これだぜ、親分。間違いねえ」

左近は筆をしまうと、

「伊達村の役目はなんだな」

と訊《き》いた。

「あそこにゃ、腕のいい浪人者を揃《そろ》えていると聞いたからね。なんぞ脅し、たかりをやらせるんじゃねえですかえ」

市助は伊達村道場の役柄には詳しくない様子だ。

左近は矛先を変えた。

「旗本四千石の米倉能登守様の次男坊の新之助をお七が銜《くわ》えこんでいるようだが、伊勢亀は知っているのか」

「さすがに歌舞伎の親分だねえ。なんでもご存じだ」

「おめえに褒められてもうれしかねえ」

「なあにありゃさ、伊勢亀の指図だ」

「伊勢亀の指図だと」

「自分の妾《めかけ》に若い男を誘いこめって言うんだから、奇怪な話だ。ともかくよ、新之助って若侍が昌平坂の馬の稽古《けいこ》かなんかの帰りにさ、癪《しゃく》を患《わずら》った体《てい》のお七が近づいて、神田川に止めた屋根船に連れこみたらしこんだのさ。お七は床上手って話だからねえ、若いのはひとたまりもあるめえよ。それからよ、のぼせ上がった新之助は三日に上げず福井町に来やがる。うらやましいこったぜ。近ごろじゃお七もその気で、伊勢亀が嫉《や》いているんだとか」

「新之助をたらしこんだ理由《わけ》はなんだ」

「さあてねえ、後々新之助の親でも強請《ゆす》る気じゃねえのかい」

市助は深くは聞かされてない様子だ。

「だけどさ、親分。あの餓鬼も餓鬼だぜ。近ごろじゃ、酒をのみながらお七を抱いた後によ、金まで出せって無心するそうだ。旗本四千石も次男となると、一生部屋住みの身だからねえ、おれっちと悪ぶりはさほど変わらねえぜ」

「……市助はこれ以上のことは知っちゃいませんねえ。ともかくこのことを旦那にお知らせしようと大番屋から富沢町に伺ったら、なにか大変なことが出来《しゅったい》したふうじゃありませんか。番頭さんに身分を明かしてねえ、幾とせに駆けつけたってわけでさあ」

左近の話を聞いた総兵衛が、

「親分、いい話を聞かせてくれなすった。礼を申しますよ」

と哀しみを漂わせた顔を下げた。

「なんぞ役に立ちましたかえ」

「立ったどころではない」

「お七の一件、どうしたもので」

「親分、新之助から手を引いてくれますか。新之助のほうは私がなんとかしよう」

「分かりました」

猪牙舟《ちょきぶね》は入堀に戻り、栄橋が見えてきた。

「大黒屋の旦那、安針町の玉七は、目端の利《き》く目明かしじゃありませんが、人柄は悪い奴《やつ》じゃない」

総兵衛はうなずいた。

猪牙舟が大黒屋の船着場に着いた。

「作次郎、船で親分を下柳原までお送りしろ」

作次郎がかしこまった。

「左近親分、挨拶《あいさつ》はいずれな」

「へえっ」

歌舞伎の親分はそれだけ答えると頭を下げた。

大広間に信之助、国次、又三郎、おきぬが総兵衛に呼ばれた。

「〃影〃が動いた。千鶴を殺したのは間違いなく〃影〃じゃ」

「お指図を」

首肯した信之助が指示を仰いだ。

「〃影〃の正体を確かなものとせねばならぬ。国次、四人の老中に張りつかせた者たちを呼び戻し、改めて常陸《ひたち》土浦藩主の土屋相模守《さがみのかみ》政直に集中させよ。さらにもう一派を伊達村道場に集めよ」

国次らに歌舞伎の左近親分が探りだしてきた情報を伝え、

「日、月、木、火、土、金、水の七曜星に羅睺《らご》、計都《けいと》の二星を加えた九曜星は、土屋家の家紋じゃ」

と付け足した。

政直は、土屋数直の嫡男《ちゃくなん》として寛永十八年（一六四二）二月五日の生まれ、幼名を左門といった。

万治《まんじ》元年（一六五八）に能登守に任じられ、寛文五年（一六六五）に相模守になっていた。延宝七年（一六七九）に数直の没した後に家督を相続していた。

だが、天和《てんな》元年（一六八一）の駿河《するが》田中城主酒井忠能の領地没収にともない、翌年、土浦から田中領に転封を命じられていた。そしてふたたび土浦城主として戻ってきたのは貞享《じょうきょう》四年（一六八七）のことだ。

当年とって六十二歳の老人である。

病は仮病なのか。

「土浦藩出入りの札差が伊勢亀かどうかも調べよ」

「かしこまりました」

「皆に申しのべる。千鶴は一族の者ではなかった」

「旦那様」

と堪《たま》らず信之助が口を挟んだ。

「信之助、笠蔵は今ごろ鳶沢村か。次郎兵衛どのに頼んで、おれと千鶴に祝言させようと企《たくら》んだな」

「お、恐れ入ります」

「もはやそれも無駄になったわ」

と呟《つぶや》くように言った鳶沢総兵衛勝頼は、

「千鶴の腹にはおれの子がいた」

「なんとおっしゃいましたな」

信之助が叫び、呻《うめ》くように言い足した。

「われらは千鶴様ばかりか鳶沢七代目になったやも知れぬやや子までを〝影〟によって抹殺されましたか」

悲痛な空気が地底を支配した。

「鳶沢一族の総力を上げて千鶴様とやや子の弔い合戦をせねばなりませぬ。よいな、皆の衆」

「おおっ！」

国次、又三郎、おきぬの口から期せずして呼応の声が洩《も》れた。

二

牛込御門近くの若宮町にある伊達村兼光道場から常陸土浦藩の小姓頭《こしょうがしら》数馬《かずま》柳之進《りゅうのしん》が出てきたのは、五つ（午後八時頃）過ぎのことである。藩邸のある駿河台富士見坂町へ御堀沿いに歩きだした。

御堀を三丁ばかり下ると神田川と合流する。

土地の人間は神田川の堰《せき》から落ちる水をどんどんと呼んだが、人の通りも絶えた一帯に水の響きが轟《とどろ》くばかりで寂しいかぎりだ。

数馬は腕に覚えがあった。ぶら提灯《ちょうちん》を手に旗本屋敷を左手に神田川の土手をひたすら下った。

小石川御門を過ぎると水戸中納言《ちゅうなごん》家の十万余坪の上屋敷が現われる。この先の水道橋まで行き、橋を渡って小栗《おぐり》坂を下りれば藩邸に着く。

さらに寂しさが増し、闇《やみ》が深くなった。

数馬はふいに人の気配を感じた。

ぶら提灯を差しのべてみたが、辺りに人のいる様子はない。

（勘違いか）

数馬は三十一歳、馬庭念流《まにわねんりゅう》を修行して十四年余、すでに伊達村兼光から皆伝の印可を受けていた。

伊達村の道場でも数馬と尋常に立ち会えるのは伊達村か、師範代を務める瑞《ずい》眼太郎平《がんたろべい》くらいのものだ。ただ瑞眼の下に組織された餓狼《がろう》のような剣客団が醸《かも》しだす血の臭《にお》いは数馬をして怖気《おぞけ》立たせた。それも伊達村から仕事を命じられた後に姿を消していた。

（道場がすっきりしてよいわ）

風が動いた。

たしかに行く手に何者かがいた。
(夜盗か野犬か)
数馬はぶら提灯を左手に右手は大刀の柄《つか》においた。
数馬は四周をぐるりと取り囲まれた気配を感じた。
殺気はない。
ただ不気味なものが数馬の周囲にうごめいていた。
「だれか、何者か」
誰何《すいか》したが返答はない。
数馬は辺りに気を配りながら、歩を進めた。
気配が急に薄れていった。
(大方神田川の土手に棲《す》む狐《きつね》の類《たぐ》いが悪さをしたのであろう)
数馬の歩みがいつの間にか早くなっていた。
風が川から吹き上げてきた。
夜の闇が数馬をとり囲む明かりに変わった。まるで狐火のような明かりだ。
「狐狸《こり》妖怪《ようかい》の類いか、出て参れ。馬庭念流の数馬柳之進が退治してくれる」

張り上げた声に一つの影法師が明かりのなかに入ってきた。

海老茶《えびちゃ》の戦支度《いくさ》の両胸には鳶違《とびちが》え双紋《ふたつもん》が浮き上がり、男の腰には大小が、手には稽古槍《やり》が握られていた。

「何者か」

「鳶沢信之助である。そなたの身柄、われらが預かる」

「何を抜かすか」

数馬はぶら提灯を投げ捨てると大刀を抜いた。

馬庭念流は形の稽古を七分、袋竹刀《しない》での打合稽古を三分の割合でおこなう。構えは下段の切っ先を横にはずした無防備な無構えが主であった。小手先の技はあまり使わず、対戦者の頭を正面から二つに割るような大技を使う。そして防備は相手の攻撃を外すことを専一にした。

念流の根本は護身の術といわれ、殺人剣ではない。

だが、数馬の師匠伊達村兼光は、

「剣術の要諦《ようてい》は生死《しょうじ》の境に身を置き、相手を斃《たお》すことにあり」

を公言し、実戦剣法を弟子たちに学ばせた。それだけに稽古は厳しく、激しい。入門した弟子の大半が最初の一月《ひと》二月《ふた》でやめていく。だが、数年我慢した者は、壮絶な剣を体得することになる。

数馬は馬庭念流伊達村道場で十四年にわたり、実戦剣法を修行してきた門人だ。

相手が人間ならばなにをか恐れんの気概で刃渡り二尺六寸（約八〇センチ）の長剣を下段につけ、ゆっくりと横に外した。

「数馬柳之進、そなたの主《あるじ》は老中土屋相模守政直様じゃな」

「なんと言う」

数馬は相手が主の名を出したことに驚いた。そして政直様に関わりのある相手かと改めて見た。

「鳶違え双紋を見て思いあたることもないか」

信之助の言葉に数馬は訝《いぶか》しい表情を見せただけだ。

（こやつ、なにも知らされておらんのか）

信之助は本身の穂先の代わりに柄の先端が布でくるまれた稽古槍をまっすぐに延ばした。

間合いは四間（約七・二メートル）。

数馬は槍の一撃目を躱《かわ》しつつ相手の懐《ふところ》に飛びこみざまに脳天へ振り上げた剣を叩《たた》き落とす伊達村道場必殺の技を想念に留めた。

「鋭《えい》っ！」

右手を鍔《つば》に触れさせて柄《つか》をにぎった数馬が誘った。

信之助の槍が手元に引かれた。

その瞬間、数馬は間合いの内に突進していた。

一寸の間に身を躱すのは馬庭念流の得意とするところだ。

稽古槍の穂先が相手の体近くまで引かれ、一瞬タメを作って静止した。

数馬の感覚が微妙に狂った。が、下段横外しの切《き》っ先《さき》を大きく振りあげながら、槍の死角、内懐に飛びこんだ。あとは鋭く、早く振りおろせば戦いは終わる。

「きえっ！」

振りあげた剣にすべてをこめた。

穂先が引かれ、数馬の間合いをいとも簡単に外した。

一瞬、動きを止めた数馬の胸に穂先が伸びてきた。数馬は身を外して避けた。すると稽古槍の穂先はするするとふたたび引かれ、間をおくことなく伸びて数馬の胸を強打した。それも一度ならず二度三度と……だが、数馬は最初の一撃目で気を失い、後方に吹き飛ばされ、神田川の土手を転がり落ちていた。

同じ刻限、風神の又三郎と綾縄《あやなわ》小僧の駒吉は伊達村道場の敷地のなかに建てられた長屋にいた。おてつと秀三親子の探索ではつい先頃まで七、八人の剣客たちが起居をともにしていたという。それが忽然《こつぜん》と姿を消していた。それもつい最近のことだ。部屋のがらんとしたたたずまいがそのことを示していた。

「番頭さん、こやつらが千鶴様を惨殺《ざんさつ》したのでしょうか」

「間違いあるまい」

又三郎が応じて、

「思案橋の凶行の後、だれぞの命で草鞋《わらじ》を履かされたのであろうな」

「どうしたもので」

「行き先を知っているのは道場主の伊達村兼光だけとみた」

その夜、その伊達村は留守であった。

「土屋様の家臣はいかがでしょうか」

「数馬柳之進か、知っておればよいがな」

「一番番頭さんの後を追いますか」

うなずいた又三郎と駒吉は闇に乗じて伊達村道場から身を引き、神田川に止めた猪牙舟《ちょきぶね》に戻っていった。


数馬柳之進は吐き気を催して意識を回復した。

大地が大きく揺れていた。

強盗提灯《がんどう》が顔に当てられた。

「何奴《なにやつ》か」

数馬は強気を装《よそお》った。が、後ろ手に縛られて板の間に転がされていた。その板の間がゆるく大きく揺らいでいた。

「さて数馬柳之進、喋《しゃべ》ってもらわねばならぬ」

明かりの向こうにいるのは槍の使い手の声だ。

「喋ることなどなにもない」

「いつまで強気でいられるか」

数馬の体が引きずりおこされた。その弾みに胃の腑《ふ》のものが吐きだされた。

が、相手はなんの憐憫《れんびん》も見せなかった。

「老中土屋様と伊達村兼光の関わりを教えてもらおうか」

「主を裏切るなど武士ができるものか」

「まだ囚《とら》われの身が分かっておらぬようじゃな」

鳶沢信之助と名乗った男が手を振ると、仲間が乱暴にも数馬の体を引きずって部屋からだし、狭い階段を伝って外に連れだした。

なんと数馬柳之進は船上にいた。それも夜明けの風をはらんで疾走する弁才《べざい》船《せん》の船上だ。

数馬の体に改めて縄が巻かれ、舷側《げんそく》から突きでた補助帆用の弥帆《やほ》柱に結ばれた。

「なにをするのじゃ」

「まだ春も浅い。夜明けの海水は冷たかろう」

数馬が声を出す暇もなく、体が宙に浮くと白波が立つ海面に投げ出された。

冷たい海面に叩きつけられた数馬は必死で顔を浮かした。

体がぐるぐるとまわりながら海の上を引きずられていく。吊《つ》り下げられた縄の具合で船底に引きずりこまれそうだ。

(怖い)

心底怖い、と思った。

「おい、上げてくれ、頼む、上げてくれ」

数馬は思わず哀願していた。

が、船上から見詰める男たちは平然として数馬の様子を見ているだけだ。

(こやつらは何者なのか)

数馬は老中の家臣をなんとも思わない男たちに恐れを抱いた。

「知っていることはなんでも喋る、上げてくれ！」

数馬柳之進が息も絶え絶えに甲板に引きあげられたのは半刻《とき》(一時間)も過ぎた頃合だ。もはや大名家の小姓頭の体面も馬庭念流の免許持ちの矜持《きょうじ》も忘れて、歯をがたがたと打ち鳴らして震えていた。

信之助が大広間に入ると、数珠《じゅず》を手にした総兵衛は初代鳶沢総兵衛成元の座像に向かって瞑想《めいそう》していた。

「ただ今戻りましてございます」

「うーむ」

総兵衛が信之助を振り見た。

千鶴の通夜《つや》に出た総兵衛は、葬儀の前に富沢町に戻り、信之助らの戻りを待っていたのだ。

「申しあげます。土浦藩江戸屋敷の小姓頭、数馬柳之進は〝影〟についていっさいを知らされていないと思えます」

信之助の整然とした報告に総兵衛は小さくうなずいた。

家康以来九十年近くの秘密だ。そうそう家臣が知ってよいものではない。

「ただ千鶴様殺害は伊達村道場に起居しておりました餓狼のような剣客団七名の仕業と推測してまずは間違いないかと……。指揮したのは伊達村の師範代を務めてきました瑞眼太郎平と申す壮年の者にございます。又三郎と駒吉が伊達村の長屋に忍びこみましたが、すでに蛻《もぬけ》のから。江戸を捨て、千鶴様殺害の現場から逃走したものと思えます」

信之助は総兵衛の前に千鶴を惨殺した七人の名を記した紙片を差しだした。

総兵衛はそれに視線を落とすと訊《き》いた。

「行き先の見当はどうじゃ」

「数馬は上方ではと推測しております」

総兵衛の胸にはぴんとこなかった。

「伊達村と土屋老中の関わりはどうか」

「土屋老中が駿河田中から京都所司代を経て土浦に再入封になったとき、若い剣客の伊達村兼光をともなっていたそうで、大半の家臣たちも今ではいかなる縁があったか知らぬそうにございます」

「土屋が伊達村に江戸道場を開かせたのは汚れ仕事に利用するためであろうか」

「現に、あのような剣客たちを伊達村が抱えているところをみると、総兵衛様の推測はあたらずとも遠からずでございましょう」

総兵衛が両眼を細めて考えに落ちた。

「数馬柳之進はすでに江戸湾に沈めました」

信之助の報告に頷《うなず》いた総兵衛が訊いた。

「土浦藩の出入りの札差《ふださし》は伊勢亀か」

「はい、古くからの札差は別にございます。伊勢亀は政直の代になって出入りを許されたものにございますそうな」

総兵衛が首肯した。

「土屋政直は順調に立身して、老中に上りつめました。その庇護《ひご》をうけた伊達村の道場が多くの大名、旗本家の子弟たちで賑《にぎ》わっておるのは当然なこと。土屋の指示で金銭面の援助は新規出入りの伊勢屋亀右衛門がやっておるということでございましょう。その代わり伊勢亀は老中後押しの御用の筋が入ってくる算段」

「どうやら老中の土屋と剣客伊達村は一身同体と見た。〝影〟につながる伊達村は最後まで生かしておけ」

「ならば伊勢亀が次の狙《ねら》いにございますか」

「まずは千鶴を手にかけた餓狼どもがどこに逃げたか、なんとしても突きとめねばならぬ。信之助、それも早急にじゃ」

「総兵衛様、今しばらくのご辛抱を」

信之助はそう願うと主の前を退去した。


その夜、浅草福井町のお七の家に兄の梵天《ぼんてん》の五郎蔵が呼ばれた。すでに半刻前には伊勢亀が入っている。

大黒屋の荷運び頭の作次郎と手代の稲平は、黒塀越しに眠り薬をまぶした野《の》鴨《がも》の肉を放りこんだ。二匹の犬がしばらく取り合う気配を見せていたが、すぐに静かになったのを見計らって作次郎の背に乗った稲平が塀を越え、通用口を開けた。

ぐっすりと眠る黒犬たちを縁の下に引きずると、二人も床下に入りこんだ。

声を頼りに進むと、

「兄さのところにも歌舞伎《かぶき》の親分が顔を出したかえ」

お七の声だ。

「ここにも来てさ、さんざ脅かされたよ」

「おお、いけすかねえ十手持ちだぜ。おれの旧悪をちらつかせて、新之助には手を出すなと脅しやがった。まあ、大目付の屋敷から例の品、盗みだす手引きは終えたんだ。あの餓鬼にはもはや用はねえがね。それよりお七、新之助は運びだした家宝の二品、持ってきたか」

「親分、お前さんを呼んだのはそのことですよ。新之助は、たしかにおっ母さんの供で本庄の屋敷を訪ねたというのに、お七のところに家宝二品を持ってこないんだよ」

伊勢亀が言った。

「あの餓鬼、怖くなりやがったかねえ」

「何を言ってんだね、お七の体ばかりか金まで強請《ゆす》りとるような男が怖いもなにもないよ」

伊勢亀の声は悔しそうだ。

「おおかた銭をつり上げる算段じゃあるまいか」

「待ってくださいよ、旦那《だんな》」

しばらく五郎蔵は思案しているのか、声が聞こえてこない。

「兄さ、なにか懸念《けねん》することでもあるのかい」

「ふぐりの市助がおれっちと同じように歌舞伎に摑《つか》まって大番屋に引っ張られているんだ。当人は知らぬ存ぜぬで帰えってきたと威張っていたがねえ。こりゃ、あの野郎に確かめねえと」

「まさかべらべらと……」

「ありうるぜ。それとさ、新之助が盗みを手伝わせた女中と所帯を持つはずの植木職人が近ごろ植繁を首になったたって噂《うわさ》を耳にしたんだ。時期が時期だ、新之助が姿を見せねえことといい、気になりますぜ」

「なんですって」

伊勢亀の声が尖《とが》った。

「親分、これはことですよ。新之助を明日にも摑まえて事情を聞きだしておくれな。お七の体まで借りられたうえに、こちらは金も使っているんだ。例のものはありませんじゃ、殿様になんと申し開きできるんだい」

「へえ、さっそくに市助の野郎から吐かせてみせますぜ」

ふたたび重い沈黙があった。

そして梵天の五郎蔵が唐突に言いだした。

「旦那、思案橋に手引きした金を頂きたいもんで」

「親分、新之助の一件を始末しておくれ。それから払うよ」

「ちえっ」

と舌打ちした五郎蔵が、

「瑞眼様らは今ごろ土浦に入っておられる頃合ですかねえ」

「親分、それは言いっこなしだ。どこから洩《も》れるかしれんからねえ」

「へえ、でもさ、ほとぼりが覚めるってどのくらいなんです」

「それは殿様しだい、早くもなりゃ遅くもなりますよ」

「旦那、殿様ってのはお城でも一目おかれるお人でしょうね」

「お前さんが考えているよりもはるかに力のある方さ。親分もねえ、殿様の身分を明かそうなんて考えると首が胴から離れるよ」

「へえっ、承知してまさあ」

五郎蔵の返事を聞いた作次郎と稲平は、床下から庭に這《は》いずっていった。すると二匹の黒犬が焦点の合わない眼をとろりと作次郎らに向けて、よだれを垂らしていた。眠り薬の効能が少しずつ薄れているのだろう。

「あばよ」

作次郎は小さく犬に声をかけると庭に出た。

作次郎の報告に総兵衛は黙ってうなずいた。双眸《そうぼう》に憤激が静かに宿ってめらめらと燃えていた。

「土浦に送ったとは〝影〟にも似合わぬ迂闊《うかつ》でございますな。さっそく手勢を率いて土浦に急行いたしまする」

信之助が言いだしたのを総兵衛は、

「待て」

ととどめ、

「本庄様に明朝お目にかかる」

「新之助様の始末についてでございますな」

「そなたが供をせえ」

「土屋の屋敷の見張りはただ今、風神の又三郎を頭に四名が交替で務めていますが、どういたしたものでございますか」

「ちと気になることがある。これまでどおりに屋敷の内部に潜入してはならぬ」

と命じた。

お城への出仕前、大目付本庄伊豆守勝寛は複雑な面持ちで黒の紋服姿の大黒屋総兵衛と一番番頭の信之助を迎えた。

「総兵衛、千鶴のこと、なんと申してよいか言葉もない」

総兵衛はただうなずいたのみだ。

「御用の身ゆえ、本日の葬儀には出られぬ。わしの代わりに奥が出る」

「ありがたきことにございます」

総兵衛の声はかさかさに乾いていた。

「家宝の一件、なんとも礼の言いようがない。勝寛、終生忘れはせぬ。じゃが一難去ってまた一難」

「そのことでまかりこしました」

総兵衛は米倉新之助の行状をあまさずに伝えた。

「勝寛様、新之助どのはまだ十八の身、好奇心が横溢《おういつ》した時期にございますれば、若いうちの遊びは後々の薬といえなくもございませぬ。ですが、正直申してちとあくどい。絵津様の婿《むこ》どの、勝寛様の後継と考えましたとき、総兵衛、どうしたものかと迷いまする」

「わしも同じ気持ち、本庄家を託してよいのか迷う。しかし、幼きときから新之助を婿と考えつづけてきた絵津の気持ちを思うとな、即断もできかねる」

「私自身もまだ新之助どのと直接お目にかかっておりませぬゆえ、最後の踏ん切りがつきませぬ」

「総兵衛、このような時期にそなたを頼りにするのは心苦しい。じゃが、わしは総兵衛の判断にゆだねたい」

総兵衛はうなずくと、

「新之助どのには見張りがつけてございます。会うのが後先になるかもしれませぬが承知いたしました」

と早々に本庄邸を辞去してきた。

三

船宿幾とせの一人娘千鶴の弔いは思案橋で催された。

喪主のうめは放心状態で大黒屋総兵衛のかたわらにただ石のように座していた。

千鶴の死因が死因だけに葬儀の席は重苦しい雰囲気に支配されていた。それでも会葬の人の波は途切れることがなかった。この界隈《かいわい》で千鶴と総兵衛の仲は知らぬ者とてない。いつかは二人が所帯を持つと考えていた。それだけに幾とせと関わりを持つ会葬者と大黒屋とのつながりの人たちが押しかけて、霊前に香華《こうげ》を手向《たむ》けてくれた。

総兵衛は哀《かな》しみを覆《おお》い隠すようにきびしい顔で会葬の人たちの挨拶《あいさつ》を受けた。

本庄勝寛の奥方菊も富沢町の古着商惣代《そうだい》の江川屋彦左衛門の内儀、坊城崇子《たかこ》も赤子の佐総《すけふさ》を抱いて参列してくれた。

長い長い会葬の列が絶えたとき、すでに九つ半（午後一時頃）を過ぎていた。

千鶴の亡骸《なきがら》は船に乗せられて、日本橋川の両岸を埋めた見送りの人たちに別れを告げた。

弔い船は大川に出ると、まだ冷たい風を受けながら、流れを横断した。その棺《ひつぎ》のかたわらには大黒屋総兵衛が千鶴の亡骸と魂を護《まも》るように屹立《きつりつ》していた。

幾とせの菩提寺《ぼだいじ》は深川仙台堀の浄心寺だ。

父親丈八の眠る寺の開基は万治元年（一六五八）、深川では知られた寺だ。

千鶴は総兵衛の思いとともに丈八のかたわらに埋葬された。

浄心寺の庫裏《くり》で身内ばかりが斎《とき》の膳《ぜん》を囲んだ。

だが、重い沈黙がここでも続いていた。

「旦那様」

信之助が総兵衛をその場から呼びだした。

廊下に出ると、

「歌舞伎の左近親分がお目にかかりたいと申しております」

と本堂に案内した。

「大黒屋の旦那、弔いに顔も出さず申しわけありません。今、千鶴様のお墓に参らせてもらいましたところで」

「親分、そなたの気持ちありがたく受けとった」

「ちょいと報告が」

総兵衛と信之助を前に、

「梵天の五郎蔵の代貸のふぐりの市助の死体が御船蔵の前の中州に浮いておりましてね。おそらくわっしが大番屋に引っ張ったことが五郎蔵にばれて、戒めに口を封じられたのでございましょうな」

作次郎らがもたらした情報から総兵衛には予測がついたことだ。

「なあに市助が殺されたのを哀しむ人間なんて一人としておりはしませんや。江戸の町が少しはさっぱりするというもんでござんしょう。ですが」

左近親分はいったん口を閉ざした。

「ふぐりの市助が殺されたばかりで終わりましょうかねえ」

「米倉新之助のことですね」

「へえ」

総兵衛は信之助を見た。

「新之助様はこのところ昌平坂の学問所にもお出かけにならず、九段坂の屋敷に引きこもられたままにございます」

「ことが鎮《しず》まるまでそうしていただけるとありがたいのでございますがね」

「なんとか手を打とう」

すでに総兵衛は作次郎らの報告で新之助の身辺には見張りをつけていた。

「よけいなこととは思いましたが、安針町の玉七に会いましてございます」

思案橋界隈を縄張りにする玉七親分が千鶴殺害の探索を担当していた。

「玉七が申しますには、七つ（午前四時頃）前、幾とせの河岸《かし》下に漁船《いさりぶね》が止まっておるのを魚河岸の若い衆が見かけております」

思案橋の上流の本船町辺りは俗にいう日本橋の魚河岸、商売柄朝が早い。

「その者の話によりますと、幾とせのほうから七、八名の黒い影が走りでてきて、漁船に飛び乗って、大川のほうに下っていったということにございます」

間違いなく伊達村道場の師範代瑞眼太郎平に率いられた剣客団が逃亡する姿

であろう。

「玉七は川筋にその者たちを追っている様子にございます」

「安針町にも苦労をかけるな」

そう言った総兵衛は、

「親分は市助殺しを追いなさるか」

「へえ、やくざ者でも人間に代わりはございませんや。放りっぱなしというのも可哀《かわい》そうでございましょう。せいぜい五郎蔵の周りから締めあげてみてえと思っておりやす。大黒屋の旦那《だんな》、なんぞ出てきましたら、またお知らせに上がりましょう」

「造作をかけるな」

総兵衛が左近親分の顔を正視して礼を述べた。

「旦那、月並みのことしか申しあげられねえ。元気をねえ、出してくだせえや。富沢町は総兵衛旦那がいなきゃあどうにもならねえとこだ」

「気を遣わせますな」

左近が本堂から姿を消した。

「信之助、九段坂の米倉邸はだれが見張っておるな」

「今夜は、駒吉と晴太にございます」

「一人二人、増やせ」

「はい、さっそくにも手配いたします」

「それとな、安針町の親分にそなたがな、陣中見舞を届けてくれ」

「はい」

「本庄家の用人どのに手紙を書く。この場からだれぞに」

総兵衛は、川崎孫兵衛に手紙を書き、米倉邸に出向いてもらい、いかなる理由をつけても新之助の外出を見合わせるように頼むつもりであった。

今ここで新之助になにかあっては、本庄伊豆守勝寛の迷いも総兵衛の気遣いも元も子もなくなる。

信之助が硯《すずり》、筆、巻紙を総兵衛の前に運んできた。

総兵衛が手紙を書き上げたとき、手代の稲平が主《あるじ》の前にかしこまった。

「用人の川崎孫兵衛様に直《じか》に渡せ」

そう命じた総兵衛は斎の席に戻った。

九段坂の旗本四千石の米倉能登守の屋敷を本庄家の用人川崎孫兵衛が緊張の様子で訪問したのは、暮れ六つ（午後六時頃）過ぎのことだ。

大黒屋の手代の稲平、荷運び人足の晴太は、半刻《とき》（一時間）あまりの屋敷訪問の後、肩の荷を下ろした体の川崎用人を見送った。

それからさらに半刻後、潜《くぐ》り戸から三人の中間《ちゅうげん》が出てきて、俎橋《まないた》のほうに下り始めたが、ふいに三人が口論を始めた。罵《ののし》り合うと三人が二人と一人に別れて走りだした。

稲平は晴太に命じると自分は二人を、晴太には一人の方を追わせて新之助の変装した姿かどうか確かめさせようとした。

駒吉は、屋敷の裏口で騒ぎを聞き、表門に走った。すると門前には稲平と晴太の姿がない。

（異変か）

不在になった表門の見張りをすることにした。

大黒屋の潜り戸が叩《たた》かれ、歌舞伎《かぶき》の親分の手先が番頭の信之助を名指しで訪ねてきた。

信之助はすぐに大戸を下ろした店先に出た。

「私が番頭の信之助にございます」

「親分の使いにございます。さきほど米倉の若様がお七の住まいを訪ねてみえました。すぐに梵天《ぼんてん》の五郎蔵のところにお七の使いが走らされたそうな」

「親分の伝言はそれだけにございますか」

「へえっ」

「ちょいとお待ちを」

信之助は奥座敷に通り、船宿幾とせから戻り、おきぬの淹《い》れた茶を喫しようとした総兵衛に伝えた。

「なにっ、新之助がか」

後に続く馬鹿《ばか》め、という言葉を飲みこんだ総兵衛は、

「あとはこちらに任せよと左近親分の使いに伝えてくれ」

と命じた。

信之助が姿を消すと総兵衛は立ちあがった。

おきぬが地下への隠し扉を開けて、総兵衛は地下に下りた。

入堀の闇《やみ》に紛れるように作次郎の漕《こ》ぐ猪牙舟《ちょきぶね》が川面《かわも》に姿を見せたのはすぐ後のことだ。

供は作次郎の他に信之助だけである。

二人はともに鳶沢一族の戦支度《いくさじたく》、海老茶《えびちゃ》の衣装を身に纏《まと》い、腰には小太刀が一本だけ落とし差しにされていた。

総兵衛といえば背に飛龍《ひりゅう》をあしらった小袖《こそで》の着流しで、手には銀煙管《ぎんぎせる》がある。

ときおり、火皿が赤く燃え、紫煙が吹きだされた。

入堀から大川に出た猪牙舟は一気に上流へと漕ぎあがり、神田川に入ると柳橋の下を潜り、浅草橋の先で止まった。

作次郎と信之助が先行し、眠り薬をたっぷりとまぶした肉が黒板塀越しに飼犬をおとなしくさせるために投げこまれた。

その様子を物陰から確かめた歌舞伎の左近親分は手下たちに、

「おれっちの出番はこれで終わりだ。今晩のことは忘れろ」

と命じると、下柳原同朋町の家に戻っていった。

総兵衛が蔵前の札差伊勢屋亀右衛門の妾宅《しょうたく》、お七の家の格子戸《こうしど》を潜ったのはすぐその後のことだ。すでに作次郎の手で玄関の戸も引きあけられていた。

着流しの総兵衛が雪駄《せった》のまま玄関に上がると、作次郎が玄関脇《わき》の小部屋から姿を見せた。床には五郎蔵の供の一人と小女《こおんな》が気を失って倒れている。

奥の間から若い男が上げる悲鳴が聞こえ、渋い中年の声が響いてきた。

「若様、ちと虫がよくはありませんかえ。お七の体は自由にした、小遣いも何十両と無心された。好き放題にしておいて、約束の物が古壺《ふるつぼ》に代わっていたなんて言いわけは聞きませんぜ」

梵天の五郎蔵の声だ。

「親分、ほんとの話だ。お七、聞いてくれ」

「まだ分からねえようだ」

肉を打つような響きの後、新之助の哀願する声が響いてきた。

「や、やめてくれ！　助けてくれえ、お七」

総兵衛は廊下を進むと、明かりが洩《も》れる障子戸を引きあけた。

「だれでえ、手前《てめえ》は」

梵天の五郎蔵が総兵衛に怒鳴った。

総兵衛はそれには答えず、座敷を見まわした。

八畳間の中央に後ろ手に縛られた米倉新之助が転がり、五郎蔵の手下二人がささくれた青竹を振るっていた。

お七と見れば、続きの間に敷かれた絹布団《ぶとん》の上に真っ赤な長襦袢《ながじゅばん》のしどけない姿で横たわり新之助がうける折檻《せっかん》をにたにた笑いながら見ていた。顔に険があるが、たおやかな姿体と凄《すご》みを帯びた美貌《びぼう》の持ち主である。

新之助の両眼は血と涙に潰《つぶ》れかけていた。

「新之助に命じて盗みださせた本庄家の家宝二品、おまえの手からどこに届けられるのだな」

「て、手前《てめえ》は大黒屋総兵衛か」

「おれの名を知っておったか」

「商人風情《ふぜい》がでけえ面《つら》してるそうじゃねえか」

「梵天の五郎蔵、おれの顔を拝んだ者の末路を知らぬようじゃな」

「ご託を並べるんじゃねえ」

青竹を捨てて懐《ふところ》に手を突っこんだ子分の一人が新之助の体を飛び越えて、匕《あい》首《くち》を抜きざまに総兵衛の胸元を襲った。

総兵衛は手にしていた銀煙管で匕首の切っ先を払うと、その男を躱《かわ》した。

勢いにのって廊下に飛びだした男が絶叫を上げ、棒立ちに突っ立った。

「どうした、辰《たつ》！」

辰と呼ばれた三下は立ち竦《すく》んだまま、ふたたび座敷によろよろと後退《あとずさ》りしてきた。その胸に信之助の小太刀が突き刺さり、信之助が小太刀の柄《つか》を押しながら姿を見せた。

「だ、大黒屋、てめえはいってえ……」

信之助が小太刀を引き抜くと、へたへたと三下が倒れこんだ。

新之助をいたぶっていたもう一人の手下が襖《ふすま》の閉じられた部屋へ体当たりすると逃げだそうとした。が、その男も棒立ちになった。襖越しに刀の切っ先が突きだされ、それが三下の心の臓を刺し貫いていた。

お七が布団に起きあがると、

「兄さ、なにしてんだえ、やっちめえな」

と声を張りあげた。

襖が蹴《け》り倒され、襖と一緒に三下が新之助のかたわらに倒れこみ、断末魔の痙攣《けいれん》をみせて転がった。

新之助が悲鳴を上げると、這《は》いずり転がってお七のいる部屋に逃げた。

「お七、助けてくれえ」

「おまえも侍《さむれえ》だろ、しっかりしな」

お七は枕元《まくらもと》にあった新之助の脇差を摑《つか》んだ。

「大黒屋の旦那、おれが悪かった。許してくれえ、なんでも喋《しゃべ》るからよ」

梵天の五郎蔵が泣き言を言いながら、お七のところへ後退りした。

「ほれ、兄さ」

お七が抜き身の脇差を五郎蔵の手に投げた。

そいつを両手で摑みながらも五郎蔵は、

「嘘《うそ》じゃねえ、おれはなにも知らねえ」

と言いつのった。

「五郎蔵、おまえだけはこの総兵衛が手をかけて、地獄へ送ってくれる」

「おれはおめえになにもしちゃいねえ」

と言いながらも五郎蔵は総兵衛の隙《すき》を窺《うかが》っている。

「おまえは伊達村道場の餓狼《がろう》どもの手引きをして、船宿幾とせを襲ったな」

「な、なんでそいつを」

「知っているかと尋ねるか。おまえの口に聞け」

「くそっ!」

梵天の五郎蔵が脇差を振りかざして総兵衛に突っこんできた。

総兵衛はそれを避けようともせずに銀煙管のがん首を五郎蔵の眉間《みけん》に埋まれとばかりに叩きつけた。

「ぐえっ!」

五郎蔵は立ったまま悶絶《もんぜつ》死して、ゆっくりと倒れこんだ。

「畜生、やりやがったな」

お七が新之助の大刀を両手で摑むと立ちあがった。

「お七、綱を切ってくれ!」

新之助が上体をおこすとお七の足下に縋《すが》った。

「うるさいよ!」

お七が怒りに任せて新之助を足蹴《あしげ》にすると大刀を抜きざま、その首筋に叩きおろした。

「くえっ!」

ぱっと赤い血飛沫《しぶき》が散った。

お七は緋縮緬《ひぢりめん》の襦袢の裾《すそ》を乱して新之助の体をさらに蹴り倒した。

「お七、そなたは五郎蔵に負けず劣らずの悪《わる》じゃなあ」

「なにを抜かしやがる」

お七が大刀をかざして総兵衛に襲いかかった。が、刀の切っ先が鴨居《かもい》を斬《き》りつけて、身動きつかなくなった。その腹部を作次郎の剣が深々と突き通した。

さらに信之助の刃《やいば》が首筋を断ち斬った。

総兵衛は新之助のかたわらに寄った。が、お七が振るった切っ先が首筋を斬り割って、もはや手当てのしようがなかった。死の痙攣が見舞うと、体をくの字にして、動きを止めた。

「深入りしすぎたな」

「どうしたもので」

「信之助、まず四軒町に走り、用人川崎孫兵衛様を同道して米倉様の屋敷を訪ねるのじゃ。朝が来ぬうちに米倉家にこの始末をつけさせよ」

翌早朝、大目付本庄伊豆守勝寛は、黒紋付羽織袴《はかま》の大黒屋総兵衛をともない、九段坂の御鉄砲百人組之頭の米倉能登守の屋敷を訪ねた。

潜り戸を入った二人に屋敷のなかに漂う悲痛な空気が押し寄せてきた。

米倉能登守正忠は前夜に起こった騒ぎが納得いかずに憤激を面にあらわにして勝寛と総兵衛を迎えた。そしてその場には米倉家の用人神崎与左衛門《かんざきよざえもん》も同席した。

「本庄どの、そなたは新之助の死の真相をご存じのようじゃな」

正忠の言葉は切り口上だ。

禄高《ろくだか》は米倉家のほうが上だ。

勝寛は大目付という権威ある要職にあった。幕閣として地位は勝寛がはるかに上位である。が、米倉は次男の死に平静を失っていた。

「正忠どの、心を平らに私の話を聞いてはもらえませぬか。この勝寛、両家のためにに正忠どのの得心のいくように話しますに」

そう前置きした勝寛は、

「同道したのは富沢町の古着問屋の主《あるじ》、大黒屋総兵衛にござる」

と総兵衛を紹介した。

「古着屋風情が新之助の死に関わっておるのか」

勝寛はそれには答えようとはせず、

「本庄家には家康様、秀忠様所縁の家宝二品がござる」

と、新之助が家康公木像と茶掛の二品を本庄家から盗みだす手引きをした話から、お七の家での死まで語り聞かせた。

新之助が家宝の盗難に関わったと聞いた正忠は怒りを爆発させようとした。が、かろうじて平静を保ち、怒りを必死で抑えた。

「新之助が本庄家の家宝を盗みだし、奥の乗り物に隠して運びだそうとしたなどという悪巧みをおこなったと申されるか」

「ご不信なら秋津様に質《ただ》されるとよい。乗り物になんぞ入れられておったかどうか」

正忠の顔面が蒼白《そうはく》に変わり、わなわなと身を震わした。

「新之助どのは十八歳と若い。お七の色香におぼれてつい言うことを聞かれたのでしょう。じゃがな、正忠どの、よおく聞かれよ。盗難の直後、それがし、綱吉様より本庄家に秘蔵されておる家康様、秀忠様所縁の宝を見せよと命じられた」

「な、なんと」

正忠も家宝盗難がただの盗難ではないと気づかされたようで驚愕《きょうがく》した。

「さよう、新之助どのがそそのかされた背後には幕閣も絡《から》んだ陰謀が進行しておる。新之助どのはそやつらに利用されたのじゃ。お分かりか」

正忠は言葉もなく考えこんでいた。

「用人を通して当屋敷の用人どのに新之助どのの外出には、くれぐれも注意されよと忠告申しあげたばかり」

神崎が正忠にうなずき、

「新之助様にそのことについてお諫《いさ》め申しあげました。ですが、新之助様は中《ちゅう》間《げん》に命じて騒ぎを起こし、注意をそちらに引きつけておいて屋敷を抜けだされたのでございます」

と言い淀《よど》みながらも説明を加えた。

「なんと愚かなことを」

絶句する正忠に勝寛が言った。

「家宝紛失を知ったそれがしは大黒屋に相談して、大黒屋の配下の者に屋敷に入ってもらった。その者が当方の勝手頭の女、またその女と所帯を持つと約束していた植木職人、さらには新之助どのの手を経て、屋敷の外へ持ちだされようとした家宝に気づき、咄嗟《とっさ》にわが家の玄関の式台にあった古壺とすり替えたのです。新之助どのはお七のところで運びだしたはずの家宝が古壺に変わっていたと釈明されたそうな。じゃが相手は海千山千のならず者、捕らえられて折檻を受けている最中にお七のふるった刀に首筋を斬り裂かれたのでござる。このことは殺害の現場を見られた用人どのが説明されよう」

「殿……」

神崎がとつとつと新之助が死んでいた状況を告げた。

正忠は、瞑目《めいもく》して聞いていた。

「新之助様を折檻し、殺したお七や五郎蔵らも新之助様のかたわらで惨殺《ざんさつ》されておりました。それがだれの仕業か、それがしには想像つきませぬ」

神崎の言葉に正忠が目を開けて、総兵衛を見た。

「おそらく新之助どのの部屋に当家の古壺《ふるつぼ》がござろう」

悲痛な顔をしていた用人の神崎与左衛門がその場を立っていった。

「正忠どの、勝寛は虚言は申さん、信じられい」

大目付の凜然《りんぜん》とした言葉に正忠はうなずき、総兵衛に視線を移した。

「大黒屋、お七や五郎蔵らを殺害したのはそなたのようじゃな。そなたは何者か」

総兵衛が答える前に勝寛が、

「正忠どの、大目付のそれがしが全幅の信頼をおく者と心得られてかまいませぬ」

と言外にそれ以上を問うなと伝えた。

「相分かった」

と米倉能登守正忠が自らを納得させるようにうなずいたとき、

「殿、新之助様のお部屋にございました」

と神崎が風呂敷《ふろしき》包みと古備前の壺を持ってきた。

「わが屋敷の壺でござる」

「もはや本庄どの、これ以上のご説明は無用にござる。新之助の不始末、本庄家には公私にわたって二重に迷惑をかけたようじゃ。米倉の家ももはやこれまで、いかような裁きも受けよう」

米倉能登守正忠がいさぎよく言った。

四

九段坂の米倉邸の帰り、乗り物を先にやった大目付本庄伊豆守勝寛と大黒屋総兵衛は肩を並べて堀端を歩いた。

「絵津にどう話したものか」

勝寛は父親の顔になって嘆息した。

「おきぬより絵津様は利発なお嬢様と聞いております。当座はおつらいことでございましょうが、きっと立ちなおられるに相違ございませぬ」

「そうじゃな、十六の絵津に新之助の犯した罪を告げるのはちと残酷であろうな。新之助は急病にて亡《な》くなったと申しつたえるのが一番であろうな」

米倉能登守正忠は、大目付に知られた屋敷の内情にお家断絶も覚悟した。が、勝寛が、

「正忠どの、騒ぎを公《おおやけ》にいたす所存ならば、大黒屋を同道して勝寛はこの場に参らぬ。よろしいか、もし新之助どのの死の真相をあからさまにいたせば、米倉家ばかりではことはすみませぬ。新之助どのにわが屋敷の家宝を盗みだせと使嗾《しそう》したお方を追及する騒ぎに発展いたすは明白、城中を揺るがす大騒動になりまする。この一件、大目付のそれがしにお任せあれ」

「では、米倉家ではどうしろと」

「新之助どのはお屋敷において俄《にわ》かの急病にて死亡されたのです。そのむね、目付屋敷に届けられよ。この勝寛が口添えいたすでな」

正忠はしばらく勝寛を正視していたが、がばっと頭を下げて平伏した。

「ありがたきお言葉にござる。正忠、このこと、生涯忘れはいたさぬ」

かたわらの用人神崎も感涙に咽《むせ》んで、主とともに畳に這《は》いつくばった。

「本庄様、お家の百年を考えれば、今度の一件、そう悲観的なことではありますまい」

忌憚《きたん》なく総兵衛は言った。

新之助の死は本庄家の世継ぎを白紙に戻すことになった。だが、勝寛はまだ若く、絵津も十六歳、新之助の記憶が薄れた後に仕切り直ししても遅くはないと、総兵衛は考えていた。

「そうじゃな、本庄家の当主としても絵津の親としても、よかった話かもしれぬな。新之助の亡き今、そういたさねばその死が無駄になる」

「問題は、本庄様になにゆえにだれがそのようなことを仕掛けたかにございます。一難は去りましたが、また新たな仕掛けがあるやも知れませぬ。今しばらく城中にてもお屋敷にても十分に気をつけられませ」

総兵衛の胸のうちには〝影〟が総兵衛との親密な関係を絶つために勝寛に手を伸ばしてきたのではという推察はあった。が、まだはっきりしたわけではない。

「総兵衛、そなたはどうするな」

大目付の勝寛は千鶴の死が夜盗の類《たぐ》いに襲われてのことではないと推測していた。が、総兵衛との親しい交際が危難を生んだなどとそこまで突きつめて考えてはいなかった。

「まずは千鶴の菩提《ぼだい》を弔うのが私の務め」

と総兵衛は答えた。

「あとは大黒屋の商いを充実させることに専念したいと思います」

総兵衛の脳裏には三井越後の高富との約定があった。

勝寛は、視線を堀の向こうの御城に向け、独り言のように呟《つぶや》いた。

「さる老中が富沢町の改革をまたぞろ考えておられるとか耳にしたようなしないような」

総兵衛も呟き返した。

「土屋相模守政直様のことにございますかな」

「さあて、それはな」

否定とも肯定ともとれたが、総兵衛には判断がついた。

「土屋様で思い出したことがある。先頃、評定所でおこなわれた閣老直裁判《かくろうじき》に土屋様は吊台にて出てこられた。このところ一年あまりな、病に伏せっておられるそうじゃが、大石らの裁きには病をおして出てこられて、武家の作法を以《も》っての処断を熱っぽく語られた。そのせいで大石らの裁きは二月四日の決定になったのじゃ」

政直が老中に抜擢《ばってき》されたのは、貞享《じょうきょう》四年（一六八七）、すでにその職にあること十六年に及ぶ。四老中の筆頭であった。

老中職の激務にある者の病は、将軍家のそれと同様に極秘に伏せられる。それが病をおして辰《たつ》ノ口《くち》の評定所に出てきて熱弁をふるったとしたら、なんらかの強い力が背後に働らいたのは明らかである。落ちるべきところに落ちたというべきであろう。

「じゃがな、土屋様の此度《こたび》の主張は情理をえたものであったが赤穂藩が取り潰《つぶ》しにあったときには、綱吉様のお怒りを支持されて即刻庭先切腹に賛成されたと覚えておる。このへんの変節がちと奇異なところ……」

「まことに奇怪な話にございます」

二人の呟きがふいに終わった。

総兵衛が言葉を改めた。

「勝寛様、なにかお役にたつことがありましたなら、お申しつけくだされ」

「もうしばらく絵津と宇伊のためにおきぬを貸してはくれぬか」

「本日にもお屋敷に戻しまする」

勝寛は先行する乗り物に声をかけ、総兵衛に目で別れの挨拶《あいさつ》をした。


その夜、総兵衛は独り沈思していた。

千鶴が逝《い》き、おきぬも本庄邸に出向いて、総兵衛の世話をする者はいない。

（〃影〃を土屋相模守政直と決めつけたのは早計ではなかったか）

これまで二度、総兵衛は御簾《みす》越しに暗闇《くらやみ》に座す〃影〃と会って、声を聞いていた。

そのおりの記憶を辿《たど》るとき、今年六十二歳の老人の挙動と声音であったかどうか、総兵衛の気持ちが揺らいだ。

「総兵衛様、よろしゅうございますか」

信之助の声がした。

「入りなさい」

信之助は帳場を締めたばかりでその日の商いを報告した。

「このところ古着に新物が混じる割合が急速に増えております」

富沢町も古着専門の町から体質改善を迫られていた。それは消費文化をもたらした元禄という時代のせいでもあった。

「旦那様《だんな》」

帳簿から顔を上げた信之助は、

「三井越後で二十数年務めあげた番頭の一人が馘首《かくしゅ》されたそうにございます」

その番頭が担《かつ》ぎ商いの六平に江戸での仕入れを漏らした者であろう。

「ということは、そろそろ三井高富様から面会の使いがみえてもようございますな」

「信之助、そなたに聞きたい」

「改まってなんでございますな」

「〝影〟のことじゃ。あれは病に伏せった六十二歳の老人の声か」

「なんと仰《おお》せで……」

「土屋様は老中にあること十六年」

総兵衛は勝寛から聞いた話を告げると疑問を述べた。

問いの意味を理解した信之助は、愕然《がくぜん》とすると考えに落ちた。


おきぬは四軒町の本庄邸に戻って三日目、絵津と再会した。

新之助の死を両親から知らされた絵津は、自分の部屋に引き籠《こ》もり、だれにも会おうとはしなかった。

勝寛も菊も新之助の葬儀に出たいと絵津が望むことを恐れていたが、絵津は自分から言いだすこともなかった。

おきぬは絵津や宇伊に自分が必要な人間かどうか迷い始めていた。

そんな日の朝、おきぬは絵津の訪問を自分の部屋で受けた。

「絵津様」

十六歳の娘は、この数日間に底知れぬ懊悩《おうのう》を繰り返していたことを示して、頬は殺《そ》げ落ち、全身はやつれていた。が、そのことが絵津に犯しがたい厳粛な美しさを与えていた。

「おきぬ、そなたに尋ねたいことがあって参りました」

「なんなりと」

という言葉がおきぬの口をついたとき、もはや眼前にいる娘は子供ではない、成熟した一人の女として会話を交わすべきだと悟った。

「亀戸《かめいど》天神で私たちが話したことです」

「新之助様のことですね」

「はい」

絵津はまっすぐに視線をおきぬに向けた。

「おきぬ、新之助様はなぜ急死なされたか、そなたが知る真実《ほんとう》のことを絵津に話してくれませぬか」

おきぬは絵津を見返すとうなずいた。

「わが家の家宝を盗みだそうとしたのは米倉新之助様ですね」

「そのとおりにございます」

「やはり……。新之助様は絵津との幼きおりの思い出を汚《けが》してしまわれた。ですが、父上も母上もそのことに触れようとはなさりませぬ」

「それは殿様も奥方様も絵津様のことを案じておられるからにございます」

「分かっております。ですが、絵津はいつまでも子供ではありませぬ」

「絵津様、おきぬは絵津様に真実を話してよいという許しをだれからも受けておりませぬ」

「案じあるな。ここでの話はそなたと絵津が胸のうちだけに生涯秘めておきましょう。それができぬ絵津ではありませぬ」

「絵津様、お腹立ちにならずにおきぬの言うことを最後まで聞いていただけますか」

絵津は大きくうなずいた。

「新之助様は十八歳、大人の世界に一歩だけ足を踏み入れた年齢にございます。絵津様のことを大事に思われることとは別の心を、殿方の新之助様は持っておられた。女性《にょしょう》のこと、お酒のこと……世間には若い殿方を惑わすことがいろいろとございます」

「新之助様は女性に惑わされたのですか」

絵津は敏感にもそのことを悟っていた様子を示した。

「どのような女子ですか」

「お七と申す商人の妾《めかけ》にございますそうな」

「どうしてまたそのような方と」

「新之助様に手伝わせて本庄家の家宝を盗みだそうという輩《やから》の手先がお七なのです。新之助様は、そうとも知らずにお七に溺《おぼ》れて、だいそれたことをやってしまわれた」

新之助が勝手頭のいねと植木職人の紋三に手伝わせて、仏壇の隠し部屋から家康座像と茶掛を盗んだ経緯を告げた。

「なんと、米倉のおば様がわが家にお出《い》でになったおりにそのようなことを……」

おきぬがうなずくと絵津は、つぶらな瞳《ひとみ》を見開いて驚いた。しばらく口を噤《つぐ》んでいたが、

「おきぬ、礼を申します。そなたが家宝を取り戻さなければ、本庄家は大変なことになり、父上はお困りになったはず」

「絵津様」

おきぬが考える以上に絵津は利発な娘であった。

「大目付を務められる本庄の殿様を困らせようとする輩が仕組んだ罠《わな》に新之助様は落ちてしまわれたのです」

「なんと愚かな」

と絵津は言いきった。

「新之助様は病気で亡くなられたのではありませぬな」

「お七に斬《き》り殺されたのでございます」

おきぬは正直に惨劇の光景を告げた。

絵津は、おきぬを見た。

「お七らをおきぬの手の者が成敗してくれたというのですね」

「はい」

「まだ本庄の家に新たな悪だくみが襲ってきますか」

「戦いは終わってはおりませぬ。どうか絵津様もご注意あそばされてお暮らしください」

絵津は大きく首肯した。

「絵津はおきぬの話を聞いて哀《かな》しゅうなりました」

おきぬはふいに話しすぎたかと身を震わした。

「ですが、心から真実《まこと》を聞いてよかったと思っております。これで新たな力が湧《わ》いてまいりました。礼を申します」

十六歳の娘がけなげにも新たな旅立ちをしようとしていた。

「もはやおきぬは必要ございませぬな。ちょっぴり寂しゅうございます」

「ならばときおりな、屋敷を訪ねて私と宇伊を江戸の町に誘ってくだされ」

「お芝居見物にかならずお誘いに参ります」

「約束ですよ」

絵津はおきぬに念を押すと笑みを残して部屋から去っていった。

千鶴の初七日が明日に迫った夜、大黒屋の店の前に二丁の早駕籠《かご》が着いた。

乗り継いできた駕籠から鳶沢村の長老にして分家の当主次郎兵衛と大黒屋の大番頭の笠蔵が転がりでた。そして早駕籠のかたわらには東海道を駿府鳶沢村から走り抜いてきた四番番頭の磯松と鳶沢村からの応援の男衆《おとこし》三人が付き従っていた。

「た、ただ今戻りましてございます！」

笠蔵の悲痛な声に潜《くぐ》り戸が開けられ、すぐさまに総兵衛の座敷に通された。

一行は磯松の使いに鳶沢村から急行してきたのだ。

「だ、旦那様、この大事なときに留守をいたしまして申しわけございません」

笠蔵が畳に頭をすりつけて、慟哭《どうこく》した。

総兵衛は大きくうなずくと笠蔵から次郎兵衛にまなざしを向けて、鳶沢村から駆けつけてきたことに無言のうちに感謝した。そしてふたたび笠蔵に視線を戻すと、

「大番頭さん、顔を上げてくだされ。それでは話もできぬわ」

汗に涙が加わり、笠蔵の顔はくしゃくしゃになっている。

「まさか千鶴様に魔の手が伸びるとは」

「いや、そのことを考えておくべきであった」

総兵衛の後悔であり、自責の念にかられてきたことだ。

「笠蔵さん、そなたの企《たくら》みも水泡に帰したな」

「は、はい」

と思わず返事しかけた笠蔵が、

「旦那様は、総兵衛様は笠蔵が鳶沢村を訪ねたことをご承知でしたか」

と驚きの体で聞き返した。

「そなたの様子がちとおかしい。それに旅に出たばかりというに連れの駒吉が富沢町に強引に帰された。信之助の不審な態度といい、おかしなことばかり……」

二人の会話を聞いていた信之助が、

「旦那様を騙《だま》すことは適《かな》いませなんだ、大番頭さん」

と総兵衛が見通していたことを告げた。

「そう、そうでしたか」

複雑な表情を顔に浮かべた笠蔵の体が一瞬小さくなったように信之助らには

感じられた。

「総兵衛様、千鶴様の死は鳶沢一族にとっても大きな哀しみ、この敵《かたき》、なんとしてもわれらの手で」

「父じゃ」

と信之助が次郎兵衛に呼びかけた。

次郎兵衛の目が倅《せがれ》に向けられた。

「それぱかりではないのですぞ」

「信之助、どういう意味か」

「千鶴様の腹にはわれら鳶沢一族の世継ぎかもしれぬお子がおられたのです」

「な、なんと」

「旦那様」

次郎兵衛が叫び、笠蔵が驚愕《きょうがく》して肩を落とした。

重く哀しい沈黙が一座を覆《おお》った。

「よし」

次郎兵衛が自らを鼓舞するように声を発した。

「頭領の嫁女ばかりか世継ぎかもしれぬお子まで討たれたとあれば鳶沢一族の行動はあきらかなことじゃな、信之助」

父の言葉に倅がうなずいた。

「総兵衛様、鳶沢村から豊太郎《とよたろう》、善三郎《ぜんざぶろう》、助茂《すけしげ》の三名をともないましてございます。これから始まる戦《いくさ》に使ってくだされ」

次郎兵衛が鳶沢村からともなってきた若者三人を紹介した。

昨夏、総兵衛は鳶沢村に滞在していた。そのときに見知った一族の若者たちだ。だれもが一騎当千の顔立ちをしていた。

「よう来たな。そなたらの働き場所はいくらもある。まずは富沢町の暮らしに慣れよ」

「はっ」

これで大黒屋の陣容はふたたび整った。

総兵衛の脳裏には反撃のことが渦巻いていた。

第四章　仇　討

一

千鶴の初七日をすませた大黒屋総兵衛の姿が富沢町から消えた。

大黒屋は帳場に復帰した大番頭の笠蔵を中心に古着商いに専念しているように見受けられた。そして奥座敷には分家当主の次郎兵衛がどっかと居座っていた。

手代の駒吉だけをともなった総兵衛の姿は、江戸から十八里（約七二キロ）離れた常陸《ひたち》国土浦藩領、霞《かすみ》ヶ浦《うら》の湖岸にあった。

夕暮れの風が筑波《つくば》から吹き下ろすと縮緬《ちりめん》のような波が湖面を走り、漁船《いさりぶね》が大きく帆に筑波下ろしをはらんで桜川河口の方角へと飛んでいった。

背に大風呂敷《おおぶろしき》を背負った総兵衛の出で立《いた》ちは、古着の担《かつ》ぎ商いである。駒吉も三ツ物屋の格好だ。三ツ物屋とは綿入れを表、裏、綿の三つに解いて売る古着商いの一種である。

鳶沢《とびさわ》一族は百年も前から古着を背にして雨の日も風の日も販路を関東一円から東北、北陸と広げてきた。

総兵衛は、荷に背負った二十貫（七五キロ）余の重さを鳶沢一族を背負う頭領の重みと考えながら江戸から旅してきたのだ。

「総兵衛様、日が暮れます。どこかに宿を見つけねば野宿になります」

駒吉の声に総兵衛は城下を振り見た。

土浦城は霞ヶ浦に通じる桜川と川口川との間に堀を巡らして造られた城だ。

貞享《じょうきょう》四年（一六八七）に京都所司代から老中に昇進した土屋相模守政直《つちやさがみのかみまさなお》は、ふたたび土浦藩主に返り咲いていた。しかし老中職の激務に携わる政直が土浦に戻ることはない。そんな土浦城が早春の残光を浴びて見えた。

「行こうか」

古着屋の主従は湖岸を桜川河口目指して歩いた。

河口に漁を終えて戻ってきた船が停泊する小さな浜が現われて、集落があった。

「駒吉、どこぞに旅籠《はたご》がないか聞いてきなされ」

はい、と駒吉が漁師たちを迎えた女衆《おんなし》のところに飛んでいった。

城下町とはいえ、小さな町だ。

総兵衛は伊達村道場の師範代瑞眼太郎平《ずいがんたろべい》に率いられた剣客団に怪しまれることなく、相手の居場所を見つけたいと考えていた。ならばいきなり城下に入るよりも少し離れた漁師町で様子を窺《うかが》うほうがいい。

「総兵衛様、ございました」

駒吉が先に立って案内したのは桜川河畔に立つ、二階屋の古びた商人宿だ。

長年の風雨に軒も庇《ひさし》も壊れかけていた。

「ここでようございますか」

「十分十分……」

荷担ぎ商いが泊まるにふさわしい常陸屋という旅籠だった。

「女衆の話ではこの季節、客は少ないとか」

それでも駒吉が聞きに行って、すぐに戻ってきた。

「部屋は空いているそうにございます」

二人が改めて入っていくと宿の主《あるじ》が迎えてくれた。

「古着屋さんかえ、よう来られたな」

二人は濯《すす》ぎ水をもらって足を洗い、板の間に上がった。

部屋は桜川が望める二階の六畳間だった。

「荷担ぎにはぴったりの部屋ではないか」

と言った総兵衛は、

「駒吉、総兵衛様は荷担ぎにふさわしくない。私とそなたの年の頃合からみて行商の主従という造りじゃ。駒吉、旦那《だんな》でいこうか」

「はい、旦那様」

「ほれ、その様が無用です」

二人が一階の広間に下りると囲炉裏端《いろりばた》に越中富山の薬売りと鏡とぎの先客がいた。

「どなた様もよろしく願いますよ」

長身の総兵衛が腰を低くして挨拶《あいさつ》しながら囲炉裏端に座った。二人の先客は何日かこの旅籠に滞在して、土浦近辺をまわって商いに歩いているとか。

まだ夕げにはしばらく時間がかかりそうな気配だ。

総兵衛は駒吉に耳打ちして台所に酒を頼みに行かせて、

「商いはいかがにございますか」

と薬売りに聞いてみた。

「まあ、景気不景気に関わりのない商いですがな。それでも当地はよそ様のお城下に比べてしぶいねえ」

「しぶいですか。土浦は老中の土屋様がご支配の城下、景気がいいと思ってきたんだがねえ」

「古着屋さんは初めてかい」

加賀から出稼ぎに来たという鏡とぎが総兵衛に訊《き》く。

「常陸はひさしぶりでしてな」

駒吉が大徳利に茶碗《ちゃわん》を人数ぶん運んできた。

鏡とぎは酒好きか、思わず舌なめずりした。

駒吉が薬売りと鏡とぎの前に茶碗を置くと、

「今日は連れ合いだった女の命日でしてな、こうしてご縁があったのです。お付き合いくださらんか」

総兵衛が大徳利から二人の茶碗になみなみと注いだ。

「すまねえな、初めての人によ」

と言いながら二人は喉《のど》を鳴らして飲み干した。

「これはいける口ですね」

総兵衛は二杯目を注いだ。

「当地は剣術が盛んと聞いてきましたが、町道場がいくつもございますか」

「政直様はご老中じゃからな。土浦に来られることはねえ。代わりにご子息様が代理で巡視にみえてな、倹約やら武芸を奨励されるということじゃ。それで藩道場をかねた町道場が二つ三つあるな」

鏡とぎが答えた。

「ご子息とはご嫡男《ちゃくなん》の昭直様のことですか」

「定直様と申されて政直様の次男と聞いたがな」

次男が藩主の代理に巡察とはどういうことか。

総兵衛は話題を変えた。

「ところで町道場には門弟衆もたくさん通われておられますかな」

「青木《あおき》道場はいつ前を通っても声一つしねえな、弟子もそうあるまいよ」

「そりゃ藩道場といわれる馬庭念流《まにわねんりゅう》の安石大五郎《やすいしだいごろう》道場が賑《にぎ》やかだな」

薬売りも声を揃《そろ》えた。

「安石道場は朝稽古《げいこ》も熱心でねえ、藩士の方が通っておられるそうな」

鏡とぎがふいに総兵衛をいぶかしげに見た。

「古着屋さんがなんで道場などに関心を持たれるな」

「古着はですな、汗をかく仕事のところではけるものです。ご門弟衆がはげしく稽古をされる道場などはなにやかやとご注文があるものですよ」

「そんなものかねえ。鏡とぎなんぞは一番寄りつかなくちゃならねえ場所だがねえ」

「剣術使いには鏡はいりませんからねえ」

「さようさよう」

鏡とぎが笑った。

「安石道場には江戸から名のある剣術家が逗留《とうりゅう》なさっておられるとか。普段道場にこられぬ藩士の方まで顔を出されるという話です」

「それは楽しみにございますな」

翌早朝、総兵衛と駒吉主従は桜川にかかる銭亀橋《ぜにがめ》を渡って、土浦城下に入っていった。

まだ薄暗い大町筋には人通りもない。さらに外堀にかかるすのこ橋を渡ると本格的な城下町が広がっていた。

馬庭念流安石道場は田宿町《たじゅくまち》の一角にある。寺が軒を並べる通りを行くと、竹刀《しない》を打ち合う音と気合いが響いてきた。

安石道場は藩の役宅を改装して造られた建物で、通りと建物の間に幅一間の疎水《そすい》が流れていた。

二人は格子窓《こうしまど》に取りついて道場の様子を眺めた。

明六つ（午前六時頃）前というのに四十人あまりの門弟たちが綿の入った頭巾《ずきん》に籠手《こて》だけをつけて、打ち合い稽古に精を出していた。なかなか熱の入った練習ぶりで、土浦藩の武芸奨励がかたちばかりでないことを示している。

総兵衛は素面《すめん》、素籠手《すごて》の痩身《そうしん》の侍に注目した。藩士でも郷士でもないことが一目瞭然《いちもくりょうぜん》だった。修羅場を潜《くぐ》った者のみが放つ血の臭《にお》いを痩身に不気味に漂わせていた。

技量もなかなかのものだ。

若い藩士に先に当たらせておいて、その動きを見切り、

「ばしっ！」

と濡《ぬ》れ雑巾《ぞうきん》を叩《たた》きつけるような一撃を小手や面に返した。

若い藩士はついに息が上がったか、腰をひょろつかせた。その胴を存分に叩いて床に転がした。

「もはやそれまでか」

荒い息遣いの藩士は、

「ま、まだにございます。い、伊馬里《いまり》先生」

とよろめき立った。

（こやつが伊馬里三太夫《さんだゆう》か）

伊馬里三太夫は、伊藤忠一《ただかず》が立てた水戸派一刀流の免許持ちである。この数年を江戸の牛込御門近くの伊達村兼光道場の食客として過ごしてきた剣客だ。

このことを喋《しゃべ》ったのは土浦藩江戸屋敷の小姓頭数馬柳之進である。

総兵衛の懐《ふところ》には千鶴を苛《さいな》んで殺した瑞眼太郎平ら七人の名が記された紙片があった。が、紙片など必要なかった。脳裏にしっかりとその名は刻まれていた。

総兵衛の胸のうちに憤激の炎がめらめらと燃え上がった。抑えようとしたが、その火炎はさらに激しく荒れ狂った。

「駒吉、ここにおれ」

総兵衛は背の荷を下ろすと、

「どうなされました」

と不審がる駒吉をその場に残して疎水を飛び越えると、安石道場の玄関先へと向かった。

道場の前に立った総兵衛の姿は、縦縞木綿《たてじま》の尻《しり》っぱしょり、どう見ても商人の格好だ。

「頼もう」

と一声かけた。が、竹刀の音でその声は道場まで届かなかった。

総兵衛は式台に上がると道場へと進んだ。

敷居に立って道場内を見まわした総兵衛は、ふたたび大声を放った。

「お頼み申す」

ふいに動きが止まった。

四十余人の門弟たちの稽古がいっせいに止《や》み、視線が総兵衛に向けられた。

近くにいた若い門弟が、

「ただ今、稽古ちゅうである。商人ならば裏口にまわれ」

と応じた。

「お稽古を中断させて申しわけございません。格子窓から覗《のぞ》き見をしているうちに剣術の虫がうずきましてございます。一手ご指南をお願い申します」

「なにっ！　おまえはここがどこか分かっておるのか。老中土屋相模守政直様ご支配の土浦藩七万五千石の道場であるぞ」

若い門弟が怒鳴りつけた。すると中年の武士が、

「そなたは旅の商人のようじゃな。ここは藩道場をかねた場所じゃ。町人どもの出入りするところではない。怪我《けが》をせぬうちにな、引き取れ」

と教え諭すようにいった。

「お武家様、ご丁重なお言葉、痛み入ります。ですがここは曲げて」

総兵衛は尻っぱしょりを下ろして衣服を改めた。

「立ち会いたいと申すか」

温厚な表情の中年の武士が呆《あき》れたように言った。

「根来《ねごろ》様、こやつ、なんぞ魂胆があっての立ち会い申し込みではありませぬか」

道場主の安石大五郎が藩の幹部の根来に言いだした。

「それがし、土浦藩の武具奉行根来小源太《こげんた》じゃが、安石先生が申されるようになんぞ魂胆あってのことか」

「魂胆があるかとお尋ねなればなくもございませぬ。ですが、根来様にも当道

場にも関わりのなきことにございます」

「ならば稽古の邪魔などするでない」

総兵衛は一歩二歩と道場に足を踏み入れ、視線を伊馬里三太夫に向けた。

「伊馬里三太夫とはそなた様ですな」

突然名指しされた伊馬里三太夫は、しげしげと総兵衛を見返した。

「それがしにはおまえのような商人風情《ふぜい》に名指しされる覚えはないが」

「立ち会いを所望いたします」

「売られた喧嘩《けんか》は買うのがそれがしの流儀。ただ腕の一本や二本折れることを覚悟せよ、よいか。だれか商人に袋竹刀を渡してくだされ」

袋竹刀を素振りした伊馬里三太夫が門弟に余裕綽々《しゃくしゃく》に命じた。

「立ち会いは木剣にてお願いいたします」

「なんと木剣とな」

木剣での立ち会いは真剣勝負と一緒である。生死を賭《か》けた戦いになる。

伊馬里は総兵衛の顔をじっと凝視していたが、

「よかろう、木剣をこやつに用意せよ」

と命じた。

「待たれよ」

と言いかけた安石大五郎を制した伊馬里は、

「安石どの、木剣試合を門弟衆に見せるよき機会にござる。暫時《ざんじ》道場をお借りしますぞ」

と余裕を見せ、木剣を振って羽目板の左右に門弟たちを下がらせた。

「ならば、それがしが検査役に就く」

上段の間に根来ら藩幹部数名が座り、安石が総兵衛と伊馬里の間に立った。

門弟の一人が長さの違う三本の木剣を総兵衛に差しだした。

総兵衛は長さ四尺（約一二〇センチ）ほどの赤樫《あかがし》を選んだ。

「町人、名を名乗れ」

安石大五郎が総兵衛に聞いた。

「江戸は富沢町大黒屋総兵衛にございます」

「なにっ！　大黒屋とな」

伊馬里三太夫の顔に衝撃が走った。

「わけを納得なされたようですな」

「大黒屋、きさまの命、おれがもらった」

伊馬里の形相が変わった。

血に塗《まみ》れて生きてきた餓狼《がろう》の凶暴さがむき出しになった。

伊馬里三太夫は、木剣を右の肩に立てて構えた。

総兵衛は伝来の祖伝夢想流に工夫を重ねた落花流水剣、たゆたう春の水に落ちて流れる花の風情を湛《たた》えて、木剣の切っ先がわずかに体の右前に突きだされていた。

「おおっ、これは」

安石大五郎が総兵衛の悠々とした構えに思わず感嘆の声を漏らしていた。

間合いは三間（約五・四メートル）。

水戸派一刀流は精神的な高みから圧倒する位の剣だ。

だが、伊馬里三太夫は大黒屋総兵衛の大きな構えに飲みこまれていた。

「え、鋭《えい》っ！」

伊馬里三太夫は構えの劣勢を挽回《ばんかい》するように右肩に立てた木剣を天井に向っ

て突き上げて走りだした。走りながら頭上に振りあげた木剣を鋭く総兵衛の眉《み》間《けん》に振りおろす。

いきなり意表を衝《つ》いた攻撃だった。

相手は不動の姿勢、間合いは十分に見切っての一撃であった。

「ぐしゃり」

と、何度も経験してきた手に伝わる死の感触を伊馬里三太夫は意識した。

その瞬間、ほのぼのとした春の陽気が紅蓮《ぐれん》の炎を上げた。

風が舞い、長身の総兵衛がゆるやかに躍った。

振りおろされた一撃は大気に飲みこまれて空を撃った。

その直後、伊馬里の右腕に激痛が走った。

下からふわりと二の腕を打撃され、骨が折れる不気味な音が響いた。

伊馬里は必死で取り落とそうとする木剣を左手一本で支えた。

「勝負あった！」

安石大五郎が叫んだが、両者ともに引く気は見せなかった。

「おのれ！」

右手をだらりとたらした伊馬里は、左手に握った木剣を脇《わき》構えから間合いを詰めてくる総兵衛の胴を抜いた。

が、その直前に総兵衛の木剣が右肩に落ちて、肩胛骨《けんこうこつ》を折った。

伊馬里の口から小さな悲鳴が漏れた。

「伊馬里三太夫、生きておることを存分に恥じよ。おれに殺してくれと哀願するほどにおまえをなぶり殺しにしてくれるわ」

たゆたうように立っていた総兵衛の顔が赤鬼の顔に変じていた。

「糞《くそ》っ！」

伊馬里は片手に持った木剣を振りかぶると総兵衛に突進し、袈裟《けさ》に振りおろした。

「それが水戸派一刀流の腕前か」

身を躱《かわ》すこともなく総兵衛の木剣が伊馬里の脇腹を襲った。

ぐしゃっ！

肉を叩き、骨が折れた音が響いた。

伊馬里の体が吹っ飛んだ。

「そ、それまでじゃ」

安石大五郎が必死で制止した。

「待て、待ってくれ。こやつはおれが始末する」

伊馬里三太夫がよろめき立った。

「泣き言をいわぬ根性だけは褒めておく」

「抜かすな！」

歯を食いしばった伊馬里が折れた右腕も木剣にそえて、切っ先を総兵衛の胸へと突き通さんばかりに突進してきた。

「伊馬里三太夫、地獄へ参れ」

総兵衛の木剣がゆるやかに虚空《こくう》を舞うと、花びらが春の風に誘われて舞い散るように眉間に落ちた。

その瞬間、安石道場の時間が停止した。

木剣を額に食いこませた伊馬里三太夫は、凍《い》てついて固まった。

総兵衛が木剣を引いた。

血へどを口から吐くと、ゆらりと伊馬里三太夫の体が朽ち木でも倒れるように道場の床板に転がった。

「ごめん、造作をかけ申したな」

詫《わ》びの言葉を口にした総兵衛が道場から玄関口に退いたが、だれ一人声をかけるものもない。

森閑とした戦慄《せんりつ》が安石道場を支配していた。

「おれとしたことが激情にかられたわ」

一刻《とき》(二時間)後、川口川の河原に座した総兵衛は後悔の言葉を漏らしていた。

駒吉は壮絶な戦いを目の当《ま》たりにして、総兵衛の憤激の大きさと千鶴を失った哀《かな》しみの深さを思っていた。

「総兵衛様、これで追われる番になりまする」

「望むところじゃ」

「私はまだ知られておりませぬ。瑞眼太郎平らが城下のどこに潜んでおるか探って参ります。総兵衛様は、常陸屋にてお待ちください」

「気をつけよ」

という総兵衛の言葉を背に聞いた駒吉は、河岸を城下町へと戻っていった。

二

駒吉が桜川ぞいの商人宿常陸屋に戻ってきたのは六つ半（午後七時頃）過ぎのことだ。

総兵衛は部屋で待っていた。

「ご苦労だったな」

駒吉は部屋の隅に風呂敷《ふろしき》包みを下ろすと総兵衛の前に座った。

「土浦城下は今朝方の出来事でもちきりにございます」

「どう言っておる」

「城下の人々は筑波の天狗《てんぐ》が安石道場に殴りこんだなどと他愛《たわい》もないことを申しております。藩士の方々は重く口を閉ざし、役人方は必死で総兵衛様の行方を追っております」

「となればここも今晩かぎりか」

「明日にも手配がまわってきましょうな」

「瑞眼らの行方はつかめたか」

「三之丸の東側に万寿寺《まんじゅじ》という寺がございますが、伊馬里三太夫らはその寺に滞在しておる様子にございます。そこで寺近くまで参りましたが、寺内には藩士が頻繁に出入りしていて立ち入ることができませんでした。そのために瑞眼ら残り六人が寺にそろっておるかどうかはっきり摑《つか》めておりませぬ。寺男に金を摑ませて、水無瀬《みなせ》と三田村《みたむら》と申す江戸者二人がいることは確かめてございます」

水無瀬三郎助《さぶろうすけ》は東軍流の遣い手とか。三田村露州《ろしゅう》は剣の流儀は定かではないが、独創の鎖鎌《くさりがま》を巧妙に使うと数馬柳之進が白状していた。

「他の者は藩士の屋敷か」

「いえ、どうも七人揃《そろ》って土浦に到着したのではないと推察されます」

「江戸を逃散《ちょうさん》した後、二手あるいは三組に分かれたというのか」

そうなると厄介だ。

「そのところがなんともはっきりいたしませぬ」

総兵衛は、しばし考えに落ちた。

「ご老中の土屋相模守政直様に代わって次男の定直様が藩主代行を務めておられるのはどうやら確かなことにございました。それでご長男の昭直様がどうしておられるか、聞き探ってみたのですが、土浦には一度も姿を見せられた様子がございませぬ。藩士の方々も成人された昭直様を見た方がおられぬそうにございます」

総兵衛は江戸を発《た》つ前、政直の四人の男子が健在か否かを探っていた。四人ともに亡《な》くなったという届けは幕府に出されてはいなかった。

「昭直様が幼少のみぎり、うつけ者であったということは聞かぬ。なんともおかしな話じゃな」

お家騒動を未然に防ぐために長男の成育に大過なければ世継ぎとなる。大名家の原則であった。それが長男の昭直の姿がみえぬとは……。

「まあ、よい。明日は今朝よりも早く起きねばなるまい。飯を食して早寝をしようか」

と総兵衛が腹を固めたように立ちあがった。

囲炉裏端《いろりばた》には薬売りだけがいた。

「城下はえらい騒ぎですぞ」

「なんぞありましたかな」

「藩の道場をかねる安石道場にな、商人ふうの男が道場破りをしに上がったそうですわ」

「駒吉も耳にしてきましてな、さきほど興奮して聞かせてくれましたが、筑波山の天狗様が押し入ったとか、わけのわからぬ話でしてな」

「天狗などではありませんぞ。正真正銘の人間、雲をつくような大男にございましてな、江戸から来られた伊馬里三太夫という剣客を名指しに立ち会いを申しこまれたそうにございます。真剣勝負でございますよ。ええ、立ち会いを目撃された門弟の方から聞きましたので、間違いございません。どうやら、その方の話では、遺恨の立ち会いとか、安石大五郎先生も口出しできなかったそうにございます」

「勝負は大男の勝ちですか」

総兵衛が合いの手を入れると、

「たったの一撃にて、大男の勝ちです。いやはや門弟衆はあれは柳生宗厳《やぎゅうむねよし》か宮本二天武蔵の再来と嘆息しておられましたわ」

と身振りをまじえて話してくれた。

「おや、今晩は鏡とぎの方がおられませぬな」

「それですよ。夕刻、戻ってきましたらな、急に発つことになったとか、慌《あわ》ただしく旅籠《はたご》を出ていきましたわ。なんぞ、儲《もう》け話でも拾ってきたのでしょうかな」

総兵衛の目がぎらりと光った。

「私どもも小当たりに商いをしてみましたが、ご当地はあまり売れ行きが芳《かんば》しくありませぬ。予定を変えてな、明日には水戸へ発つことにしました」

総兵衛は、夕げの膳《ぜん》を運んできた宿の主《あるじ》にも明日の早発ちを告げ、今晩じゅうに精算をしてくれと頼んだ。

この夜、総兵衛は酒も飲まずにそそくさと食事を終え、

「お先に」

と二階の部屋に戻った。

駒吉が宿の払いをすませて部屋に戻ったとき、総兵衛は旅支度を終えて、銀《ぎん》煙管《ぎせる》で一服していた。

「鏡とぎは銭に目が眩《くら》んで、万寿寺に駆けこんだものとみえますな」

「そんなところであろう。夕刻、戻ったのはわれらがまだここにおるかどうか確かめに来たのよ」

総兵衛は銀煙管のがん首を手あぶりの縁《へり》で叩《たた》くと、用意していた新しい草鞋《わらじ》を履いた。

駒吉も素早く旅支度を終えると、二階の障子戸と雨戸を引きあけ、庇《ひさし》から身軽に通りに飛びおりた。音もさせない身軽さだ。

総兵衛は荷物を駒吉に投げ落とすと続いて下りた。

荷を背にした主従は、常陸屋を見返ることもなく桜川を城下のほうに上がっていった。

深夜九つ（午前零時頃）、桜川にかかる銭亀橋に二つの影が立った。

鳶沢総兵衛勝頼《とびさわそうべえかつより》の姿に戻り、黒小袖《こそで》の着流しの腰に三池典太光世《みいけでんたみつよ》二尺三寸四分（約七〇センチ）が差し落とされてあった。

駒吉も小太刀を帯に差して、手鉤《てかぎ》のついた縄を手にしていた。

土浦城の大手門から堀を渡り、右折して田宿町に出ると江戸に向かう水戸街道が伸びている。その通りは枡形《ますがた》の南門を潜《くぐ》り、すのこ橋を渡ると大町の通りが銭亀橋へと一直線に続いていた。

陸路江戸に向かう者はかならず渡る橋であり、漁師町にある旅籠常陸屋に行くにも渡らねばならない橋であった。

木橋の銭亀橋の中央に主従が立って半刻（一時間）後、城下の方角からひたひたと複数の足音が響いてきた。

川面《かわも》から靄《もや》が立ちのぼり、橋の上で待ち受ける人の影を隠した。

城下から歩いてきた三つの影が橋上の二つの影に気づいたときには両者の間が十間（約一八メートル）と詰まっていた。

沈黙のうちに二組は見合った。

総兵衛の口元がぽっと光った。

銀煙管を吸いつけ、火皿の刻みが赤く燃えて、口元から紫煙が流れた。

雲間を割って月が出た。

「何奴《なにやつ》か」

鎖鎌を手にした三田村露州が誰何《すいか》した。

「おまえらが訪ねていく者よ」

月光がふいに長身の影を照らしつけた。

「あっ！」

と驚きの声を漏らしたのは案内に立っていた鏡とぎだ。

「お侍、この男が古着屋ですぞ」

「鏡とぎ、小銭に目がくらんだか」

水無瀬三郎助が、

「露州、油断するでないぞ」

と声をかけると大刀を抜いた。

「おっ、心得た」

「大黒屋総兵衛、きさまは何者か」

「それも知らぬか」

総兵衛が言い放った。

「だれであってもわれらはかまいはせぬ。斬《き》り捨てるだけよ」

銭亀橋の端に寄った露州の鎖の先の分胴が音を立ててまわり始めた。

水無瀬が分胴の回転する円の外に出るように下がった。

鏡とぎはさらに後方に下がった。まだ案内料をもらっていないのか、その場の行方を見定める気らしい。

駒吉は総兵衛の後方にひっそりと立っていた。その手の縄は欄干の横柱の下から上に半巻きされて、その先の手鉤は右手に、左手には一方の端が握られていた。

東軍流の遣い手水無瀬三郎助は、剣を正眼につけていた。腰の座った重厚な構えは、分胴が総兵衛の動きを封じたときに、一気に間合いを詰める態勢である。

すでに闇《やみ》を裂いて旋回する分胴は総兵衛の胸の前、一間のところに迫ってきた。

総兵衛はいまだ三池典太の柄元《つかもと》に手を下ろす気はない。

露州は右手の鎖鎌を横に寝かせ、左手で巧妙に分胴を操っていた。それは露州の手加減一つで巧妙に伸び縮みして、総兵衛の動きを牽制《けんせい》した。

「露州とやらいつまで子供騙《だま》しを続ける気か」

総兵衛の挑発に三田村露州の鎖が伸びて、総兵衛の横鬢《びん》を襲った。

銀煙管のがん首が分胴を叩《たた》いたのと、鎖が煙管の柄《え》に巻きついたのがほとんど同時だった。

後方に待機していた水無瀬三郎助が一直線に総兵衛のもとに走った。

駒吉の投げた手鉤がきりきりと鎖を引き絞る露州の首に巻きついたのはその瞬間だ。

駒吉はもう一方の縄の端をしっかり握ると欄干を越えて身を桜川に躍らせた。

欄干の横柱に半巻きされた縄が駒吉の重みにぴーんと張った。そのせいで一気に手鉤が首に巻きついて締められた三田村露州の体が駒吉が飛んだとは反対の欄干に吹き飛んで横柱に頭を叩きつけられ、気を失った。

綾縄《あやなわ》小僧ならではの大技だ。

総兵衛は銀煙管を捨てると三池典太光世を鞘走《さやばし》らせながら、水無瀬三郎助の正眼が上段に振りあげられ、総兵衛の袈裟《けさ》に振りおろされたのを迎え撃った。

刃と刃が絡《から》み、火花が散った。

二つの刃を支点に総兵衛の長身と水無瀬の胸板の厚い体が入れ替わった。

水無瀬はたたらを踏んでとどまると素早く変転した。

総兵衛もつむじ風が舞うように体の向きを変えていた。

間合いは一間。

すでに生死の境に入っていた。

「千鶴をなぶり殺しにしたは金のためか」

「さあてな。一人の女子を大の男が寄ってたかって斬りつけるなどおもしろくもあるまいと思っておったが、やってみると興奮するものよ」

水無瀬三郎助が臆面《おくめん》もなく言い放った。

「すぐには殺さぬ。猫が鼠《ねずみ》を弄《もてあそ》ぶように殺してつかわす」

「抜かすな！」

水無瀬の剣は下段に変化していた。

総兵衛の剣はゆるやかに肩のかたわらに立てられてあった。

水無瀬は走ったが総兵衛は不動のままに待ち受けた。

下段の剣が地を這《は》うとのびやかに総兵衛の下腹部を襲った。

総兵衛の体が沈むと一気に天に跳ね飛んだ。

三池典太光世は平安後期の筑後《ちくご》の名工だ。その剣は室町以来の天下五剣の一つと言われて、反りが深くて堂々たる刀姿であった。

月光を受けた光世が地からすり上げた水無瀬の剣を両断すると、肩口を袈裟に割った。

水無瀬はそれでも総兵衛の下り立ったかたわらを走り抜け、ようやく踏みとどまると脇差《わきざし》を抜きながら反転した。

「まだ殺さぬ」

「勝負はまだ終わってはおらぬわ！」

叫んだ水無瀬三郎助が総兵衛へ渾身《こんしん》の攻撃をみせた。

脇差の柄元を腰につけ、両手で支えて、突っこんできた。

わが身を捨てて敵を撃つ、捨て身の一撃であった。

が、総兵衛は三池典太二尺三寸四分を胸前でまわすと切っ先を突進してくる水無瀬の喉《のど》に向けた。

「糞《くそ》っ！」

身を挺《てい》して体当たりをしようとする水無瀬の喉元に葵《あおい》典太の切っ先が跳ねあげられて、血飛沫《しぶき》が飛んだ。

さらに総兵衛の体がくるりと回転してよろめきながらも突進してきた水無瀬を躱《かわ》した。

水無瀬は欄干によろめく体をぶつけると、その勢いで桜川に落下していった。

交替に橋下に一本の縄でぶら下がっていた駒吉が這いあがってきて顔を覗《のぞ》かせた。

総兵衛が光世に血ぶりをくれた。

「わ、わあっ！」

腰を抜かした鏡とぎが必死で後退《あとずさ》りしようとしていた。

「鏡とぎ、こんどばかりは見逃してつかわす。早々に加賀に戻れ」

総兵衛の一喝に鏡とぎは何度も何度も顎《あご》を縦に振ってうなずいた。

駒吉が手早く三田村露州の手足を縛り、肩に担《かつ》いで、

「参りますか」

と主に言いかけた。


水を顔にぶちかけられた三田村露州は意識を回復した。痛みと寒さが一度に押し寄せてきた。

(なにが起こったのか)

しばらく頭に浮かばなかった。

「ちとおまえに聞きたいことがある」

総兵衛に声をかけられた露州は視線をきょろきょろさせた。

朝の光に頭上で白く丸く風を孕《はら》んだ帆が膨らんでいるのが視界に入った。さらに視線を転じて黒小袖の男が樽《たる》に腰を下ろしているのが見えた。

「大黒屋総兵衛か」

後ろ手に縛られた露州は必死で上体を起こした。するといきなり縄尻《なわじり》が後方

に引かれ、また漁師船の胴ノ間に転がり倒された。

「瑞眼太郎平らはどこに行ったな」

「喋《しゃべ》ると思うてか」

「伊達村道場の門弟数馬柳之進も強がりを申した。が、半刻《とき》と大言壮語ももたなかったな」

「なにっ、数馬もうぬらの手に落ちたか」

「今ごろは江戸湾の藻くずよ。どうするな、三田村露州」

「殺せ」

「すぐには殺さぬ」

総兵衛がゆらりと立ちあがると、露州の縛《いまし》めの縄を片手で摑《つか》み、無造作に船の外に投げ捨てた。もの凄《すご》い大力だ。

「な、なにをする！」

露州は叫んだ途端に水をしたたかに飲んだ。

縄が引き上げられ、疾走する船縁《ふなべり》に胸から上を出して縛られた。

「霞ヶ浦は広い。向こう岸に着くようなら、利根川から大海に出てもかまわぬ」

船縁から顔を突きだした総兵衛が言い放った。

駒吉が水面を引きずられる露州の顔のかたわらに露州の鎖鎌《くさりがま》を投げておいて、鎖の端を船縁に止めた。するときらきらと朝の光を受けた鎌の刃が船縁にぶつかり、刃先が露州の顔や胸に当たった。その度に血が吹きだし、痛みが走った。

鎌の刃は露州自身が丹精こめて研いだのだ。斬れ味はよく承知していた。

「止《や》めてくれ！」

船縁を見あげたが、二人の顔は消えていた。

「助けてくれ、話す、なんでも話す」

露州が叫んだとき、風が一段と強くなった。そのせいで船足が増し、鎌が舷《げん》側《そく》に跳ねて露州の首筋を深く斬りつけた。

「ゆ、許してくれえ」

露州はいつの間にか五体を震わせながら哀願していた。

「どこへ行ったか、申せ」

声だけが、ばたばたと鳴る帆音の間に聞こえた。

「頼む、上げてくれ」

「まだ、分かっておらぬな」

鎌の切っ先がふいに露州の目を襲った。瞼《まぶた》が切れ、血が流れた。

「瑞眼らは上州馬庭に行っておる。ほんとのことじゃ」

「土浦に残ったはそのほうら三人か」

「いや、熊沢隼人《くまざわはやと》がおったが、そなたらの土浦出現を馬庭へ報告に走った」

熊沢隼人とは、竹内中務太夫久盛《たけうちなかつかさだゆうひさもり》が興《おこ》した竹内流を会得《えとく》した剣術家とか。

総兵衛の顔がふたたび見えた。

露州の胸にかすかな希望が湧《わ》いた。

「うぬらの頭領はだれか」

「伊達村兼光様にござる」

もはや露州の声は弱々しかった。

「土屋相模守政直様にお目通りしたことがあるか」

「ご老中にわれら浪人が会えるわけもない。お会いできるのは伊達村様だけじや」

「なぜご老中の領地土浦に参ったな」

「瑞眼どのの命にござる。われらはなんのわけも知らぬ」

「〝影〟とはだれか」

「影？　な、なんのことかいっこうに分からぬ」

露州の声に戸惑いがあった。

「思案橋の船宿の娘、千鶴惨殺《ざんさつ》を命じたはだれか」

「直接指揮されたは瑞眼どのじゃが、命は間違いなく伊達村様と伊勢屋亀右衛門……」

ふいに露州の身が浮いた。

（やれ、助かった……）

と思った瞬間、体が船縁から離れて、水中に引きずりこまれていった。水を飲む苦悶《くもん》と一緒に暗い闇が三田村露州を包んだ。

三

越後と上州の国境にある丹後山（標高約六千尺・一八〇九メートル）に水源を発する利根川は、上州、武州、常陸、下総《しもうさ》と全長七十五里（約三〇〇キロ）の大河であり、その河口は太平洋へと通じていた。

大黒屋総兵衛と駒吉主従は、ふたたび古着商いの格好に戻って、西へ走り、水海道《みつかいどう》を経て常陸と下総の国境の木間ヶ瀬《きませ》村で利根川の土手に出た。

二人が土手道に上って坂東太郎（利根川）の流れを見渡したとき、冷たい雨が降りだした。

そのせいで河原は暗くなった。

「どこぞに地蔵堂でもあればよいのですが」

道中合羽の襟を締めた駒吉が総兵衛に呟《つぶや》く。

「うーむ」

とだけ答えた総兵衛は、去年の夏に小僧から手代に昇進させた駒吉の体付きが一段としっかりしたうえにその挙動に落ち着きが出たなと成長に目を見張っていた。

「駒吉、ふと亡《な》くなられた先代と宇都宮に商いに行ったことを思い出したわ」

「担ぎ商いに先代様と総兵衛様が出られましたか」

「おお、おれが十一の頃であろう。先代は急に宇都宮に運ぶ木綿をな、おれと二人だけで運んでいくと申されてな、馬に四十貫の荷を積んで、われら親子も背に古着を担いで道中したものよ」

「そのようなことがございましたので」

「きっと先代は雨の日も風の日も背に古着を担いで村から村へ歩いておる担ぎ商いの苦労の一端をな、おれに教えたかったのであろう」

総兵衛は、亡父五代目鳶沢総兵衛幸綱《ゆきつな》と旅した幼き日をはっきりと脳裏に思い出していた。

あれは、商人の大黒屋総兵衛と隠れ旗本の鳶沢総兵衛が表裏一体であることを後継者に身をもって教える旅であったのだ。総兵衛の背にかかる古着の重さがそのことを思い出させてくれた。

「総兵衛様、河原に煙が上っております」

立ち枯れの葦原《あしはら》に一軒の小屋が望めた。どうやら渡し船の船頭の小屋らしい。

「火を使っておるところをみると小屋に寝泊まりしているのでございましょう。一夜の宿を頼んでみます」

駒吉が胸前に結んだ大風呂敷《おおぶろしき》の端を両手で摑むと土手を走りおりていった。

菅笠《すげがさ》の縁から雨がしたたり落ちるのに目をとめて、総兵衛も土手から石だらけの河原に下りた。

「旦那《だんな》、泊めていただけることになりました」

駒吉が小屋から顔を覗かせて叫んだ。

「面倒をおかけいたします」

と総兵衛が小屋に入っていくと、渡守《わたしもり》らしい老爺《ろうや》と十四、五の孫娘が迎えた。

「江戸から参りました古着屋にございます。雨に降られて難儀しておりましたところ、一夜の宿をお許しいただけるとのこと、ありがとうございます」

総兵衛が丁重に挨拶《あいさつ》すると老爺が、

「なにも世話はできねえ」

とぶっきらぼうに言った。

「旅の方、まずは濡《ぬ》れた物を脱いでくだせえよ。干しておかねえとまた明日も冷たい思いをすることになりますよ」

孫娘が言った。

小屋は三和土《たたき》と囲炉裏《いろり》の切ってある板の間だけだ。

二人は道中合羽を脱いで、三和土の隅に干した。合羽を通して綿入れまで雨が染《し》みて冷たい。手拭《てぬぐ》いで手足の汚れを拭った主従は、板の間に上がり、背の荷物から乾いた衣類を出すと濡れたものと着替えた。

ようやくほっと一息ついた。

「時雨《しぐれ》模様に利根川を旅されてさぞ難儀でございましたな。どこまで行かれますな」

「上州の馬庭村までちと急ぎの旅です」

駒吉が答えると娘が、

「馬庭村へ、おかしな話じゃ。一昨日《おととい》も馬庭村へ行かれるお侍が舟を出せとえらい剣幕でじじ様を脅しなされたがな」

「侍ですか」

「へえ、また帰りに向こう岸へ迎えに来いと横柄《おうへい》にも命じられましたよ」

駒吉と総兵衛は顔を見合わせ、幸運を神に感謝した。

熊沢隼人もこの渡しから対岸へと渡っていた。

「駒吉、宿賃代わりに娘さんになんぞ見繕ってあげなさい」

総兵衛は命じると囲炉裏の自在鉤《かぎ》に大鍋《おおなべ》をかけた娘に訊《き》いた。

「名前はなんと申されますか」

「たつ、ですけど」

「たつさんか。古着ですが、なにか好きな着物を選んでくださいな。私らの今晩の宿代ですよ」

駒吉が大風呂敷を広げると、若い娘が喜びそうな単衣《ひとえ》や布子（綿入れ）を油紙の下から出して広げてみせた。

「これを私に」

嬉《うれ》しさと困惑の表情で老爺を見ると、

「じいさま、どうしよう」

と言いかけた。

「たつさん、ほんのお礼です」

駒吉がたつの好きそうな筒袖《つつそで》の単衣に華やかな縞《しま》模様の布子を選んで差しだすと、

「ほんとにええのかね」

と嬉しそうに笑った。

「一晩、濡れて過ごすことを思えば私どもも極楽ですよ。駒吉、じい様にもなんぞありませぬかな」

なにしろ商いに来ているわけではない。総兵衛が気前よく言い、駒吉がまだ縞模様もしっかりした綿入れと股引《ももひき》を差しだした。

「たつの言うとおり、宿代にしては過ぎたものじゃぞ」

口の重い老爺までもが抜けた歯を見せて笑い、言った。

「たつ、どぶろくでよけりゃ、客人に出してやれ」

「はい」

と勢いよく返事したたつが三和土からどぶろくの瓶を持ちだした。

「濁り酒でよけりゃあ、好きなだけ飲んでくださいよ。今に芋雑炊も煮えますでな」

「これは思いがけないご馳走《ちそう》にあずかりますな」

総兵衛と駒吉の前に縁の欠けた茶碗《ちゃわん》が差しだされ、どぶろくがなみなみと注がれた。

「いただきます」

冷たい雨のなかを濡れそぼってきた二人には囲炉裏の火とどぶろくはなによりのご馳走であった。喉《のど》から胃に落ちたどぶろくが二人を陶然とした気持ちにさせた。

「たつさんはいつもここに寝泊まりしておられるのか」

「おっ母さんが泊まるんじゃが風邪を引いたで、おらが代わりだ」

そう答えたたつは鍋の蓋《ふた》を開けるとぐつぐつ煮える芋雑炊をかきまわした。

するとあたりに湯気といっしょに美味《おい》しそうな味噌《みそ》の香りが漂った。

翌朝、総兵衛と駒吉はじい様の竿《さお》で向こう岸に渡った。小屋の前ではたつが、

「またいつでも寄ってくだせえよ」

と手を振った。

「じい様、世話になりましたな」

「気をつけていきなせえよ」

二人はふたたび利根川の土手を上州馬庭を目指して遡《さかのぼ》っていった。

雨は上がっていた。が、春の雪でも運んできそうな冷たい風が二人に吹きつけた。

関宿《せきやど》あたりではついに白いものが舞いだした。

土手道は河原をつかず離れず上流へと伸びていた。

猿島《さしま》郡五霞《ごか》村までくると、あたりが真っ白に染まって二人の歩みを遅くした。

総兵衛は栗橋《くりはし》宿から行田《ぎょうだ》宿、熊谷《くまがや》宿に抜けて高崎宿の手前の馬庭を目指そうと考えていた。

栗橋宿が白く霞《かす》むなかに見えてきた。

まだ昼過ぎの刻限と思えたが、あたりに行き交う人もなく、ただ茫漠《ぼうばく》とした

白い闇《やみ》が覆《おお》っていた。

「どうやら栗橋あたりで泊まることになりそうじゃな」

総兵衛が菅笠の縁を上げて栗橋宿を望遠したとき、土手道に三つの白い影が浮かんだ。

彼らは利根川を下ってきていたが総兵衛と駒吉同様に難渋していた。

「おい、この先も雪か」

先頭の侍が声をかけた。

「へえ、どこまでも白いものがちらついておりますよ」

と答えながら総兵衛は三人の風体を見返した。

三人は旅支度も十分な浪人者だった。

総兵衛は一人が赤柄《あかえ》の槍《やり》を担《かつ》いでいるのに注目した。

「ちょいとお尋ねいたします」

三人の歩みが総兵衛の声に止まった。

「そなた様は竹内流の熊沢隼人様とお見受けいたしましたが、いかがですかな」

先頭に立っていた浪人者の顔が変わった。雪を透かして総兵衛と駒吉の風体を確かめていたが、

「おまえは大黒屋総兵衛か」

と驚きを呟《つぶや》きに表わして訊いた。

「いかにも大黒屋総兵衛にございます」

「中条どの、丹衣斎どの、こやつが大黒屋にございますぞ」

と叫びざまに飛び下がり、大刀の柄《つか》にかけた柄袋を毟《むし》り捨てた。

「おおっ、利根川土手で出会うとは天が与えた好機、大膳太夫《だいぜんだゆう》様の創始された槍の穂先にかけてくれるわ」

丹衣斎盛久《もりひさ》が肩に担いだ槍の穂先から鞘《さや》を弾《はじ》き飛ばした。

伊達村道場で馬庭念流の稽古《けいこ》を積んできた丹衣斎は、大膳太夫盛忠《もりただ》が創始した槍の流儀の会得者《えとくしゃ》とか、六尺を優に越えた大兵だ。となると今一人の小太りの剣客が斎藤伝鬼坊《さいとうでんきぼう》が興《おこ》した天流の継承者と自称する中条十松《じゅうまつ》であろう。

駒吉もまた素早く総兵衛の背にまわると自分の荷を下ろして身軽になった。

「総兵衛様、荷を」

主《あるじ》の荷も受け取った。そうしておいて荷に布でくるまれて差された三池典太光世を抜くと布を解き、

「差《さ》し料《りょう》を」

と差しだした。

総兵衛が後ろ手に受け取ると、

「すでに伊馬里三太夫、水無瀬三郎助、三田村露州はこの世の者にあらず。地獄を彷徨《さまよ》っておるわ」

と三人を睨《にら》み据えた。

「なんと露州も三郎助もか」

熊沢隼人が驚きの声を発した。

「不意をついてのことよ」

丹衣斎盛久が槍をしごく。

中条十松は慎重な性格か、二人の仲間の後方で雪の積もった蓑《みの》を脱ぎ、草鞋《わらじ》に付いた雪を落として、十分に戦いの支度をしていた。

駒吉は主が道中合羽を脱ぐのを見ながら、小太刀を腰に差し、手鉤のついた

縄を握った。

「熊沢、中条のご両者、それがし丹衣斎盛久が大膳太夫仕込みの槍さばきを見られえ」

りゅうりゅうとしごいた槍が雪を裂いて、総兵衛の胸元に突きだされた。が、丹衣斎は胸前三尺（約九〇センチ）のところで引き戻して、さらに突きだした。今度も穂先は総兵衛の体に到達することなく引き戻された。

槍は突き手が三分、引き手が七分を極意とする。突いて伸びきったものをいかに手早く引くことができるか。丹衣斎は、突きにも引きにも無理がない。早さが増して前後する槍の穂先が光になった。そして光の先端が巧妙にも伸び縮みして間合いを取りにくくしていた。

その様子を見ながら、駒吉は総兵衛と丹衣斎の対決を横から見あげる土手下に気配を消してまわりこんだ。

「鋭《えい》っ！」

丹衣斎の繰りだす槍の穂先が総兵衛の胸前一寸（約三センチ）に迫って引かれた。

それでも総兵衛は降る雪に溶けこんだように泰然と立っていた。

「それそれそれ、動かずば串刺しにしてくれん！」

叫んだ丹衣斎の槍の穂先がするすると伸び、総兵衛の胸を襲った。

駒吉の手から手鉤が飛んだのは、その瞬間だ。

音を立てて穂先に続く千段巻きに絡《から》んだ手鉤の縄を駒吉が土手下に走りざまに引いた。

槍の名人丹衣斎も横から槍が引かれるとは考えもしなかった。

穂先が流れて槍は虚空《こくう》に飛んだ。さらに丹衣斎はたたらを踏むと総兵衛の前に倒れこんでいった。

三池典太光世《みいけでんたみつよ》が鞘走って、丹衣斎の首筋を鮮やかに断ち斬《き》った。

「げえっ！」

血飛沫《しぶき》に雪が染まった。

くるくると舞うと、土手道に倒れこむ。

「一撃であの世に行くのをありがたく思え」

総兵衛の一喝が響いた。

が、雪道に総兵衛の体も流れていた。

「糞《くそ》っ！」

竹内流の遣い手熊沢隼人が突進してきた。

熊沢は総兵衛の喉元を狙《ねら》って必殺の突きに出た。

雪道に足をとられ、体勢を崩した総兵衛には葵《あおい》典太で受ける余裕はない。

総兵衛は土手道に自ら突っ伏すと横に転がった。

反転した熊沢が突きにでた剣を引き戻し、叩《たた》きつけるように斬りつけてきた。

土手下の駒吉は天流の中条十松がゆっくりと剣を抜いたのを見た。

総兵衛はその中条の足下に転がっていこうとしていた。

赤柄の槍の千段巻きに絡んだ手鉤のついた縄が、なかなか解けなかった。駒吉は槍を手にすると土手道を駆けあがった。

土壇場《どたんば》に横たえられた死体の据えもの斬りでもするように振りかぶって間合いを計る中条十松の腰に突き通れとばかりに駒吉は槍を突きだした。雪の土手を走りあがりながらの一撃だ。

穂先の攻撃を知った中条の一撃が総兵衛から反転して駒吉を襲い、けら首から切り落とした。

駒吉は柄だけになった槍で中条に突きを繰り返した。

余裕をもって避けた中条が駒吉を手元に引き寄せようとした。

その間に総兵衛が立ちあがった。

「駒吉、ようやってのけた！」

総兵衛が褒め言葉を投げると、

「どうやらそなたが一番骨がありそうじゃな」

と改めて中条十松に対した。

中条も一息つくと、すぐに体勢を整え直した。

駒吉は穂先を失った槍の柄を熊沢に向けた。

雪の土手道で総兵衛と駒吉主従が背中を合わせて、中条十松と熊沢隼人に向き合った。

「駒吉、槍はな、突き上げるでない、突き下げよ」

「かしこまりました」

「小僧っ子が生意気を言うでない。命取りになろうぞ」

熊沢隼人は前後に足をずらして足下を固めると剣を上段にとった。

駒吉の攻撃を手元に引き寄せて必殺の反撃を加える気だ。

「参る！」

駒吉は、自らに言いきかせるように手に残った七尺五、六寸の槍の柄を熊沢の足に狙いをつけた。そしていきなり地面を突き刺すように繰りだした。思い切った繰りだしに熊沢は思わず身を引いて間合いを外そうとした。それが熊沢の失敗《しくじり》を呼んだ。

駒吉は手早く槍を引くと小刻みに間合いを詰めつつ、足の甲を地面に串刺しにする勢いで細かく突きを繰り返した。

熊沢は飛びあがりつつ、後退するしかない。

ひたすら駒吉は突きながら巧妙にも土手の端に熊沢隼人を追いこんでいった。

「そおれ、受けてみよ！」

駒吉の嘲笑《ちょうしょう》に熊沢は大きく後退して反撃の間をとろうとした。が、飛んだ左足が土手にかかった。

「あっ！」

体が傾《かし》いだ。

駒吉は初めてよろめく熊沢隼人の下腹部に槍の柄を突きだした。

「千鶴様の恨み！」

斜めに殺《そ》ぎ落とされた柄先を腹部に突き立てられた熊沢は土手下に転がり落ちていった。

駒吉はそこで槍の柄を投げ捨て、小太刀を抜いた。

その視界に土手下で血塗《ちまみ》れの熊沢隼人がよろめき立ったのを見た。

天流を創始した斎藤伝鬼坊は塚原卜伝《つかはらぼくでん》の弟子の一人で異色の存在であった。

後年、伝鬼坊は、生国常陸を拠点に関東一円をへ巡って、弟子たちを育成したが、そのおり、鳥の羽で作った衣服をまとって、

「その形天狗《てんぐ》の如《ごと》し」

と言われた。

奇矯《ききょう》の教えの天流を修めた中条十松は、師匠とはまるで違った正統の剣を会得した。

総兵衛が正眼にとったのを見た中条は、相正眼を選んだ。

（これは）

総兵衛が思わず感嘆したほど、堂々とした剣風であった。その構えに虚飾虚栄の影はない。ただ生死の境に静かに身をおいた剣士の心意気があった。

「そなたほどの者が餓狼《がろう》の群れに落ちて、なんの罪もなき女子《おなご》を凌辱《りょうじょく》し殺したか」

中条の顔がゆがんだ。

「剣にてはもはや己の腹を満たす役にもたち申さぬ」

「それが理由で町道場の用心棒になりさがったとは、惜しやな」

「言うな」

中条十松のゆがんだ顔に朱が差し、双眸《そうぼう》が血走った。

気合いもなく中条が走った。

正眼の剣が上段へと移りつつ、身を総兵衛の前に晒《さら》して、振りおろした。肉を斬らせて骨を断つ。捨て身の一撃だ。

総兵衛はその場で腰を沈めつつ、正眼の剣を引きつけた。

「死ねえ！」

刃風を頭上に感じたとき、総兵衛は沈降していた姿勢から伸びあがった。襲いくる剣に向かって頭を差しだすように立ちあがりざま、手元に引きつけた三池典太二尺三寸四分をただ伸ばした。

虚空から落ちる剣と突きあげる剣が交錯することなく、生死を分かった。

ほんの一瞬、総兵衛の差しだす典太の切っ先が中条十松の喉笛《のどぶえ》を斬り裂き、その直後、空気の漏れるような音とともに中条十松の体はもんどりうって雪の土手道に転がった。

「ふううっ……」

総兵衛の口から思わず吐息が漏れた。

「ええいっ、千鶴様の哀《かな》しみを知れえ！」

駒吉の声に総兵衛は視界を転じた。

土手を走りおりた駒吉が剣を構え直した熊沢隼人の一間ほど前で虚空に飛びあがり、小太刀を大きく振るって熊沢の眉間《みけん》に乗りかかるように叩きつけたのが見えた。

駒吉は熊沢の背後に飛びおりると振りむいた。

熊沢隼人は横倒しに倒れこんで雪煙を上げた。

「見事じゃ、駒吉」

総兵衛の心からの称賛の言葉が雪の利根川土手に響いて、二対三の戦いは決した。

四

上州馬庭村は烏川《からすがわ》に注ぎこむ川の一つ、鏑川《かぶらがわ》のほとりにあった。烏川はさらに下流で利根川と交わり坂東太郎となる。

のどかな地に代々受け継がれてきた馬庭念流は、馬庭の人々の御家剣法である。

背に荷を担《かつ》いでようやく辿《たど》りついた馬庭ののんびりした風景にさてどうしたものかと総兵衛は考えた。

馬庭念流を敵にまわして瑞眼太郎平を討ち果たすことはできない。

まずは馬庭の随雲寺《ずいうんじ》に一夜の宿を願い、寺の門前に担いできた古着を筵《むしろ》の上に並べた。

天道干《てんとうぼ》しである。

すると野良《のら》に行き来する百姓衆が足を止めた。

「ほお、江戸から古着商いかえ、めずらしいのう」

「どうですね、この丹後縮緬《ちりめん》は晴れ着にどうですか」

「わしら百姓に絹ものなどいるものか。水を何度潜《くぐ》っても丈夫な木綿がいいな」

「ならばこの縞《しま》の袷《あわせ》などどうですか。水を潜ってもまだこの鮮やかな縞模様に腰の張り、新品同様ですよ」

「おめえさんらは口がうまいな。値はいくらかね」

「江戸からの初のお目見え、お安くしますよ」

総兵衛と駒吉は百姓衆や女たち相手に担いできた古着の商いを始めた。

値を安くしてある。一人が買うと家に走り戻って財布を持ってくる女たちが続出して、なかなかの繁盛《はんじょう》だ。それも一息ついた頃合、総兵衛が言いだした。

「当地は剣術が盛んのようにございますな」

「そりゃあ、馬庭念流の本場じゃ。ここじゃ百姓も袋竹刀《しない》を握らせたら、夜盗の一人や二人たちまち退治してしまう腕じゃわ」

「それは心強いことで」

客の姿がいったん途絶した。

それを見た総兵衛は駒吉に棒切れを握らせ、自らも四尺になんなんとする青竹を握って、祖伝夢想流の稽古《けいこ》を始めた。すると目敏《めざと》くそれをみた老人たちがふたたび一人、二人と集まってきて、

「うーん、その動きじゃ馬庭念流の樋口《ひぐち》先生に手直ししてもろたほうがいいのう」

とか、

「古着屋さんは馬庭に剣術修行にきたのかね」

などと冷やかした。

総兵衛は天道干しの筵の前に一間半（約二・七メートル）の円を青竹の先で描き、自らが創意工夫して会得《えとく》した落花流水剣を使ってみせた。

それは小さな円を無限に使ってゆるやかに一挙一動が繰り返される。

「古着屋、それは剣術の真似《まね》か、それとも奉納踊りの稽古か」

馬庭念流の稽古帰りの郷士らしき青年たちが、

「古着はよさそうじゃが棒振りはいかんな」

「なんでも真似事はいかんぞ」

などと嘲笑し始めた。

総兵衛はいっさいの冷やかしに耳を貸そうとはせずに、ひたすら無限の動きを繰り返した。見物する人々の投げる言葉が消えた。いつしか無念無想の孤高の世界にあって、宇宙と同化することに没入していた。

ふいに総兵衛の動きを食い入るように凝視する眼に気づいた。

総兵衛は舞を止めて、静かに息を吐いた。

「古着屋」

といつの間にかまたできた人の輪の外から声をかけた者がいた。

「あっ、樋口先生」

見物から声が上がった。馬庭念流の樋口定兼《さだかね》その人であろう。

総兵衛は青竹を引くと定兼を見返した。

「どうやらそなたは理由《いわれ》があってそのような稽古をしてみせたようじゃな」

定兼が笑みを浮かべて訊《き》いた。

「樋口先生にはお見通しでございますな」

「その理由を聞く前にな、そなたの流儀はなんじゃな」

「祖伝夢想流にございますよ」

「おおっ、わが馬庭念流と同じく戦場往来の気風をとどめた剣と聞いたことがある。いまだ健在に伝えられていたか」

「私めがお見せした動きは、祖伝夢想流を工夫した落花流水剣にございます」

「花が時期を見て自然に落ちるときを知り、落ちた花が流れに乗って自然に流れ下る動きを剣に取りいれられたようじゃな」

定兼は、一目で極意を喝破した。

「恐れ入ります」

「聞きたいことがある」

「なんなりと」

「剣術の終局は剣捌《さば》きの遅速じゃ。早く剣を相手に到達させた者が勝ちを得、相手を制す。そこで馬庭念流の創始者は、念流の根本を護身においた。人を斬《き》らず、殺さず自衛の剣を目指した。そなたの剣もわが念流と同じ精神を持ちながら、根本で違っておる」

「定兼様、同じ馬庭念流でも馬庭と江戸馬庭ではその剣風はまるで違うようにお見受けいたします」

「ほおっ、馬庭と江戸馬庭は別物と申されるか」

しばらく総兵衛の顔を見ていたが、

「定兼に納得しがたきことをそなたに問う。そなたの落花流水剣は舞うようにゆるやかに動く。繰り返すことになるが、剣の神髄は太刀《たち》行《ゆ》きの速さである。そなたの剣では後れをとらぬか」

「さて、どうでございましょう」

総兵衛は笑みを返した。

「剣の神髄は太刀行きの速さと定兼様は申された。私めは律動と考えております」

「律動とな」

「はい、剣の遅速を磨かれる術者は心のうちで無意識にも一、二と三、あるいは一と二と数え、死線を越えられる。私めは一、二も三もありませぬ。連環した円の動きに始まりも終わりもございませぬ」

定兼が眼を見開いて黙りこんだ。が、破顔すると、手で自分の腿《もも》を叩《たた》いて、

「おもしろきかな、祖伝夢想流……。そちの名は」

と訊いた。

「江戸は日本橋富沢町に古着商いをいたしております大黒屋総兵衛でございます」

「商人の家に戦場往来の剣がな。もっともわが馬庭念流も百姓衆の間に伝播《でんぱ》してきた剣じゃ」

馬庭念流が長く栄えたのは、「念流の心明剣を知るとき、未《いま》だ発せざる所も治する故《ゆえ》に自ら運に叶《かな》うなり」という剣の心が処世の術に通ずると説いたところにあった。

ともあれ定兼の顔には総兵衛が名乗りを上げたにもかかわらず、格別な驚きはない。ということは瑞眼太郎平が千鶴らにおこなった残酷な所行や総兵衛ら

との戦いを知らされてないということではないか。

「さて、そなたが当地に参り、人目を引こうとした理由を聞かせてもらおうか」

さきほどの問いをふたたび発した。

「道場に滞在しておられます瑞眼太郎平どののお命を頂きに参りましてございます」

「ほお、瑞眼どのの命をな。理由はあろうな」

「はい」

総兵衛は瑞眼の指揮の下に六名の剣客たちが許嫁《いいなずけ》の千鶴ら無抵抗の女二人を惨殺《ざんさつ》した事実を述べ、すでに六人の剣客らを斃《たお》したことを告げた。

「なんと天流の中条十松どのらを倒されたと申されるか」

うなずく総兵衛に定兼は、

「祖伝夢想流、おそろしや」

と呟《つぶや》いた。

「そなたが申した馬庭念流も馬庭と江戸馬庭では異なった道を歩いておるとい

う主張、定兼も気づいておらぬわけではない」

馬庭念流の継承者はしばらく考え、

「そなたの言葉に偽りないならば、瑞眼どのとそなたの立ち会いをこの定兼が仲介いたす。そなたらはどちらに滞在しておられるか」

「こちら、随雲寺の宿坊に」

「心得た」

樋口定兼が足早に立ち去っていった。

「古着屋と道場の居候《いそうろう》が果たし合いじゃと」

「瑞眼先生に倒されぬうちに残った古着を買うてやるか」

古着の大方がさばけた。

総兵衛と駒吉は筵に残った古着を包み直した。江戸から運んできた五分の一も残っていなかった。

馬庭念流の道場主樋口定兼から随雲寺に使いがきて、総兵衛に宛《あ》てた手紙を残していった。それによれば、瑞眼太郎平が尋常の果たし合いを了承したゆえにその刻限と場所を知らせるとあった。

日時刻限は明未明、場所は鏑川の河原とあった。

樋口の手紙には後段があった。

〈……なお大黒屋総兵衛どのに申しおく。江戸牛込御門にて馬庭念流の道場を開く伊達村兼光どのは先代の弟子にて若きうちより頭角を現わし、二十一、二にて免許を許されるや、馬庭に別れを告げて武者修行の旅に出《い》でし者に候。それがしも幼少の折りに見掛けしことを記憶するのみ。風聞に伝え聞くに、ご老中土屋相模守政直様と駿河《するが》田中の藩主時代に知り合い、大坂城代、京都所司代の歴任にも付き従い、土浦に転封後も厚き庇護《ひご》をうけ江戸でも名高き道場となりし由《よし》。この度、師範代の瑞眼太郎平を送りきたる理由は、馬庭念流の本家の剣風を体験せしむとの理由なりしが、そなたより話を聞くに江戸より逃散《ちょうさん》致す先に当地が選ばれしものと推測しおり候。ともあれ瑞眼の剣捌きを見るに馬庭念流の本道、護身の術にあらず、殺人剣なり。わが門弟の間にはその殺人剣を憧憬《しょうけい》する者も少なからず。困惑の事に御座候。さて明日未明の勝負、それがしが見届け人を仕《つかまつ》る所存。勝負に正邪の理《ことわり》なし、時の運にこれあり候。ただ大黒

屋総兵衛どのの武運を祈願致すのみ。定兼〉

総兵衛は定兼の手紙を押し戴《いただ》くと心のうちで感謝した。

「駒吉、われらの旅は明日にも終わる」

「瑞眼が試合に応じたのでございますな」

「明未明じゃ。運あらば千鶴の敵《かたき》を討てよう」

「はっ」

とだけ答えた駒吉は明朝の支度を始めた。


剣術好きの馬庭の人たちが真剣勝負を見逃すわけもない。八つ半（午前三時頃）過ぎから河原に下りる人たちで騒がしくなった。

鏑川の河原には前夜のうちに簡単な竹矢来が組まれて、そこが果たし合いの場であることを示していた。

馬庭念流の樋口定兼らが果たし合いの場に姿を見せたのは七つ（午前四時頃）過ぎのことだ。その一行の中心に瑞眼太郎平が薄鉄《うすがね》の巻かれた鉢巻き、襷掛《たすきが》けに袴《はかま》の股立《ももだち》を取って革底の足袋を履いた姿で立っていた。

総兵衛が駒吉を供に河原に下りたのは七つ半（午前五時頃）前、千鶴の死を悲しむ色の白小袖《こそで》の着流しに三池典太光世と白扇を差した格好だ。

駒吉は背に小さな風呂敷包みを背負っているばかりで昨日までの大荷物はもはやない。

数百人の見物人の間に喚声が起こった。

総兵衛は静かに竹矢来の内に入り、床几《しょうぎ》に腰を下ろした樋口定兼に無言のうちに一礼した。

「待ち兼ねたぞ、古着屋！」

大声を発した瑞眼がすたすたと竹矢来の中央に進みでた。

「瑞眼太郎平、大黒屋総兵衛のご両者に申しあげる。勝負の因縁はこの際、さておく。互いに剣の道を志す者、尋常の勝負を存分に見せられえ！」

総兵衛は会釈《えしゃく》すると瑞眼太郎平に向き直った。

間合い三間（約五・四メートル）。

瑞眼は背丈は五尺七寸（約一七三センチ）あまり。胸板が異常に厚く、腕力の並外れていることを示していた。

細い両眼の目尻《めじり》が切れあがって赤い。

「参る！」

瑞眼が身幅の厚い剣を抜いて、肩に担《かつ》いだ。

長剣である。刃渡り二尺八寸（約八五センチ）はあろう。屹立《きつりつ》した瑞眼のかたわらに虚空《こくう》を衝《つ》いてそびえていた。

総兵衛はわずかに半身に開いて立っていた。

まだ三池典太の柄《つか》にも手がかかっていない。

ふいにざわめきが消え、河原に殺気が走った。

「おおおうっ！」

瑞眼が咆哮《ほうこう》すると一気に間合いのなかに突進してきた。肩に担いだ豪剣が背にまわり、次の瞬間には唸《うな》りを上げて、不動の総兵衛の眉間《みけん》目がけて唐竹割りに落ちてきた。

総兵衛が動いたのは眉間の数寸先に瑞眼の豪刀が落ちてきた瞬間だ。

見物の目には総兵衛が腰を沈めつつ、白扇を右手に広げ差してしなやかにも舞う姿が映った。

刃鳴りして瑞眼の剣が虚空を空《むな》しく割り、白扇を手にした総兵衛は滑るように位置を変えていた。

「おおっ、これぞ、落花流水剣じゃな」

見届け役の樋口定兼から感嘆の言葉が漏れた。

一撃目を躱《かわ》された瑞眼の頭に血が上った。

まだ相手は剣に手すらかけていない。広げた白い扇があるばかりだ。

「剣を抜けえ、瑞眼太郎平を愚弄《ぐろう》いたすか！」

瑞眼は長剣を寝せて、左脇《わき》構えに移していた。

総兵衛はふたたびひっそりと扇を横にして立っていた。

「三池典太光世が抜かれるときは、瑞眼太郎平の死のときよ」

「おのれ！」

瑞眼は長剣で円弧を描いた。

切っ先が光の玉になって総兵衛の身を襲った。

(斬られた！)

と見物のだれもが思った。

その瞬間、総兵衛の体は迫りくる刃の内側に自らも小さな円を描きつつするすると入りこみ、抜けた。

その瞬間、白扇がひらひらと舞った。

「な、なんとしたことか……」

二撃目を外されたとき、初めて瑞眼は総兵衛の恐ろしさを知った。

自ら間合いを外して、距離をとった。

わずか二撃の攻撃に息が上がっていた。

瑞眼は必死で呼吸を整えた。

初めて剣を正眼に構えた。

(相手を動かせ、その出鼻を叩くことじゃ)

その考えを読みとったように総兵衛が摺《す》り足で走った。

白扇が頭上に投げ上げられた。

(今じゃ)

瑞眼の剣は白扇を投げた総兵衛の小手を斬《き》り落とすべく襲った。

が、空手がするすると腹前に引かれた。

瑞眼の剣は連鎖して相手の胴に移った。

そのとき、瑞眼は見た。

総兵衛が腰の剣を抜き打ちに瑞眼の脇腹から胸部へと擦り上げたのを……。

(動き出しはおれが早い。踏み込みもあった)

が、剣の舞いはゆるやかに、そして速く瑞眼太郎平の脇腹を斬りあげ、肉と骨をしたたかに断つと胸部を割った。

痛みよりもなによりも、

(不可解なり)

と思ったとき、瑞眼太郎平の意識は途絶えていた。

白扇がひらひらと落ちてきて、総兵衛の手が摑《つか》んだ。

(千鶴、許せ)

総兵衛は心のうちで千鶴に詫《わ》びた。一つの光景が脳裏に浮かんだ。

鐘《かね》ヶ淵《ふち》の岸辺に桜の並木が続いていた。風に吹かれて老桜の枝から花びらがはらりはらりと川面《かわも》に散っている。一本の桜の樹《き》の下に一艘《そう》の新しい猪牙舟《ちょきぶね》が舫《もや》われ、船の上に十六歳の総兵衛と五つの千鶴がいた。

新造の猪牙の試し乗りをかねて、花見に誘ったのは千鶴の父丈八だ。

千鶴が総兵衛の膝《ひざ》に座り、

「大きくなったら千鶴は総兵衛さまのお嫁さんになってあげる」

と突然言いだした。

「おお、そいつはうれしいな」

「約束しましょうな。いい、総兵衛さま」

千鶴は指を総兵衛の指にからめ、

「ゆびきり拳万《げんまん》、嘘《うそ》ついたら針千本のます……」

と約束させたものだ。

その光景を亡《な》くなった丈八がにこにこと眺めていた。

千鶴は死ぬ前には総兵衛の任務を知っていた。だからこそ、総兵衛の嫁になることを諦《あきら》めるような発言を繰り返していたのだ。

総兵衛は総兵衛で鳶沢一族の頭領の地位を信之助に譲って若隠居をし、千鶴との暮らしを考えていた。

だが、死の刃《やいば》が千鶴を襲い、二人の夢は壊れた。

（おれは鳶沢の一族に課せられた運命に従う他はないのか）

「祖伝夢想流落花流水の秘剣、みごとなり！」

樋口定兼の声が鏑川の河原に響いて、どっと歓声が湧《わ》きおこった。

その声にはっとした総兵衛が、

「樋口定兼どの、失礼つかまつった」

と片膝をついて白扇を腰に、血に濡《ぬ》れた三池典太を背にまわし、後退《あとずさ》りして竹矢来の外に出ると、河原から土手に飛びあがっていった。

「駒吉、江戸に戻るぞ」

後に続く駒吉に声をかけた総兵衛は、手にした三池典太に血ぶりをくれて鞘《さや》に納めた。

総兵衛の頭には〝影〟との戦いだけがあった。

第五章　処　断

一

弥生《やよい》三月になって江戸の町はぱっと華やいだ。

大黒屋の庭の桜の蕾《つぼみ》が膨らみ始めた日の昼下がり、三井越後屋《みついえちごや》の主《あるじ》、三井八郎右衛門高富《はちろうえもんたかとみ》が番頭の清右衛門《せいえもん》をともなってふらりと大黒屋の店先に立った。

「いらっしゃいませ」

広い三和土《たたき》とそれに続く板の間で古着の選別やら梱包《こんぽう》をしていた奉公人たちが客の姿を見ていっせいに顔を向け、挨拶《あいさつ》をした。そして会釈《えしゃく》した働き手たちはまた自分の仕事へと戻っていった。

「あっ、これは越後屋様」

一番番頭の信之助がまず気づき、笠蔵に知らせ、三番番頭の又三郎を奥へ走らせた。

「おおっ、高富様じきじきのご入来にございますか。なんとも光栄なことに存じます」

笠蔵が帳場から転がりでると挨拶をした。

高富はてきぱきと古着を扱う奉公人の動きを見ていたが、二人の番頭に視線を移して、

「そこまで用事がありましたのでな、富沢町に寄せてもらいました。総兵衛様がおられればと思うたがいかがかな」

「おりまするおりまする。越後屋様、どうぞお上がりください」

笠蔵が即座に応じ、腰を屈《かが》めた信之助が土間から右手のお客様の上がり口に招じて、訪問者を店先から奥へと案内した。

その間にも高富の厳しい視線が店から奥と大黒屋の隅々まで嘗《な》めまわすように見ていた。

高富が思わず歓声を漏らしたのは、四方を店と蔵に囲まれた敷地の中央部に立つ大黒屋の主の住まいと庭のたたずまいに接したときだ。

「これはなんともみごとな造りですな。噂《うわさ》には聞いておりましたが、これほどとは。どうですか、番頭さん」

高富は連れの清右衛門に相槌《あいづち》を求めた。

「旦那《だんな》様、失礼ながら江戸の町家《まちや》にかような庭がありましたとは、存じませんでした」

「庭木一本庭石一つに無駄がない。華美でもなければ、寂びにも堕していません。商家の庭というより、武家屋敷の庭の緊迫が横溢《おういつ》して、なんともみごとです」

高富は一瞬にして店と住まいの構え、庭造りに大黒屋の秘密を見抜いたように言い、渡り廊下をにこにこしながら渡っていった。

「よう来られましたな」

客間の端で総兵衛とおきぬが廊下に立った三井越後屋の主従を迎えた。

「まずはこれへ」

書院造りを模した客間に招き入れられた高富は、

「早くに来るべきでしたな、総兵衛様」

と初対面とは思えぬ言葉を漏らした。

三井越後屋の大本を作りあげた高富の五体からは壮年の気力と覇気が溢《あふ》れている。

「私も高富様にはお目にかかりとうございました。ですが、古着屋風情《ふぜい》が三井越後屋様に面談をするなど恐れ多いことと思うて控えておりました」

「なんのなんの、大黒屋さんに恐れ多いものなどありましょうかな。高富も商人、人を見る眼は持っておるつもりにございますよ」

「高富様にそうおっしゃられては言葉の返しようもございませぬ」

江戸一番の新ものの呉服屋と古着問屋の主ふたりが春うららの庭に面した客間に落ち着いた。

おきぬがお茶を供したところに店から大番頭の笠蔵が姿を見せた。

「大番頭の笠蔵にございます」

総兵衛が改めて高富と清右衛門に紹介した。

「大黒屋さん、今少し早い機会に来ようとは思いましたが、船宿の幾とせさんのお嬢さんの不幸を耳にしましてな、こちらが落ちつかれるのを待っておりましたんや。総兵衛様、お力落としでございましょうな、お察し申します」

「ご丁重なるご挨拶いたみいります」

総兵衛は高富の心遣いに感謝した。

座が落ちついたところで高富が言いだした。

「過日は信之助さんにご足労願いまして恐縮しております。あの一件、決着をつけましてございます」

店の機密を漏らした番頭を処分したと言外に告げた。

総兵衛はうなずき、信之助が、

「こちらも口を塞《ふさ》いでございます」

と応じた。

「造作をかけましたな」

と軽く頭を下げた高富が、

「ただ今の富沢町惣代《そうだい》は、名主の江川屋《えがわや》彦左衛門《ひこざえもん》さんやそうな。こちらに伺う前にお店を見せてもらいました。京のじゅらく屋さんで修業なされたと申されるから、どんな店やと楽しみにしておりましたが、あれはあきまへん。店先にぴーんと張ったものがありまへん」

と言い切った。

「清右衛門に聞くと主どのは城中のどなたかのところに熱心に出入りしておれるとか。商人は政治《まつりごと》の流れはよう見極めないけまへん。ですがな、そればかりに顔を向けておると本道の商いがおろそかになります。店に活気が出てきまへんのや、奉公人も手を抜きます。商人は汗かいてなんぼの仕事です」

総兵衛はただうなずいた。

「そこでや、わては江戸の直買《じかが》いの相談役にな、大黒屋さんになってもらおうかとこうやって参じました」

「ありがとうございます」

総兵衛は素直に受けた。

「このところ富沢町の品に新ものが混じる率が高うなっております。そんな品には三井越後屋さんで扱うてもおかしくないものもございます」

「わてらにとって江戸での直買いは上方から運んでくる料金が含まれんぶん、お客様に安う奉仕できます。それだけに魅力も多い」

高富は茶碗《ちゃわん》をとると喉《のど》を潤《うるお》した。

「うちは上方の呉服、反物、太物を現金売買、掛値なしの商法でお客様の信用を得てきました。それが富沢町ものを直買いするとなると、どういった影響が生じるか、店の番頭のなかには江戸買いは信用失墜のもとやと強硬に反対する者もございます。大黒屋さん、これはな、そう簡単にいく話やない。うちと大黒屋さんが何年かの試しの商いを繰り返して実績を作っていく話や。それでこそ百年の商いの基礎ができますんや」

「高富様のおっしゃられること、ごもっとも。総兵衛、まったく異論はございませぬ」

「賛成してくれますか」

「賛成もなにも私どもは、三井越後屋さんがその気になられるのを気長に待つだけにございます」

「清右衛門、やっぱり富沢町に寄せてもろうてよかったな」

高富がかたわらの番頭を振り見てからからと笑った。

総兵衛らは高富が店の耳目を総動員して富沢町の動向を調べ、分析したうえでの来訪と承知していた。が、そのことはおくびにも出さない。

「いや、それにしてもみごとな庭や。これが大黒屋六代で築きあげた証《あか》しやなと高富、さきほどから感嘆しております」

「小さな庭にございます」

総兵衛はそう答えながら、

「高富様、よければ庭をご案内いたしましょうか」

「ぜひともな、眼福させていただきましょうぞ」

おきぬが縁側の敷石に二足の庭下駄を揃《そろ》えた。

三井越後屋の主と大黒屋の当主がぶらりと春の庭先に出た。

初代総兵衛成元《なるもと》から百年の歳月をかけて仕上げた庭は店と住まいに囲まれて口の字に広がっていた。そこには樹木、石、水が寡黙《かもく》に配置され、一本一石が美を奏《かな》でるとともに敵の侵入を容易にせぬ工夫がなされていた。

「いや、わてはな、小堀遠州《こぼりえんしゅう》どのが造られた庭をいくつも拝見しましたが、味わいがまるで違う。これは大黒屋さんの庭や、宇宙や」

「なんともったいないお言葉にございます」

総兵衛と高富は蔵の前にいた。

「今ひとつ高富様のお目をわずらわします」

総兵衛は、蔵の扉に立つと腰につけていた鍵《かぎ》で錠を解いた。二重扉になった蔵のなかに外からの光が淡く差しこんだ。

そこには何段もの棚に日本じゅうから集められた新ものの越後上布《じょうふ》が、加賀や京の友禅が、結城紬《ゆうきつむぎ》が、琉球《りゅうきゅう》の織物が、薩摩絣《さつまがすり》が、黄八丈《きはちじょう》が積まれていた。

高富はしばらく一言も言葉を発しなかった。

「触らしてもらいましょ」

呟《つぶや》くように言った高富は、越後上布の反物を手にとると紙を開いて品物を見た。

「うーむ」

高富は唸《うな》った。

「大黒屋さん、あんたは空恐ろしい人ですな」

「ただの古着商人にございます」

「古着商人などとあだやおろそかに言うまいぞ。この上布はうちでもそう数は持ってございません。それを富沢町は」

「弁才船《べざいせん》を周遊させて東北、北陸各地に木綿ものの古着をさばき、代金代わりに土地の名布をいただいて参ります。それに大きな声では申せませんが……」

総兵衛は江戸の呉服問屋や店のなかには上方で仕入れたものを金策に困り、富沢町に卸すところもあると漏らした。

「もし三井越後屋さんとの新もの取引が成立したあかつきには、今一艘《そう》千石船を新造しましてな、西回り、東回りで丹念に品を集めましょうに」

高富が大きくうなずき、

「総兵衛どの、これを機縁によしなにな」

「こちらこそ」

と新ものと古着の両巨頭の提携約定がここになった。

高富は三年後の宝永三年（一七〇六）に『此度店々江申渡覚』、俗に言う『宝永店式目』を書くことになる。

一　呉服やより富沢町へ払物、大分面白キ儀これあり候《そうろう》、手前より直ニ買ひ申す事幾重ニも成りがたく、たとへ買ひ何角之為直買は宜《よろ》しからず候、その外方々ニ能《よ》き買物日用これあり候、富沢町ものは是《これ》第一之稼業故《かぎょうゆえ》日々聞出し調べ申す事、是も同前ニ面白き買物数多《あまた》これあり候条、残らず彼者ニ少々の付出しえば、何分ニも買ひ申す品これあり候間、仕方宜しく相談いたし、向後買取り候様ニ心懸け申すべき事……

この一条は三井越後屋の会所（本店）の売り物、買い物の仕入れ管理機構に対する規則である。

高富はこのなかで富沢町には三井以外からも払い物を出す店があり、その新ものには三井が関心を示す品も多くあるゆえ、注意するように申しのべている。

この夜、広座敷に五人の番頭とおきぬの六人が集められた。

総兵衛は三井越後屋の当主との会合の模様を話し、

「富沢町の根本は古着商いにある。じゃがな、時代の流れに従い、その品揃えは変わってゆかねばなりません。三井越後屋さんとの提携もその一環、そのことを念頭において商いに精を出してくだされ」

と命じた。

「さて商いに専念するためにはわれら乗り越えねばならぬ壁がある。〝影〟との戦《いくさ》じゃ」

総兵衛の口調は大黒屋の主から鳶沢《とびさわ》一族の長に変わっていた。

「申しあげます」

一番番頭の信之助が総兵衛に応じた。

「柳沢保明《やなぎさわやすあきら》様、ご老中病気見舞いの名目で駿河台《するがだい》富士見坂の土浦藩邸を訪ねられましてございます」

総兵衛が土浦から馬庭に出て留守の間のことだという。

「そこで柳沢様と土屋様の交流はいつごろからのことかと方々に手を尽くして探ってみますと、二年ほど前より昵懇《じっこん》になられたとか」

二年前といえば浅野内匠頭《たくみのかみ》の刃傷《にんじょう》事件前後ではないか。

「とうとう道三河岸《どうさんがし》と筆頭老中の化けの皮をはがしたか」

「さて〝影〟様が老中土屋相模守《さがみのかみ》政直様かどうかの一件にございます。総兵衛様が土浦、馬庭の旅より戻られて、土浦藩の江戸屋敷の見張りを増やし、さらに出入りの商人たちに鼻薬をかがせて情報収集に努めて参りました。その結果……」

「老中は〝影〟ではないと申すか」

「はい」

「おれも〝影〟と二度ほど話をした。だがな、六十二歳の、それも病を患《わずら》った老人の声とは思えんのじゃ。たしかに土屋様は大石様らのご処断について評定所で大いに武士としての礼式を持つ最期《さいご》をと力説されたそうな。じゃがな、その後、屋敷で伏せっておられることはこれまでの調べでも分かっておる。となると、信之助、〝影〟はだれか、見当はついたか」

信之助が小さくうなずいた。

「政直様には四人の男子がございます。昭直、定直、陳直《のぶなお》、好直様のお四方にございます。老中は多忙な職務、国表の土浦に政直様が戻られる暇はございません。陳直、好直様はまだ幼い。そこで政直様は次男の定直様を代理にしばしば土浦に遣わされ、藩内を巡察させておられます」

総兵衛にとってすでに熟知したことであった。が、信之助はその場にいる一族の者たちに噛《か》んで含めるように状況を伝えた。

「なぜ老中政直様は、嫡男《ちゃくなん》の昭直様を父の代理として土浦に遣わされないのか。どこにお住まいなのか。又三郎、報告してくれ」

信之助の命に三番番頭の風神の又三郎がかしこまった。

「昭直様のこと、土浦藩江戸屋敷ではじつに謎《なぞ》めいて家臣のだれもがどちらでお過ごしか、口にいたしませぬ。上屋敷、中屋敷、下屋敷と情報収集を重ねましたが、どこにもそのお姿は見えません。そこでわれらは政直様の信頼が厚い用人鈴木《すずき》主税《ちから》様に狙《ねら》いを絞り、昼夜の見張りをつけました……」

又三郎らの労が報いられたのは、鈴木が牛込御門の伊達村兼光道場を訪ねた帰路のことだ。道場を出た駕籠《かご》は上屋敷のある駿河台へと向かった。

又三郎は尾行の四人を二組に分けた。

磯松と秀三の二人を用人の駕籠につけ、自分と駒吉は道場の動きを見守ることにした。

半刻《とき》（一時間）後、なんと駕籠で戻ったはずの鈴木主税が道場の門弟三人を従え、牛込御門下に用意した屋根船に乗りこんだ。

又三郎は、駒吉に船を探すように土手を先行させ、屋根船を見え隠れに追っていった。

水道橋際《ぎわ》で駒吉は夜釣に行こうとする船の持ち主に金で話をつけて、又三郎を待ち受けていた。又三郎が乗りこむと船頭が竿《さお》をぐいっと差して、屋根船を追い始めた。

屋根船は神田川から大川に出ると川向こうへと横切り、竪川《たてかわ》、横川と堀を伝って北割下水に入っていった。この一帯は江戸でも貧しき人々が住むところとして知られていた。闇《やみ》の中、汚穢《おわい》、塵芥《じんかい》の臭《にお》いが強く漂っていた。

屋根船が止まったのは本所松倉町に練塀《ねりべい》を巡らした屋敷前である。

又三郎と駒吉は釣船を戻すと、屋敷の周辺を探ってみた。

貧しき者たちの住む町家の間にあるにしては張りつめた空気が屋敷じゅうから溢《あふ》れていた。

一見なんでもない練塀は侵入が厳しい忍び返しが隠されてつけられ、表門も裏門もぴったりと扉が閉じられてあった。

表札はない。

その夜、又三郎と駒吉はその屋敷の表門を見渡せる場所で夜明かしした。

鈴木主税が通用口から現われたのは、夜明け前のことだ。

徹夜でなにごとか話し合っていたのか、三人の従者を遠ざけた主税が通用口の内側に立つ人物に、

「くれぐれも昭直様のご身辺に気配りするのじゃ」

と囁《ささや》いた。

その潜み声を駒吉は屋敷前に聳《そび》える銀杏《いちょう》の木の枝ではっきりと聞いた。

「……総兵衛様、駒吉を始め、三名ずつが交替で隠れ屋敷を見張っておりますが、いまだ侵入の機会を得ておりませぬ」

「ようやった、又三郎」

総兵衛は顔にかすかな笑みを浮かべた。銀煙管《ぎんぎせる》のがん首で煙草盆《たばこぼん》を引き寄せ、煙草を一服した。総兵衛が考えるときの癖だ。が、すぐに信之助を見た。

「昭直様のことにございますな。先代の数直様が外に生ませた子とも政直様がまだ藩主になる前に女中に生ませた男子ともいわれておりましてはっきりいたしませぬ。出入りの商人らに聞きますと、昭直様の年齢は三十三、四歳であろうとの推測にございます」

六十二歳の政直に三十三、四の長男がいても不思議はない。

「おれが聞いたのは、疳性《かんしょう》な中年の声であったわ。北割下水の真ん中にある隠れ屋敷の様子といい、〝影〟は政直様の分身として暗躍してきた昭直様であろう」

「どういたしますか」

「〝影〟に見張りを気取られるな。侵入するのは最後の最後、まずは搦《から》め手からいこうか。伊勢亀はどうしておる」

「妾《めかけ》のお七と梵天《ぼんてん》の五郎蔵が始末されて以来、蔵前の家に引き籠《こ》もり、外には姿を見せようとはしませぬ。それに店の二階に、夜になると伊達村の門弟たちが数人泊まりこむ様子にございます」

「伊勢亀は艶福《えんぷく》家じゃそうな。お七を失い、お内儀で我慢しておるか。待てよ、そんな男のことじゃ、他に妾がおらぬともかぎらぬ、調べてみよ」

「さっそくにも」

「もしいればな、巣籠りの亀をその女の名で引きだせ」

信之助が請け合った。

「今ひとつの伊達村道場はどうか」

「伊達村は総兵衛様が瑞眼太郎平らを始末したことは、当然知っておるはずにございますが、まったく道場での日常は変わりませぬ。泰然自若として出入りする門弟衆の稽古《けいこ》に立ち会い、自らも竹刀《しない》をとって、弟子たちの手直しをする日々にございます」

「こやつなかなかの腕前と見た」

総兵衛は口に銀煙管を銜《くわ》えて、両眼を閉じた。

しばらく座を沈黙が支配した。

「おきぬ、さきほどからなんぞ言いたそうじゃな」

「今月の芝居町は、京から下ってきた水木《みずき》辰之助《たつのすけ》の槍《やり》踊りが評判にございます。本庄様の奥方と二人のお嬢様方を芝居見物にお誘い申したいのでございますが、いかがでしょうか」

富沢町のすぐ近所が二丁町といわれる中村座、市村座のある芝居町だ。

「絵津様の気晴らしには芝居などよいかもしれぬな」

水木辰之助は、元禄《げんろく》八年（一六九五）の江戸下りで、槍踊りで大当たりをとっていた。

俳人の宝井其角《たからいきかく》は、
花の夢　胡蝶《こちょう》に似たり　辰之助
と詠《よ》んでその芸風を絶賛した天才児だ。

「おきぬ、芝居小屋に手配をせえ。帰りにな、大黒屋にお呼びしてなんぞおいしいものでも頂いてもらおうではないか」

総兵衛の頭には本庄の殿様もお呼びしようかという考えが浮かんでいた。

二

伊勢屋亀右衛門は妾のお七を殺されて、古女房にもその気が湧《わ》かず、鬱々《うつうつ》とした日々を過ごしていた。そんなところへ吉原の馴染《なじみ》女郎、花里《はなさと》から誘い状がきた。

外に出れば大黒屋の報復が予想される。だが、相手は商人《あきんど》、伊達村道場の門弟衆を用心棒に連れて、土手八丁（日本堤）を上ってみるか。

吉原は江戸の初め、元和《げんな》四年（一六一八）に市中に散在していた私娼《ししょう》を日本橋葺屋町《ふきやちょう》に集めて開業された。が、四十年後、幕府は明暦《めいれき》の大火（一六五七年）で葺屋町の遊廓《ゆうかく》が全焼したのを機に浅草寺《せんそうじ》裏の田圃《たんぼ》に移して、規模を大きくして昼夜の営業を許した。

三人の剣客を連れた伊勢亀は船で山谷堀に乗りこみ、土手八丁をそぞろ歩いて吉原の大門口を潜り、馴染みの引手茶屋に上がった。

「おやまあ、伊勢亀の旦那《だんな》様、このところお見限りにございましたが、どのような風の吹きまわしにございますか」

引手茶屋の女将《おかみ》が如才なく笑顔で迎えた。

「なあに加賀屋の花里から誘いをもらったでな」

「それはうらやましいことで。今すぐにも迎えにやります」

引手茶屋の女将から伊勢亀の到来を知らされた花里は、

（手紙など出してもないがおかしなこと……）

と考えながらも、見栄《みえ》っ張りの伊勢屋の旦那が茶屋で嘘《うそ》をついたなと思い直し、手紙の一件はそのままにして迎えに出た。

伊勢亀はひさしぶりに花里と一夜を過ごし、きぬぎぬの別れもそこそこに夜明け前に閉じられた大門横の木戸から出た。

用心棒の門弟三人にもそれぞれ遊女《しんぞう》があてられ、満足の体だ。

土手八丁を四人はぶらぶら歩いて山谷堀へと下っていった。

東の空から夜が白んでくると、日本堤には山谷堀から薄い靄《もや》が漂って幻想的な光景を醸《かも》しだしていた。

先頭をいく伊勢亀はまるで雲上を歩いているような幻影にとらわれた。

「恋路の闇に迷うたこの身、道も法も聞く耳持たぬ……」

伊勢亀の口から思わず鼻歌交じりの芝居の台詞《せりふ》が口を衝《つ》く。

白小袖《こそで》の男が朝靄のなかに立っているのを伊勢亀は見た。

「こりゃまた粋《いき》な作りじゃぞえい」

芝居もどきに呟《つぶや》いた伊勢亀に、

「旦那、ちと怪しげじゃ」

用心棒の頭ぶんの板坂源蔵《いたさかげんぞう》が伊勢亀の前に出た。

「まさか朝ぼらけに幽霊もあるまい」

伊勢亀が呟いた。

用心棒の二人が伊勢亀の左右を固めた。

「そこな男、邪魔じゃ、土手下に下りて道を開けろ」

「吉原帰りとも思えぬ、野暮な台詞じゃな」

板坂は男の腰に一本だけ剣が落とし差しにされているのを見た。

その男が、

「伊勢屋亀右衛門」

と呼びかけた。

「いかにも伊勢屋の主《あるじ》ですが」

「花里は手紙についてなんぞ申したか」

「手紙？　なんの話ですかな」

「おれが送った偽《にせ》の誘い状に釣りだされおって」

「ま、まさか、そなたは大黒屋総兵衛」

伊勢亀は迂闊《うかつ》を悔いるのも忘れて狼狽《ろうばい》した。

「そのように土手八丁で待ち受けてなにをしようというのか」

「なにをするかはおまえの胸に聞けえ」

板坂源蔵が草履を飛ばすと剣を抜き、仲間に、

「旦那を吉原に連れ戻せ」

と命じた。

「心得た」

用心棒二人に左右を守られた伊勢亀は、身を翻《ひるがえ》して吉原大門のほうに逃げようとした。しかし、海老茶《えびちゃ》の戦支度《いくさ》の両胸に鳶違《とびちが》え双紋《ふたつもん》を染め抜いた男たちが

壁を作って塞《ふさ》いでいた。

「そ、そなたたちは……」

「伊勢亀、逃れられぬ」

大黒屋の一番番頭、鳶沢信之助の厳しい声が土手に響いた。

「おのれ、斬《き》り伏せるぞ！」

腰を抜かさんばかりの伊勢亀の脇《わき》を固めた二人の用心棒は剣を抜きながら、自らを鼓舞した。

板坂はひっそりと朝靄に立つ総兵衛の喉首《のどくび》に剣先の狙《ねら》いをつけた。腰がわずかに沈み、長身の総兵衛の喉元に突き上げる構えだ。

靄を割って伸ばした刀身を胸元に引きつけ、息を止めた。

間合いは二間（約三・六メートル）。

吸った息を一気に吐きだすと突進した。

（源蔵の突きは何段にも変幻する）

と馬庭念流の道場でも恐れられた突きが総兵衛に迫った。

総兵衛は板坂が胸元に引きつけた剣を伸ばそうとした瞬間、動いた。

腰の三池典太光世二尺三寸四分が鞘走《さやばし》り、靄が漂う地面からすり上げられた。総兵衛の剣の動きは板坂に見えなかった。が、先《せん》の仕掛けに絶対の自信を得て、二段目の突きへと変化させた。

切っ先がするすると総兵衛の喉に伸びた。

総兵衛がわずかに顔を振って切っ先を躱《かわ》す。

板坂はその動きを見越していた。

さらに三段目が伸びて喉首を斬り裂いた、と思った瞬間、太股《ふともも》に激痛を感じて、板坂の体は虚空《こくう》に浮いていた。

板坂はそれでも相手の間合いから逃れようと飛び下がった。が、両の足にはすでに大地を踏ん張る力が抜け落ちていた。尻餅《しりもち》をつくようによろめいた板坂は土手下に転がり落ちていった。

伊勢亀は恐怖のまなざしでその光景を見ていた。

二人の用心棒もまた板坂が手もなく倒されたことに動揺していた。もはや伊勢亀を守るどころではない。自分たちが逃げだすことで頭が一杯だった。

「斬り抜けるぞ」

「おおっ！」

　と剣を振るって信之助と作次郎ら鳶沢一族の兵のなかに斬りこんだ。

　土手には伊勢亀だけが残された。

「伊勢亀、心配いたすな。そなたの命、土手八丁で奪う無粋《ぶすい》はせぬ」

「大黒屋さん、私はなにも知りませんよ」

「知るか知らぬか、そなたのな、体に問うてみようか」

　総兵衛が板坂を斬った三池典太に血ぶりをくれて、峰に返した。

　後退《あとずさ》りする伊勢亀の背後で二人の用心棒が悲鳴を上げて、次々に倒された気配がした。

　が、もはや伊勢亀には振りむく余裕はない。

「た、助けてくれ」

　後退する伊勢亀の背を押した者がいた。

「な、なにをするのじゃ！」

　よろよろと総兵衛の前にふらついていった伊勢亀の肩口に峰に返された三池典太が振りおろされた。

腰砕けになった伊勢亀が土手に倒れこむと作次郎らがその身を担《かつ》ぎあげ、山谷堀に止められた荷船に運びこんだ。

伊勢屋亀右衛門は顔をなぶる強風に意識を取り戻した。

大地が、体が揺れていた。

いや揺れているのは天だ。明るく晴れた空が揺れていた。

足が地から浮いて、伊勢亀の体はどこぞにつり下げられていた。

ばたばたと頭上で音がした。が、伊勢亀にはそれがなにか確かめることはできなかった。

視界を巡らした。

白く波立つ海の上を千石船が疾走していた。

なんと帆桁《ほげた》にぶら下げられていた。

伊勢亀は足をばたつかせた。

「おおっ、気がついたか」

伊勢亀は声のほうを見て、悪夢の続きに戻らされた。

「なにをする気か、大黒屋」

叫んだせいで体がぐるぐるとまわった。

「江戸湾の景色はどうじゃな」

どこをどう走っているのか伊勢亀には見当もつかない。

「だ、大黒屋さん、おまえさんはなんぞ勘違いしておられる。この私がなにをしたというのじゃな」

「なにもせぬというか」

「知らぬ、なにも知らぬ」

「旗本米倉能登守様の次男、新之助を妾《めかけ》のお七に命じてたぶらかし、大目付本《ほん》庄伊豆守《じょういずのかみ》様ご所蔵の家宝二品を盗みださせようとした覚えはないか」

「ない、そんなことは知らぬ」

「新之助を呼びだし、お七の兄の梵天《ぼんてん》の五郎蔵に責めさせた覚えはないか」

「知らぬ、私はいっさい知らぬ」

「牛込御門近くの馬庭念流道場に居候《いそうろう》する餓狼《がろう》のごとき浪人どもを思案橋の船宿幾とせに忍び入らせ、千鶴を凌辱《りょうじょく》し、斬りきざんだ覚えはないか」

総兵衛の声は乾いて淡々と響いた。それだけに伊勢亀は恐怖に震えた。

「知らぬ、ほんとうのことじゃ」

「伊勢亀、老中土屋相模守政直の嫡男《ちゃくなん》昭直について知っておることを話してもらおうか」

「昭直様など会ったこともない」

「知らぬ存ぜぬがいつまでもつか」

総兵衛は明神丸の艫櫓《ともやぐら》に立つ主船頭に向かって叫んだ。

「伊勢亀の旦那は、おとなしい帆走《はしり》では満足されておらぬわ」

「へえっ」

と応じた主船頭が、

「取舵《とりかじ》じゃぞえ！」

と舵柄を握る水夫《かこ》たちに命じた。

明神丸の舵羽板《かじはいた》が水中で音を立てて曲がると水押《みお》しに白波が立ち、左へと大きく旋回し始めた。

「あ、ああうっ！　助けてくれ」

帆桁につり下げられた伊勢亀の体が菱垣《ひがき》（舷側《げんそく》）を越えて海上にぶら下がった。

「な、なにをする気じゃ、命ばかりは助けてくれえ」

泣き叫び始めた伊勢亀の足先を春の波がつかまえた。

波間に千石船が上下した。伊勢亀の体を波が飲みこんだ。塩水をしたたかに飲まされ、喉が噎《む》せた。体が浮くと恐怖が増した。体温も下がり、波立つ海面が伊勢亀の下半身を叩《たた》いた。

「面舵《おもかじ》一杯！」

主船頭が叫ぶと舵柄にしがみつく水夫たちが右舷に舵棒を押した。

水中の舵羽板が鳴いて、今度は明神丸は右へと大きく旋回しようとした。

伊勢亀の体は海面すれすれから空中に放り上げられ、帆柱に叩きつけられると反対側の海面に落ちていった。

「だ、大黒屋さん、頼みまする、助けてくだされ」

伊勢亀は帆柱に叩きつけられた衝撃に肩の骨を砕いていた。縄で縛られた体が船の揺れに上下するたびに激痛が走った。

それでもなお明神丸は右舷を大きく傾けて疾走を続けた。波が水押しに当たるたびに船が揺れて、伊勢亀の全身に痛撃が駆け抜けた。

もはや伊勢亀は錯乱していた。

「話す、なんでも話す。早よう、ここから下ろしてくだされ！」

伊勢亀の泣き声も哀願も風に消されていた。

伊勢亀が海の上につり下げられて気を失いかけたとき、明神丸の舵が戻り、伊勢亀の濡れ鼠《ねずみ》の体も船の上に戻ってきた。

ふいに縄が切られて伊勢亀は胴ノ間に転がり落ちた。

痛みはもはや耐えられないものになっていた。

「伊勢屋亀右衛門、話す気になったか」

「は、はいっ。話します、話します」

伊勢亀の頭上で巨大な木綿帆がばたばたと鳴った。

大黒屋の住まいに大目付本庄伊豆守勝寛が訪れたのは、庭の桜が三分咲きになった季節だ。

勝寛を迎えた総兵衛は、芝居見物の女たちが戻ってくるまで男二人だけで酒をのんびり酌《く》み交わした。

「総兵衛、ひさしぶりになにもかも忘れた気がする」

微醺《びくん》を帯びた勝寛が穏やかなまなざしを総兵衛に向けた。

「絵津様はよう耐えられましたな」

「それもこれも、そなたとおきぬのおかげじゃ」

「なんのなんの、私どもの力ではありませぬ。絵津様が賢い姫様にお育ちになられたからにございますよ」

「わが娘ながら、ようも乗り越えてくれたものよ。奥ともな、そのことを神にも先祖にも感謝しておるところじゃ」

「米倉様からはなんぞございましたか」

「秋津様が用人をともない、屋敷に見えてな、何度も詫《わ》びていかれたわ。考えれば、米倉どのの屋敷とて今度の一件で深い傷を負った。いや、当家の比ではないかもしれぬな」

「米倉様の屋敷ではご嫡男がしっかり者と聞きおよんでおります。しばらく時間がかかりましょうが、立ちなおられましょう」

勝寛がうなずいた。

「勝寛様、絵津様にはかならずやほどよき婿《むこ》どのが見つかりましょう」

「総兵衛、そなたにもはや心当たりがあるのではないか」

「私は町人、分は心得ておりまする」

「勝寛にそれを信じろというか、総兵衛」

「ともあれ、絵津様がその気になられるのが肝心にございましょう」

「そのおりは、そなたにまた一肌脱いでもらおうか」

と笑った勝寛が、

「そなたに知らせることがあった」

と言いだした。

「なんぞよき話のようにございますな」

「上様にな、家康様座像と茶掛の修復が終わったと報告申しあげた。四月八日の灌仏会《かんぶつえ》の日に城中でご閲覧の栄をたまわることになった」

大目付は将軍家にお目通り願う権利を有していた。

「それはよろしゅうございましたな」

灌仏会とは釈迦《しゃか》の誕生日、寺々では花御堂《はなみどう》を作ってお釈迦様を安置し、甘茶を注ぎかける佳日だ。

本庄家に家康、秀忠ご縁の宝があることが城中に知れれば、勝寛にとっても悪いことではない。さらに柳営での地位が高くなるというものだ。

「総兵衛、そのおりな、綱吉様にお尋ねした。どうしてわが屋敷に家宝があることを上様はご存じでしたかとな」

「上様はどうお答えなされました」

「将軍たるもの家臣一同の屋敷内まで知っておるものよ、とはぐらかされておられたがよほど機嫌がよかったものか、『伊豆、相模《さがみ》が耳うちしてくれたものじゃ』と漏らされたわ」

「相模とは老中の土屋相模守政直様ですな。たいへんにおもしろい話でございます」

「そなたにはおもしろいか」

「すべて符丁が合いましてございます。勝寛様、もはや本庄家を覆《おお》う暗雲は霧散したとお考えになってかまいませんぞ」

「そなたの言葉じゃ。勝寛、安心いたした」

と勝寛がほほ笑んだとき、おきぬに案内された芝居見物の女たちが廊下を渡って総兵衛と勝寛が談笑する居間に姿を見せた。

「おお、芝居はどうでしたか」

総兵衛が笑いかけると、奥方の菊が、

「大黒屋どの、桟敷《さじき》での芝居見物、菊も初めてのこと、おもしろうございました。おかげ様ですっかりと気が晴れました」

とほほ笑まれ、

「おきぬさんには、たいへんお世話になりました」

と感謝した。

「絵津様、宇伊様、辰之助はどうでしたな」

「総兵衛様、私は舞台に立ちとうございます」

宇伊が真剣な顔で言った。

「ほおっ、三千二百石の姫様が芝居役者になられますか」

「だめですか」

「出雲阿国《いずものおくに》も女でしたから女が役者になってもおかしくはございません。ですが、旗本ご大身《たいしん》の姫様となると初めてのことですな」

総兵衛の答えに宇伊はがっくりした様子だ。

「総兵衛様がおきぬの主《あるじ》ですね、いろいろと世話になりました。絵津は生涯忘れはいたしませぬ」

十六歳の絵津は総兵衛に感謝の気持ちをしっかりと述べた。

「私どもがしたことは絵津様のお悩みに比べれば、なにほどのことではありませぬ。これを機会に富沢町にも遊びにきてくだされ」

「はい、寄せてもらいます」

おきぬが膳部《ぜんぶ》の支度をするために立った。

この日、大黒屋では出入りの料理茶屋の料理人を呼び寄せ、本庄家の四人が好きそうな食べ物をいろいろと用意させていた。

「総兵衛どの、私は町家の奥に寄せてもらったことはそう多くはございませぬ。それにしてもこれほどみごとなお庭は初めてにございます」

菊が惚《ほ》れぼれと庭を見まわした。

「菊、大黒屋総兵衛の一族は、われら三河者と同じく家康様以来の家系じゃ。江戸の古着を扱って百年、代々蓄財してきた金がこの屋敷と庭に投じられたものであろう。われら武骨な武家では敵《かな》わぬ、敵わぬ」

「いかにもさようにございますな。殿様、大黒屋どのの屋敷のたたずまいは小判の匂《にお》いがいたしませぬ。じつに風雅で気持ちがよい」

「奥方様、それほどお褒めになると大黒屋、赤面いたしますぞ」

渡り廊下に足音がして、広座敷に膳部が運びこまれた。

「勝寛様、菊様、本日はお屋敷の料理ではございませぬ。町方の料理でお口に合うかどうか存じませぬ」

「町方の料理とな」

「旬《しゅん》のものを旬で、熱いものは熱いうちに食べるのが習わし、ご笑味くだされ」

総兵衛が膳部が用意された広座敷に案内すると、料理人や女たちが五人を迎えた。その飾りつけられた料理のかずかずを見た宇伊が思わず、

「まあっ、なんと美しい。宇伊は初めて見まする」

と嬉々《きき》とした嘆声を上げた。

「これ、宇伊」

とたしなめかけた菊も江戸の料理人が心をこめた町家料理に言葉を失った。

「総兵衛、馳走《ちそう》になる」

勝寛らが席について、座が和やかな空気に満たされた。

三

この夜、土屋相模守政直の用人鈴木主税が若宮町の伊達村兼光道場を訪れたのを、風神の又三郎を頭分とする鳶沢一族は確認した。

時刻は六つ半（午後七時頃）過ぎのことだ。

（どうしたものか）

又三郎は迷った。

手代の稲平と駒吉、それに荷担《かつ》ぎ商いの秀三の三人の意見を聞くように顔を見まわした。

「伊勢亀のこともございます。敵もあせってのことと思いますれば、この際、思いきって潜入を計りましょう」

稲平の考えに駒吉と秀三が賛同するようにうなずいた。

これまで又三郎と駒吉は敷地内の長屋には忍びこんでいた。が、あれは無人だった。江戸でも名代の剣客が主の住まいにはまだ侵入していない。

「危険は承知のこと、踏みこみましょうぞ」

稲平が重ねて言った。

「よし」

と決断した又三郎は、

「忍びこむのは私と駒吉だ。稲平と秀三の二人は、われらが危機に陥ったときに陽動して逃す役目だ。分かったな」

と三人の役を割り振った。

「駒吉、もしわれらのうちどちらかが敵方に倒されるようならば、残った一人は屋敷外に逃げのびるのだ」

又三郎は屋敷で収集した情報をなんとしても総兵衛のもとに届けよと駒吉に命じた。

「番頭さん、かしこまりました」

駒吉は紺手拭《こんてぬぐい》で頬被《ほおかぶ》りすると袷《あわせ》の裾《すそ》を尻《しり》にからげた。草履は脱ぎ捨て、股引《ももひき》、紺足袋の足拵《あしごしら》えになった。懐《ふところ》には小刀と輪に巻いた縄、手に手鉤《てかぎ》のついた細引きがあった。

又三郎は懐に匕首《あいくち》と、米粉と唐辛子を混ぜた紙玉をいくつか忍ばせた。

「番頭さん、落ち合う先は神田川につないだ猪牙舟《ちょきぶね》でようございますな」

と秀三が念を押す。

又三郎はうなずいた。

駒吉の手鉤付きの細引きが虚空《こくう》に伸びて、土塀の向こうに落ちた。それが何度か繰り返され、手応《てごた》えを感じた駒吉が細引きを摑《つか》んでするすると塀に上がり、姿を消した。しばらくすると塀の外の三人のところに別の縄が落ちてきた。

駒吉が庭木の幹に縄の端をしっかりと結びつけた逃げ道だ。

又三郎もその縄を使って屋敷内へと忍びこんだ。

総髪巨漢の伊達村兼光は、書斎をかねた十畳の居間で老中の用人と対面していた。

そもそも伊達村道場には、女っけがない。台所の飯炊《めした》きばあさんが一人いるだけで、すべて男所帯だ。それは伊達村の衆道癖《しゅどう》に起因していた。

二人が対座する座敷に酒の支度をし終えたのも住み込みの門弟、伊達村の稚児《ちご》といわれる二十一の若侍犀川小次郎《さいかわこじろう》だ。小次郎は元紀州藩の陪臣であった。それを伊達村が貰《もら》いうけて側《そば》に仕えさせていた。

「下がっておれ」

伊達村が小次郎に命じた。

二人だけになったのを待ちかねたように用人の鈴木が苦情を吐いた。

「伊勢屋亀右衛門が行方を絶ってもはや五日が過ぎた。伊達村どの、用心棒につけたそなたの門弟どもはどうしたな」

「本日、板坂源蔵の死体が山谷堀と大川の合流部の葦原《あしはら》に打ち上げられているのが見つかりました」

「なんとそれは」

「ただの一太刀、地擦りから太股《ふともも》、下腹を斬《き》り割られておりましたそうな」

「大黒屋の仕業であろうか」

「板坂は屈指の遣い手、夜盗追剝《おいはぎ》ぎのたぐいに引けはとりませぬ。おそらく吉原帰りを待ち受けていた大黒屋に斬られて、山谷堀に転落したものと思えます。それが大川まで流れていった……」

ふーう、と唸《うな》った鈴木用人は、

「あとの二人はどうなった」

「同様に殺されたか、その場を逃げだしたものと考えられます」

「そのような甘いことでどうなさる」

「問題は伊勢亀の行方です」

「そう、それそれ。ご老中もそのことを案じておられる」

又三郎が床に、駒吉が天井裏に忍びこんで会談のおこなわれている十畳間に接近していったのはそのときだ。二人の声がなんとか漏れ聞こえるところまで忍んでいきたいと又三郎も駒吉も思った。が、伊達村兼光が全身から発する気魂と殺気がそれを許さなかった。

又三郎は部屋の緊迫が薄れる刻限を待った。

若い駒吉も我慢した。が、なんとしても声を聞きたいという誘惑にかられてじりじりと十畳間の真上まで横柱を伝って移動していた。

「伊勢亀は捕まったのであろうな」

「女が殺された怒りを晴らすのであれば、板坂と同じように惨殺《ざんさつ》すればよい。ところがどこを探しても姿が見えませぬ。捕縛され、監禁されていると考えたほうがよろしいかと」

「ご老中もそのことをな、心配しておられる。そもそもじゃ、伊勢屋め、吉原なんぞに誘いだされおって、自分から死ににいくようなものではないか」

「鈴木様、お指図は」

そう問う伊達村の双眸《そうぼう》が異様な光を帯びた。鋭い視線がゆっくりと座敷の四方を嘗《な》めまわし、天井の一角に釘付《くぎづ》けになった。

「ご老中は大黒屋の殲滅《せんめつ》をそなたに命じられた」

「大黒屋一派の殲滅ですか。容易ではありませぬぞ」

そう言いながら無腰の伊達村は、用人のほうに静かににじり寄った。

その行動に驚いた鈴木がなにか発しようとしたが、伊達村の険しい形相がそれを制した。さらに用人の前まで膝行《しっこう》した伊達村は、いきなり鈴木用人が腰に差した脇差《わきざし》に手を伸ばして抜き取ると手首を返して天井に投げ打った。

（しまった）

床下の又三郎が一瞬早く異様な気配に気づいた。

駒吉が危険を察知したときには脇差の切っ先が脛《すね》の下に刺さっていた。

（くそっ！）

駒吉は微動もせずにまず頰被りをした紺手拭で腿《もも》のあたりに血止めをした。

その上で切っ先から右足を外した。ぼたぼたと天井に血が垂れた。

「曲者《くせもの》じゃあ、出会え！」

伊達村が言いざま、長押《なげし》にかけた槍《やり》を摑もうとした。

又三郎は床下を低い姿勢で走った。

根太板を外すと一気に畳を押しあげた。

伊達村が槍を構えた姿が見えた。

懐の紙玉を二個ほど続けざまに部屋に投げこんだ。たちまち白い粉が散り広がって視界を閉ざし、鼻孔を唐辛子の粉が刺激した。

「く、曲者じゃ」

叫んだ伊達村がくしゃみを立て続けに繰り返した。その間に又三郎は逃走を計った。

駒吉も天井から移動すると廊下の端に飛びおりた。雨戸に体をぶつけると庭に逃れた。

「待て！」

門弟が駒吉に続いて飛びおりてきた。抜き撃ちに駒吉の背を斬りつけようとした門弟の足が手で払われて転がされた。

「駒吉、大丈夫か」

又三郎が床下から姿を見せると、

「先に行け！」

と怪我《けが》した駒吉を逃げ口の塀へ先行させた。

「曲者は庭ですぞ！」

叫ぶ門弟に紙玉を投げた又三郎は駒吉を追った。

駒吉は力持ちの秀三の手を借りて、土塀に這《は》いあがったところだ。

「番頭さん、無事で」

「逃げるぞ」

二人は塀の外に飛びおりた。稲平が駒吉に手を貸して神田川の方角に逃げていくのが見える。

又三郎と秀三はそれとは反対の表門にまわり、通用口から飛びだしてきた門弟たちをわざと神田川から遠くへ導いていった。

翌未明、駿河台の土浦藩上屋敷の門前に縄がかけられた早桶《はやおけ》がひっそりとおかれてあった。屋敷の門番がそれを見つけた。

「早桶をだれが」

縄がかけられた桶には、

「土屋相模守政直様献上品」

と記された白木の札があった。

仲間を呼んだ門番はともあれ屋敷内に早桶を運び入れた。

（生き物の死骸《しがい》でも入っていたら厄介だ）

と綱吉の発した生類憐《しょうるいあわ》れみの令を気にしたからだ。

知らせを聞いた用人の鈴木主税は慌《あわ》てて玄関先に出てくると遠巻きに眺める藩士に、

「開けてみよ」

と合図した。

二人の若侍が縄を切り、蓋《ふた》を開けた。

「けっ、ひ、人が！」

悲鳴を上げた若侍を、

「臆病者《おくびょうもの》が、死骸ならば引きだしてみよ」

と怒鳴った。

恐る恐る手を差しのべた若侍がまた飛びさがった。

早桶に座らされていた男がふいに立ちあがったからだ。

「そ、そなたは伊勢屋ではないか」

叫ぶ鈴木用人に顔を向けた伊勢亀のまなざしはどこかうつろで、

「喋《しゃべ》ります、喋りますから、大黒屋さん、命ばかりは助けてくだされ」

と何度も哀願した。

「く、くそっ！」

鈴木用人は伊勢亀を、

「蔵に押しこめておけ」

と命じると早々に奥へと入っていった。

半刻《とき》（一時間）後、伊達村道場に使いが走った。

さらに鈴木用人は屈強な藩士をともない、駕籠《かご》で大川を渡っていった。土屋相模守政直の長男昭直の隠れ屋敷のある北割下水を訪ねるためだ。


その夕暮れ、富沢町の大黒屋では外出から戻ったばかりのおきぬの他に笠蔵、信之助の三人の幹部が総兵衛の前に呼ばれた。

「大番頭さん、駒吉の具合はどうかな」

「幸いなことに深手を負ってはおりませぬ。熱が出ておりますが、明日の朝には下がり、数日のうちに動けるようになりましょう。それにしてもいまだ駒吉には慎重さが足りませぬ」

笠蔵は苦い顔をした。

「なんのなんの、あやつがかきまわしてくれましたのでな、相手に動きが出た。これも怪我の功名です」

総兵衛は苦笑いすると、

「旦那《だんな》様は駒吉に甘うございますぞ」

と苦情を述べた。うなずいた総兵衛は信之助に、

「〃影〃はどうしておる」

と昭直の動きを訊《き》いた。

「鈴木用人の訪問のあともまったく動く気配はございませぬ」

鳶沢一族の監視下にあった北割下水の隠れ屋敷に鈴木用人がいた時間はおよそ半刻（一時間）ほどだ。

「こちらから仕掛けますか」

信之助が訊いた。

「昭直どののことがよう分からぬ、今少し待て」

「そのことにございます。隠れ屋敷に張りついたおてつさんからつなぎが来ました」

とおきぬが言った。

「なんぞ探りだしたか」

「あの屋敷は七年ほど前に土浦藩の抱え屋敷として購入されたそうにございます。そのおり、荒れた屋敷に手を入れた大工の一人におてつさんが話を聞いて参りました。それによると、部屋数はおよそ十間ほど、さほど大きな屋敷ではございませぬが、頑丈な手入れで床や天井、壁も大規模に改造され、工夫がこらされているようにございます。ただ大工は一人だけではなく、何人もが交替で仕事をさせられ、その全貌《ぜんぼう》は屋敷の者にしか知れぬ用心がされたようにございます」

「おそらくは忍び屋敷のような罠《わな》が待ち受けているのであろうな」

おきぬがうなずいた。

「今一つ、二年前まで女中として隠れ屋敷に働いていたのえという者の話をおてつさんと二人して聞くことができました」

「昭直どののそばにいた者か」

「いえ、台所の者です。そば近くにはご寵愛《ちょうあい》の若衆数人がまわりを固めるようにお仕えして、主の暮らす奥には奉公人は近づけなかったそうにございます。ただ……」

「どうしたな」

「のえは一度だけ、風呂場《ふろば》の格子《こうし》越しに素顔を見たことがあるそうにございます。それによりますと昭直様のお顔は、疱瘡《ほうそう》の跡はなはだしく醜いものであった、いえ、空怖《そらおそろ》しいほどのものと、のえは身を慄《ふる》わせながら話してくれました」

総兵衛はこれまで会った〝影〟がつねに頭巾《ずきん》で面体を隠していたのは、素顔を知られたくないばかりか、疱瘡の跡を他人に見せたくないのが理由かと合点した。

「昭直どのの剣術の腕前はどうか」

「ひっそりと書物などを読んで時を過ごされておられる様子、剣術などの稽古《けいこ》をされることは皆無とか」

「かたわらに従う若衆はどうか」

「そちらも今一つ」

「分からぬか」

総兵衛の胸のうちのなにかが騒いだ。

（嫌な感じ……）

なのだ。

「土屋相模守様は、疱瘡の跡がひどいご嫡男《ちゃくなん》の世継ぎを諦《あきら》めた。だが、そのことを不憫《ふびん》に思われた政直様は、今一つの〝影〟の任務を任されたのであろう」

「となりますと〝影〟は相模守様とご嫡男昭直様お二人と考えるのでございますか」

笠蔵が訊いた。

「〝影〟は一人《いちにん》が代々受け継ぐものと家康様も考えておられたはずじゃ。それを当代の相模守様は嫡男に役目を分けた。そのときから〝影〟は〝影〟でなくなった、と考えるべきではないか」

総兵衛は改めて当代の〝影〟を否定した。

「処断なされますか」

信之助が訊く。

「〝影〟を殺せば、われら鳶沢一族の使命も終わる」

「野放しにしておくこともできますまい」

家康が後世の徳川家の安泰のために極秘に残したのは、危難を回避するための指令役の〝影〟とその命令を忠実に実行する隠れ旗本、鳶沢一族の戦闘力であった。〝影〟は二つの役が合わさって存在し、機能したのだ。

信之助は、〝影〟の半分を抹殺するかと問うていた。

総兵衛は躊躇《ちゅうちょ》していた。

筆頭老中土屋相模守政直は、貞享《じょうきょう》四年（一六八七）十月十三日に京都所司代から老中に栄進して、すでに十六年の長きにわたって幕閣にあった。それだけに綱吉の信頼が厚いということになる。

相模守の暗殺は〝影〟の抹殺と同時に当代の信任厚い、幕府の指導者を葬《ほうむ》りさることになるのだ。それが家康の遺志にそうものか、総兵衛は最後の決断に迫られていた。

「笠蔵、信之助、おきぬ」

と腹心の幹部たちの名を呼んだ総兵衛は、

「一日二日、決断の時をくれえ」

と頼んだ。

それは三人が初めて接する総兵衛の姿であった。


動いたのは〝影〟のほうであった。

翌朝、大黒屋の店の大戸に〝やはち〟の崩し文字で封書が差しこまれてあった。それを知った信之助は自ら地下の大広間で馬上刀を使って朝の日課に精を出す総兵衛に届けた。

「ほお、〝影〟から呼び出しがな」

総兵衛は初代鳶沢総兵衛成元の座像の前に座すと、封書を開いた。

〈鳶沢総兵衛、明未明、呼び出しを命ず〉

文面はただ一行だ。

総兵衛は信之助に指令書をまわした。

「罠にございます」

腹心の部下が言った。

「罠と分かってもそれに従うのがわれら鳶沢一族に課せられた使命じゃ」

「違いますぞ。それは〝影〟が家康様の申し付けを守られてこその約定にございます。破約した〝影〟に従う理由《いわれ》はございませぬ」

総兵衛の顔に微笑が浮かんだ。ゆっくりと顔を横に振り、

「われらは家康様との約定を守り抜く。それが〝影〟の違約へのわれらの返答じゃ」

「総兵衛様は死地に赴くと言われますか」

「死と生は表裏一体よ」

「信之助、供をいたします」

「ならぬ」

と一言で拒絶した。

「いつもこの私めが供をいたしておりましたぞ」

「明朝はならぬ。一人で参る」

「なにゆえにございますか」

「信之助、笠蔵ら番頭、作次郎、おきぬをここに呼べ。そのことわりを申しきかす」

総兵衛の声が凜然《りんぜん》と響いた。

四

子《ね》の時刻（午前零時頃）、総兵衛は駒吉が櫓《ろ》を握る猪牙舟《ちょきぶね》で入堀から大川に出ると、浜御殿沖の江戸湾を進み、新堀川を遡《さかのぼ》り、将監橋《しょうげんばし》先で船を捨てると駒吉の船を戻した。

この日、〝影〟と対面する総兵衛の格好は、白絹の小袖《こそで》に羽織袴《はかま》、鳶違《とびちが》え双《ふたつ》紋《もん》が鮮やかに染め抜かれていた。そして腰には家康からの拝領刀三池典太光世《みいけでんたみつよ》二尺三寸四分と初代成元から伝わる脇差吉房《わきざしよしふさ》をたばさんでいた。

総兵衛は大門の一つ南寄りの、袋谷の門を入り、学寮の間をゆったりと約束の地に赴いていった。

富沢町では主《あるじ》総兵衛の船を見送ってから急に慌《あわ》ただしくなった。

信之助の指揮のもと、鳶沢一族が海老茶《えびちゃ》の戦支度《いくさ》で地下の船着場に集った。

留守を守る大番頭の笠蔵が三隻《せき》の船に分乗して出陣する一族の者たちを睨《にら》みまわし、

「皆の者、よおく聞け！　われらが主《しゅ》鳶沢総兵衛勝頼様は、〝影〟様の呼び出しに応じられ、独り死地に赴かれた。総兵衛様は、昨夜、われら番頭方を集められ、もしもの場合は一番番頭の信之助を七代総兵衛にせよと宣告された。じゃが、おめおめと当代の総兵衛様を見殺しにしてなんの鳶沢一族の存続ぞ。主の命に背くは、この笠蔵が責めを負いまする。そなたらはなんとしても主どのを富沢町に連れ戻すのです。戦の指揮は信之助が執る。よいな、全員一致協力して果敢にことにあたれ」

「おうっ！」

闇《やみ》を衝《つ》いて三隻の船は、入堀に出た。

総兵衛は、三縁山増上寺の南側に位置する東照宮の拝殿にゆっくりと座した。

腰に吉房を残し、三池典太光世は膝《ひざ》の前におかれていた。

二間先には上段の間との境を示す御簾《みす》が垂れ下がり、うっすらとした明かりが上段の間の白木の壁にあたっていた。

総兵衛が座についたとき、あたりに人の気配はなかった。

半刻（一時間）後、総兵衛を囲むように迫りくる殺気を感じとっていた。その殺気が七、八間の円となって不動の陣を敷いた。

御簾のなかに〝影〟が入ってきた。

総兵衛は軽く低頭した。

せかせかした動作で座についた〝影〟に、

「呼び出しにより鳶沢総兵衛勝頼、参上いたしました」

と言いかけた。が、〝影〟は無言だ。

「なんぞ徳川様を揺るがす事件が出来《しゅったい》いたしましたかな」

「ぬけぬけとほざきおって」

「なんぞ〝影〟様はお怒りの様子にございますな」

「総兵衛、鳶沢一族は神君家康様との約定を反故《ほご》にいたし、〝影〟の命を無視したばかりか、大石一派を助けて、江戸府内に徒党を組みし輩《やから》を潜入させ、高家吉良上野介義央《こうけきらこうずけのすけよしなか》様の御首《みしるし》を討たせた一事、許しがたし。よって鳶沢一族の任を解いて成敗してくれん」

「さてさて申されることよ、土屋昭直どの」

名指しされた〝影〟が動揺した。それは予測されていたことであった。だが、正体を鳶沢一族が知っている一事はやはり恐怖であった。

「われらの違約を責められる前に昭直どの、そなたの違約はどうなされるな。〝影〟一人は家康様以来の不文律、何人《なんぴと》にも侵されざる決め事にございます。昭直どのは老中土屋相模守政直様の嫡男ではございますが、いまだ柳営においては任官にあらず。その者が父政直様の代役として〝影〟を務めるは、これこそ違約に過ぎたるものなし……」

大名家の嫡男は成年に達したとき、幕府より官名叙任を受けてようやく後継ぎとして認められる。現在の昭直は、公的にはなんら認められた存在ではない。となれば、幕府に襲いかかる危難を判断する地位になく、家康が考えた〝影〟の役目をはたす条件を整えているとは言いがたい。

「さらに土屋家では、綱吉様の御側用人《おそばようにん》柳沢保明様と組まれて、大石様らの殲《せん》滅《めつ》を計られたな。このこと、われらの探索で明白……」

「なにを証拠にそのようなことを申すか」

「道三河岸《どうさんがし》の主《ぬし》、柳沢保明様が病気見舞いの名目で土浦藩江戸屋敷を訪ねられ、しばしば会談なされしは、われらの調べで突きとめられておる。その結果、政直様は大石様一派の処遇を大きく方向転換なされた、いや、やらざるをえなかった。恥知らずにもこれまでの意見を放棄された。浅野長矩《あさのながのり》様処置が一方に偏《かたよ》りすぎたゆえに大石様らの討ち入りを招いたとして評定所の閣老直裁判《かくろうじきさいばん》において、武士の作法を以《も》って裁決をと強硬に主張なされた」

「父上は父上、余は余じゃ。〝影〟は鳶沢一族の上位にあるは明白なこと、それをないがしろにした鳶沢一族と頭領たる総兵衛の非こそ、この際、まずは問われる罪じゃ」

「ならばこの総兵衛の口を強引に封じなさるか」

「おお、封じようぞ」

〝影〟、いや土屋昭直の手が動いた。

「昭直、ここをどこと思うての所行か。神君家康様が祭られた東照宮じゃ。恥ずべきは土屋昭直」

「者ども、こやつを成敗せえ！」

天井から赤、黒、白、青、黄の五色の布が何十枚も垂れてきて、布の迷宮を作った。その向こうから短槍《たんそう》の穂先が突きだされ、半弓の弦音《つるおと》が重なって響いた。

総兵衛は膝の前においた三池典太光世を摑《つか》むと、御簾の内に転がりこんでいた。

〝影〟のかたわらに控えていた紫の衣装の小姓《こしょう》が総兵衛が転がりこんだのを見て、小太刀を抜くと迷いなく斬《き》りつけた。

舞うような動きに遅滞はなく、なかなかの腕前だ。

〝影〟の護衛、紫の小姓組は鍛えられた戦闘団と想像された。

総兵衛は寝転がったまま、三池典太の鞘《さや》で小太刀の攻撃を受け止めると、抜き打ちに下から小姓の両足をないだ。その刀風は小姓の考えを超えて凄《すさ》まじく、片方の足を斬り飛ばして転がした。

「ぎえっ！」

若衆髷《まげ》の小姓の口から絶叫が響いた。

「き、菊三郎《きくさぶろう》！」

寵愛《ちょうあい》の稚児《ちご》を一瞬のうちに倒された〝影〟が刀を抜いた。

ちぎれかけた御簾の向こうからふたたび弦音がした。

総兵衛の手の典太が白い光になって走り、短矢を二本三本と両断した。

「押し包んで殺せ！」

〝影〟が下知した。

ひらひらと五色の布を分けて紫の小姓たちが手に手に小太刀やら短槍やら小振りの薙刀《なぎなた》を振りかざして総兵衛に襲いかかってきた。

総兵衛はひらめき動く布柱に身を隠しつつ、紫色が剽悍《ひょうかん》に襲いくる群れのただなかに自らを入れた。

左手から薙刀が総兵衛の足をないだ。

総兵衛は刃風の外に飛び退《の》きつつ、五色の布の向こうに揺れる紫の影に向かって、典太を斜《はす》にまわし斬りにした。

五色の布に真っ赤な血が飛び散って、足下に一人の小姓が転がった。

「死ねえ！」

総兵衛は布の林を抜けつつ正面から飛びこんできた小姓の小太刀を受けた。

その瞬間、天井から垂れていた五色の布が落ちて視界が開けた。

やはり土屋昭直の周りを固めてきた稚児集団はなかなかの遣い手揃《ぞろ》い、鳶沢一族が探りだしえなかった事実だった。

総兵衛が若衆髷の小姓の刃《やいば》を突き放そうとすると、小姓は必死の形相で押しもどしてきた。

背に殺気を感じた総兵衛は、五色の布が散った床に転がった。

薙刀の刃がその総兵衛のかたわらに鋭く斬りつけてきた。さらに二本三本の槍《やり》が総兵衛の転がる前後の床を突いた。

総兵衛は迅速に転がりつつ、薙刀の千段巻きを斬り落とし、小太刀を振るって攻撃をしかけてきた小姓と刃を合わせ、突き放そうとした。が、相手は一歩も引かず総兵衛に食らいついてきた。

総兵衛は自ら下がった。勢いにのった小姓が総兵衛の眉間《みけん》に斬り落とそうと刃を離した瞬間、三池典太の豪刀が光になって小姓の肩口を斬り割った。

「きえっ！」

小姓がもんどりうって倒れた。

「引けえ！」

ふいに〝影〟の、昭直の声が響いた。

紫の攻撃の輪が拡散した。

すると〝影〟の立つ上段の間に短筒と半弓を構えた五、六人が片膝をついて並び、立ちあがろうとする総兵衛の胸に銃口と矢先を向けた。

「鳶沢総兵衛、そなたの命運もつきたわ」

総兵衛はゆっくりと銃口に体を向けて立った。

「最期《さいご》かどうか人の運命《さだめ》は分からぬものよ」

総兵衛がうそぶき、

「土屋昭直、おれの手にある三池典太光世の別名を知るまいな」

「悪あがきにほざくか」

「葵《あおい》の御紋が茎《なかご》に刻印された家康様からの拝領刀、葵典太だ。そなたの素っ首を、斬り落とすは鳶沢総兵衛勝頼にあらず、家康様と思え」

「者ども、撃て！」

昭直が飛道具の小姓組に命じたその瞬間、天井の一角から紙玉が数個、短筒と半弓の攻撃隊の足下に投げつけられた。

拝殿に白い煙が舞いあがったとき、総兵衛は横っ飛びに逃れた。

銃声と弦音が響き、総兵衛が立っていた場をむなしく射た。

くしゃみと咳《せき》が白煙のなかに重なった。

天井から垂れた縄を伝ってするすると数人の海老茶の影がすべり下りてきた。

口を海老茶の手拭《てぬぐ》いで覆《おお》った一団は、狙《ねら》いをつけた小姓一人ひとりに頭上から襲いかかった。

悲鳴と絶叫が交錯した。

煙が薄れていったとき、信之助を頭分とする鳶沢一族のつわものたちが飛道具の一団を制圧して、足下に転がしていた。さらに大薙刀を手にした作次郎が拝殿に駆けこんで、生き残った小姓組に襲いかかっていた。

総兵衛は、自分の命に背いて援軍に赴いてきた一族の者たちに感謝しつつ、上段の間で呆然《ぼうぜん》と立つ〝影〟、土屋昭直に向き直った。

「昭直、人の運命《さだめ》は最期の瞬間《とき》まで分からぬと申したはずじゃ。そなたはもはや〝影〟でもなく、老中の嫡男《ちゃくなん》にもあらず。ただの愚か者よ」

「なにをいうか、見よ、この書き付けを、家康様のご直筆じゃぞ」

懐《ふところ》から家康の書き付けを出した昭直が震える手で総兵衛に向けて差しだした。

「それもこれも使う者の心掛けしだい……」

総兵衛が歩を昭直の前へ進め、三池典太光世を一閃《いっせん》させた。

書き付けを摑んで差しだした右手が両断されて虚空《こくう》に飛び、さらに典太が弧を描いて、首筋を襲った。なにか言いかけた昭直の頭部がごろごろと拝殿の床に転がった。

それはまさに鳶沢一族に与えられてきた使命を自ら放棄した瞬間であった。

三縁山増上寺東照宮拝殿の殺戮《さつりく》の場から土屋昭直や護衛の小姓組の死骸《しがい》を鳶沢一族の一派が運びだし、三隻の船に分乗させると本所北割下水の土浦藩の隠れ屋敷に運んで放置した。さらに戦いの場に残った一族の者たちは、手早く片付けて、朝がくる前に消え去った。

その夜明けを、大黒屋総兵衛は独り、深川の仙台堀の浄心寺の千鶴の墓前で迎えた。

香華《こうげ》を手向け、両手を合わせて瞑目《めいもく》した総兵衛は、胸のうちで敵討《かたきう》ちがいまだ道半ばであることを詫《わ》びた。

（千鶴、残るは土屋相模守政直と伊達村兼光の二人じゃ。かならずや討ち果たしてくれん）

そう約束した総兵衛は墓前から立ちあがった。

江戸の町は目を覚まそうとしていた。

無腰ながら白絹の紋服では人目につく。そう考えながら仙台堀に出ると、

「旦那様《だんなさま》」

と水上から声をかけた者がいた。

初めて戦《いくさ》に加わった清吉が手代姿に戻って猪牙舟《ちょきぶね》の櫓《ろ》を操りながら、ほほ笑んでいた。

「よう気がついたな」

「一番番頭様のご命令にございます」

「信之助の手配りか」

総兵衛は堀の石垣につけられた階段を下りると猪牙の船上に飛んだ。

猪牙舟が朝靄《あさもや》をついて海辺橋の下を潜《くぐ》り、大川に向かった。

「総兵衛様、富沢町に戻られたら驚かれますぞ」

清吉の顔が笑っていた。

「なんぞ趣向でもあるか」

「大番頭さんが頭を丸められてございますよ」

「笠蔵は仏門でも志されたか」

「いえ、総兵衛様の命令に背いて一族を動かした責めをおわれる覚悟でございます」

「なんとまあ」

総兵衛も思いがけないことに絶句した。

「清吉、大番頭さんの判断がなければ、今ごろは総兵衛の亡骸《むくろ》が一つ増上寺境内に転がっていたわ。笠蔵らに感謝こそすれ、なんで怒ろうぞ」

「そうでございますよねえ。私も大番頭さんは早とちりと思うておりました。丸坊主《ぼうず》の大番頭さんはまるでへしゃげた薬缶頭《やかんあたま》のようでございます」

「笠蔵に風邪をぶり返させては申しわけないな。宗匠頭巾《ずきん》でも探そうか」

総兵衛は心からそう思いながら、大川へと出ていった。


夕刻、北割下水に慌《あわ》ただしく土屋相模守政直の用人鈴木主税が入り、半刻《とき》（一時間）も過ぎた頃、昭直の亡骸《なきがら》と思える包みを船に乗せて去っていった。

富沢町の大黒屋の地下広間では坊主頭がなんとも似合わない笠蔵以下番頭らが集められ、総兵衛が、

「そなたらに命を助けられた、礼を言う」

と一族の者たちに頭を下げるとともに新たな目標を命じた。

「老中の土屋様はしばらくおいておけ。われらは牛込御門の伊達村道場に狙いを定める」

風神の又三郎を頭分とする見張りの陣容が指名され、ただちに道場へと走った。

が、見張り組が富沢町を出て一刻後、清吉が走り戻ってきた。

笠蔵、信之助、おきぬが総兵衛の前に顔を揃え、清吉の報告を待った。

「道場がざわついておりますゆえ、番頭さんの命で忍びこみました。すると道場主の伊達村兼光は寵愛の稚児一人を連れてどこぞに行方を消した様子。番頭さんらは予定どおりに明朝まで見張りにつきましたが、まずは私が報告に戻りましてございます」

「他出した様子とは違うのですな」

坊主頭の笠蔵が問う。

清吉は顔を横に振ると、

「伊達村の部屋の散らかりかたからも、だれぞの知らせに慌てて姿を消した模様にございます。住み込みの門弟たちも不審がっております」

と答えた。

「伊達村が逐電したかどうかは、一両日の道場を見ておれば判明しよう。急を告げたのは老中の土屋様。となると土浦藩の上屋敷に潜伏したか、江戸を離れたか、二つに一つ……」

土浦藩の上屋敷に鳶沢一族をいれるかどうか、信之助が問うた。

「この数日の動きを見てからでも遅くはあるまい。土浦藩の江戸屋敷はこれまでどおりに外から見張れ」

「どうしたもので」

それが総兵衛の答えだった。

牛込御門近くの若宮町に馬庭念流の江戸道場を開いていた伊達村兼光は忽然《こつぜん》と姿を消したまま、道場を混乱に陥《おとしい》れた。数日の間は道場の幹部たちがなんとかごまかしつつ稽古《けいこ》を続けてきたが、いつまでも隠しおおせるものではない。主《あるじ》の伊達村が行方を絶ったことが知れると、道場運営に不安をいだく門弟たちが幹部連に、今後の方針を問いただす騒ぎになった。そこで門弟たちの集まりが催され、師匠の伊達村が戻るまで、今までどおりに運営していくことが申し合わされた。だが、翌日の稽古には、いつもより少ない人数しか集まらなかった。

そんな日、総兵衛は大目付本庄伊豆守勝寛の用人川崎孫兵衛の訪問を受けた。

「おお、川崎様、その後、お変わりはございませぬか」

「大黒屋、その節は世話になったな」

孫兵衛は総兵衛の前に座ると何度も礼を述べた。

「絵津様のご機嫌はいかがですか」

同席したおきぬが茶を用意しながら訊《き》いた。

「近ごろでは一段と明るく振る舞われるようになられた。それもこれもおきぬ、そなたのおかげじゃ」

また孫兵衛は白髪頭を下げた。そして小者に持たせてきた布包みを解くと、

「主の勝寛様と菊様の気持ちでな」

と木の箱に入ったものを差しだした。

「なんでございましょうな」

「おきぬ、あけてみよ」

総兵衛の命におきぬが蓋《ふた》をとると紅白の餅《もち》が詰められていた。

「おお、これはおいしそうにございますな」

総兵衛がようやく合点してうなずいた。

「家宝の二品、綱吉様にお目にかけられましたか」

「昨日、城中で綱吉様や幕閣の重役方が同席されておられるところで披露されたのじゃ。上様からは、『伊豆、よき二品を持参してくれたな。家康様、秀忠様のご遺香に接し、綱吉、これに勝る感激はないわ』と何度も重役方の前で褒めそやされ、綱吉様から脇差《わきざし》を拝領して、お城を下がってこられた。そこでな、内祝いに餅をついたのじゃが、まずは大黒屋に届けよと殿と奥方様からの指図でな」

「ありがたく頂戴《ちょうだい》いたします。ともあれ、ようございましたな。これで本庄様も綱吉様のお覚えめでたくご出世もございましょう」

「総兵衛どの、それもこれもそなたのおかげじゃ」

孫兵衛は思わずこぼれた涙を手で拭《ぬぐ》った。

「あとは本庄家に跡取りが、絵津様の婿《むこ》どのが決まれば、川崎孫兵衛、死んでもよい。本望にござる」

「なにを申されますか」

座敷は涙と笑いに包まれた。

「おお、うっかり忘れるところであったわ」

孫兵衛が顔の表情を引き締めた。

「殿からそなたに伝言じゃ」

「ほお、その伝言とは」

「ちかぢか上様は側用人《そばようにん》柳沢保明様の御別邸、六義園《りくぎえん》をご訪問なさるそうな」

家臣である柳沢保明の屋敷を綱吉が訪ねるのはすでに何十度にもおよび、異例が異例ではなくなっていた。

「このたびのご訪問には筆頭老中土屋相模守政直様をともないなされ、病がちな老中を慰労なさるご予定とか」

総兵衛の目がぎらりと光った。

「老中の供は上様のご指示にございますか」

「いや、柳沢様が土屋様をぜひにと綱吉様に願われたそうな。このことをな、大黒屋、そなたに告げよと殿が申された」

「川崎様、ありがたき話、総兵衛が感謝申しあげていたとお伝えください」

孫兵衛はしばらく談笑すると屋敷へ戻っていった。

おきぬが孫兵衛を店先まで送って総兵衛のもとに戻ってくると、主は愛用の銀煙管《ぎんぎせる》を吸いつけ、沈思していた。

「土屋相模め、上様と側用人の羽根の下に隠れこもうとしておるわ」

鳶沢一族との戦いが不利な情勢と見た土屋相模守政直は権力者の庇護《ひご》を狙《ねら》い、柳沢保明との連携を強めようとしていた。

（さてどうしたものか……）

総兵衛の沈黙はいつまでも続いた。

第六章　蘇《そ》生《せい》

一

五月五日は端午の節句、江戸の空に威勢よく鯉幟《こいのぼ》りが泳ぎ、菖蒲《しょうぶ》太刀が軒先に飾られた。

江戸ではこの日を境に袷《あわせ》から帷子《かたびら》に変わる。帷子とは袷の片ひらの意で単衣《ひとえ》のことだ。

この五月五日前は富沢町もいつにもまして賑《にぎ》わいをみせる。だが、五月五日に単衣を求めるなど野暮はしないのが江戸っ子の意地、いつもなら大黒屋の店先ものんびりしているはずであった。が、今日ばかりはいささか事情が違った。

大番頭の笠蔵以下、揃《そろ》いの真新しい法被《はっぴ》姿で立ち働いていた。

大黒屋の蔵から絹、麻と反物、織物が運びだされ、入堀の河岸《かし》に舫《もや》われた荷船につぎつぎに積みこまれた。荷運び頭の作次郎が誇らしげに指揮する舳先《へさき》には威勢よく鯉幟りが泳ぎ、菖蒲飾りが飾られていた。

「おい、三五郎《さんごろう》、みたかえ。さすがに大黒屋だねえ、古着ばかりか新ものがあふれんばかりに蔵に転がっているぜ」

「熊八《くまはち》、驚くのは早いぜ。なんとこの荷が駿河町《するがちょう》の三井越後屋に卸されるというじゃねえか。新もの屋から古着屋に荷が流れるのが普通だぜ。それが富沢町から現金買い、掛け値なしの越後屋が直買《じかが》いしようというんだから、下から上に川の水が流れるみてえなもんだぜ」

見物の職人が大声を上げた。

三井八郎右衛門高富《たかとみ》と大黒屋総兵衛の会談により、江戸の衣料業界で革命がおこなわれようとしていた。江戸の衣料に大きな影響力を持つ呉服屋と古着屋が手を結ぼうとしているのだ。呉服屋は新ものだけ、古着屋は古着だけの商い棲《す》み分けがこの元禄《げんろく》末期に壊れようとしていた。

大黒屋総兵衛が店先に紋服姿で現われた。

「大黒屋はよ、ここんとこよ、惣代《そうだい》は幕府に召しあげられる、許嫁《いいなずけ》の千鶴さんは何者かに殺されるで、不運が重なったからな。験直《げんなお》しに派手な三井越後屋乗り込みを考えなすったかねえ」

「いやさ、この話、三井から願ってのことだとよ。おれは三井の上客だからねえ、番頭が耳うちして教えてくれたのさ」

「おきやがれ、現金買いの三井の軒下だって潜《くぐ》ったことがねえおまえだぜ」

「熊、おめえの格好はえらくぼってりしてるね、まだ薄汚れた袷かえ」

「おうおう、おりゃ風邪引いてわざと袷を着ているんだよ」

総兵衛が河岸の階段を下りた。

奉公人が全員揃いの法被姿で並んだ。

十隻《せき》の船に満載された荷は大黒屋が日本じゅうから集めてきた加賀《かが》友禅《ゆうぜん》、越《えち》後上布《ごじょうふ》、結城紬《ゆうきつむぎ》、丹後《たんご》縮緬《ちりめん》をはじめとする上ものばかりだ。

「作次郎、無事にな、駿河町まで届けておくれ」

「へえっ」

作次郎が船の艫《とも》にかがんで受けた。

その足下には三井越後屋への祝いの品が積まれてある。

「皆の衆、富沢町が新しい商いに船出する日にございます。お手を拝借して祝うていただきとうございます」

「任せておきねえ、大黒屋さんよ」

町内の大工の棟梁《とうりょう》、鳶《とび》の頭領が応じると、

「三本締めでお願い申します、ようっ！」

と威勢のいい声が河岸に響き、乾いた音が重なった。

作次郎の命で船は河岸を離れて入堀から日本橋の河岸へと向かって出発した。

それを合図に河岸にいた見物の衆に紅白の餅《もち》が鳶の者の手で撒《ま》かれ、見物の男女は、競って拾った。その騒ぎが一段落すると、ふたたび総兵衛の声がした。

「富沢町、大黒屋ともども長年のお引立て、まことにありがとう存じます。そこで本日は日頃のご愛顧に応《こた》えまして、女衆には夏の晴れ着やら仕事着やら大黒屋の裏手の広場にて半値以下のものをたくさんに揃えて用意してございます。男衆には広場の入り口に樽《たる》酒を開けてございますれば、どうか心ゆくまで飲んでいってくださいまし」

河岸にいた女も男もわあっと歓声を上げて、大黒屋の西南の裏手にある二百五十余坪の空き地になだれこんでいった。

ここは祝日、祭日などの紋日《もんび》に青空の露天市が開かれ、江戸じゅうから客が押しかける場所だ。今日は大黒屋が音頭をとって近くの小売り店と協力して、安売り市を催したのだ。

古着商が多く集まる富沢町の周辺にはかつて吉原遊廓《ゆうかく》があり、中村座、市村座が芝居櫓《やぐら》を競い合う芝居町につながり、さらにはお目見え以下の御家人たちが住む一帯が入堀向こうに広がっていた。

消費文化が頂点をきわめた元禄時代にあっても、庶民や御家人たちは三井越後屋から現金買いするほど懐《ふところ》は豊かではない。町方のかみさんも御家人の内儀も古着を買って洗い張りして仕立て直す、それが江戸の衣料事情であったのだ。

それだけに日頃の半値以下の安売りを見落とすはずもない。

ただ酒に酔って、押しかける老若男女《ろうにゃくなんにょ》を大黒屋の奉公人たちが手際《てぎわ》よくさばいていった。

「おうおう、総兵衛の旦那《だんな》よ、千鶴坊が亡《な》くなったからって気落とすんじゃねえぜ。おれがよ、どこぞからいい嫁さんをめっけてくるからよ」

とからみだす左官の兄いもいた。

「頼みますぞ」

総兵衛は丁寧に頭を下げてまわり、天道干《てんとうぼ》しに協力してくれた小商いの商人たちに挨拶《あいさつ》してまわった。

「旦那、おめでとうございます」

と人込みから声がかかった。

担《かつ》ぎ商いの六平が露店に品物を並べて押し寄せる客たちに応対していた。

「おお、六平さん。なんぞ、不都合はありませぬか」

「担ぎ商いがこうして店を開かせてもらったんだ。なんの不都合がありますかえ」

と笑った六平は、

「瓢箪《ひょうたん》から駒《こま》ってのはこのことだねえ、旦那に三井越後屋が富沢町からの直買いをなんて話をしたばかりだ。いや、待てよ、私がくっ喋《ちゃべ》ったときにはすでに旦那方は、新しい商いの話を決めていたんだねえ。おれもなんて馬鹿《ばか》な話を大黒屋の旦那にしたものか。釈迦《しゃか》に説法ってのはこのことだぜ」

「いやいや、六平さんには感謝しておりますよ。いいですか、なんぞ困ったことがあったら、総兵衛を名指しで訪ねてくださいよ」

「坊主頭《ぼうず》の大番頭さんらによくしてもらってまさあ、これで私も日の目が見られますよ」

はてるともなく客が詰めかける露天市から店に戻った総兵衛を、三井越後屋の番頭清右衛門が小僧に大鯛《おおだい》と角樽を持たせて待っていた。

「大黒屋様、駿河町に無事に荷が運ばれてきてございます。これは主《あるじ》の八郎右衛門高富からのほんの気持ちにございます」

「清右衛門さん、これを機によろしくな」

「こちらこそ昵懇《じっこん》にお付き合いのほどを願います」

清右衛門は富沢町の賑わいに驚きを隠せぬ様子で駿河町へと戻っていった。

この日の昼下がり、大黒屋には本庄伊豆守《いずのかみ》勝寛の奥方の菊、富沢町の惣代江川屋彦左衛門の内儀の崇子《たかこ》、歌舞伎《かぶき》の親分らが詰めかけて、いつまでも賑やかな笑い声が続いた。

　ようやく騒ぎが静まったのは暮れ六つ（午後六時頃）過ぎのことだ。

　奉公人一同には祝いの膳《ぜん》と酒が用意され、大黒屋の新たな出発を祝った。

　五つ半（午後九時頃）過ぎに四番番頭の磯松と手代の清吉が総兵衛の座敷に呼ばれた。同席したのは、大番頭の笠蔵、一番番頭の信之助、二番番頭の国次、三番番頭の又三郎、それに荷運び頭の作次郎とおきぬ、大黒屋の幹部たちだ。

「今年はいつもより上方上りの船の出立が遅くなりました。仕入れの頭分は磯松が務めることになります。補佐役は清吉、そなたじゃ、頼みましたぞ」

　磯松は京、大坂の取引先ともつながりが深く、衣類の目利《めき》きでは大黒屋でも一、二を争う達者だ。これまで二番番頭の国次が総責任者を務めてきて、磯松は補佐役での上方行きであった。それが今回は頭分に昇格、清吉も抜擢《ばってき》といえた。

　二人が緊張の面持ちで総兵衛の命に服した。

「新ものの江戸卸しを睨《にら》んで目配りをしてくだされ。京、大坂の買い付けが順調のようなら、上方から別便を仕立てて江戸に送らせるのです。そこで今回は特別に作次郎に明神丸に同乗してもらいます」

作次郎には日本各地で仕入れた荷の運送を円滑にする課題が命じられていた。

磯松と清吉らは上方から関門の瀬を通って博多《はかた》、長崎、さらに琉球にまで遠出することになっていた。新たな仕入れ先を開拓するためだ。

「今回の仕入れ具合次第では、新たな千石船を造って、二隻態勢での仕入れと販売を考えることになる。その試金石です」

「かしこまってございます」

作次郎が応じた。

「今回、鳶沢村から来た豊太郎、善三郎、助茂らをはじめ五人の新参者が船に乗り組みます。磯松、清吉、面倒を頼みますぞ」

笠蔵が念を押した。

「承知いたしましてございます」

磯松の返答で長い大黒屋の一日が終わった。

翌朝七つ半（午前五時頃）、明神丸は木綿帆に江戸湾の風を存分に孕《はら》ませて上方から九州、琉球への仕入れ旅に出立していった。

傷の癒えた駒吉の漕《こ》ぐ猪牙舟《ちょきぶね》の船上から見送ったのは総兵衛と笠蔵の三人だ。

「旦那様、清吉はなかなかの奉公人でしたな」

「先代の江川屋も人を見る目がなかったな」

大黒屋から富沢町の惣代の地位を柳沢保明の後押しでごり押しして手に入れようとした先代の江川屋彦左衛門は自滅するように死んでいった。そして、奇策を用いて江川屋を継いだ当代の彦左衛門も襲名当初こそ威勢がよかったが、まだまだ気配り目配りが足りず、商い仲間の評判はけっしてよいとはいえなかった。このところ江川屋の商いに生彩がない。

「崇子様もなんとなく元気がございませんでしたな」

「笠蔵もそう見たか」

昨日、祝いにきた江川屋の内儀の崇子の暗い顔を総兵衛も気にかけていた。

「旦那様、今度の一件は惣代を務める江川屋さんにとって打撃でございましょうな。なにしろ富沢町が百年の習わしを破って三井越後屋さんと手を結んだのでございますからな。惣代とは名ばかり、江川屋の暖簾《のれん》さえ危ないなどと噂《うわさ》が飛んでおります」

「なに、そんな噂がなあ」

総兵衛は崇子と佐総《すけふさ》のためにもなんとか江川屋が頑張ってほしいものだと考えていた。

「旦那様、船を店に戻してようございますか」

駒吉が聞いた。

「思案橋に着けてくれ、千鶴の位牌《いはい》に線香を上げたい。うめの顔も見たいでな」

千鶴の死後、うめは体調を崩して伏せっていることが多いという。

総兵衛は一日に一度はおきぬに様子を見に行かせていた。

「私もお線香を上げとうございます、供をさせてくだされ」

笠蔵も言い、猪牙舟は日本橋川を遡《さかのぼ》っていった。

仏壇の位牌に線香を手向けた総兵衛と笠蔵は、千鶴と無言の会話を交わした。

そして、主従はうめの部屋を訪ねた。

「どうじゃ、うめ」

うめは青い顔をして寝ていた。

「これは総兵衛様に大番頭さん」

うめが布団《ふとん》の上に起きあがろうとした。

「遠慮せずに寝ておれ」

「うめさん、そのままそのまま」

二人が言ったが、うめは女中の手を借りて起きあがった。

「どこが悪いわけではありません。ただなにをする気も起こりませせぬ」

うめが嘆いて泣いた。

一人娘の千鶴を惨殺《ざんさつ》され、独りだけ残されたのだ。

「気力を奮い立たせるには今しばらく時間がかかろう。うめ、この際じゃ、箱根の湯治なと行ってみぬか。箱根の湯のことなら、ここにおられる笠蔵さんがようご存じでな」

と総兵衛はうめの気を明るくしようと笠蔵、信之助、おきぬの三人が企てた

総兵衛と千鶴の結婚話を披露した。するとうめが、

「笠蔵さんたちがそんなことを」

とまた泣きだした。

「これは悪いことを言ったか」

と困惑する総兵衛に女中が、

「いえ、女将《おかみ》さんはなににつけても千鶴様を思い出されてこんなふうでございます。私たちもしばらく江戸を離れるのがよいと勧めておるのでございますよ」

とその場をつくろった。

「これは総兵衛様」

総兵衛の訪問を仕事から戻ってきた老船頭の勝五郎が知って、敷居の向こうに顔を出した。

「おお、勝五郎か。商いのほうはどうじゃな」

「へえっ、得意は馴染《なじ》みが大半です。なにがあろうと皆さんが声をかけてくれます。ですがねえ、女将さんが元気がねえんじゃあ、暖簾も曇りまさあ」

永年の幾とせ勤めの船頭だ。うめの幼いころから知っている勝五郎には遠慮がない。

「今もねえ、箱根の湯治を総兵衛様がお勧めになっていたところですよ」

女中の言葉に、

「品川より向こうに行ったのは、池上の本門寺のお参りをしたくらいです。箱根の山に一人で行くくらいならわたしゃ、思案橋にいますよ」

「一人でいくのがいやか」

総兵衛はふと思いついた。

「うめ、私が供をしようか」

「えっ、総兵衛様がですか」

うめがびっくりして総兵衛を見た。

「千鶴を失ってつらいのは、私も一緒。同病相憐《あわ》れむのも薬かもしれぬ」

「ほんとうにございますか」

「ああ。ただな、すぐには動けぬ。一つふたつ、なんとしてもすませておきたい用事がある。それを終えたら、なかよく湯治に行こうか」

「ほんとうにございますな、約束にございますよ」

「おお、箱根の湯に気鬱《きうつ》をすっかり忘れて来ような。そのときは、勝五郎、そなたも供をしてくだされ」

「えっ、わっしも連れていっていただけるので。こちとら船頭だ、陸《おか》に上がった河童《かっぱ》ですぜ。役にたてるかどうか」

「なあに命の洗濯じゃ、三人連れだって行こうぞ」

しばらくうめの枕元《まくらもと》で談笑した主従は、勝五郎に見送られて駒吉の待つ河岸《かし》に出た。

「旦那、わっしもさ、富沢町に相談に行こうかと頭をひねっていたところだ」

「幾とせの行く末ですな」

「へえ、そのことですよ。女将さんが元気ならまだいいが、あの様子じゃねえ」

「勝五郎、そのことは箱根の湯に浸《つ》かりながらじっくり相談しようではないか」

「今の話はほんとのことなんで」

「大黒屋総兵衛、まだ嘘《うそ》と坊主の頭は結ったことがない」

総兵衛は白髪が生えてきた笠蔵の頭に目をやった。

「ならば勝五郎、その気でお供しますぜ」

「楽しみに待っていなされ。そう長くはかからぬ」

総兵衛と笠蔵が猪牙舟に乗り、勝五郎が舳先《へさき》を手で押して、駒吉が流れに乗せた。

「旦那《だんな》様、箱根行きの前にすまさねばならぬ要件とは、土屋老中との一事にございますか」

「そのことよ。嫡男《ちゃくなん》の昭直を始末したとはいえ、〝影〟の頭を潰《つぶ》したとはいえぬ」

笠蔵は総兵衛の口調に、

(旦那様は決断なされたな)

と覚悟を新たにした。

「このところ、土屋老中は城中への出仕も滅多になく、上屋敷に引っこまれておられます」

「城近くの上屋敷に忍びこむのも恐れ多い」

「どうしたもので」

総兵衛の脳裏に一人の人物が浮かんでいた。

(このたびだけはお縋《すが》りするか)

と腹を固めた。

その夜、総兵衛はおきぬをともない、四軒町の屋敷に本庄伊豆守勝寛を訪ねた。

おきぬの訪問を知った絵津と宇伊がたちまちおきぬの手を引いて自分たちの部屋へと連れ去っていった。

「絵津が明るくなったはいいが、これでは礼儀作法も心得ぬ幼子ではないか。菊、なんとかならぬか」

茶を自ら運んできた菊に勝寛が文句をつけた。

「それほどおきぬが二人に慕われておるのでございますよ。先日もなんで母上ばかりが富沢町に訪ねられたと二人に叱《しか》られました」

菊が笑った。

「勝寛様、奥方様、その先日のお礼が遅れましたな。お祝いの品を頂き、総兵衛、感激一入《ひとしお》にございました」

総兵衛は頭を下げた。

「総兵衛、そなたらは驚天動地のことを考えおったな。駿河町の三井越後屋と富沢町の大黒屋が提携するなど夢想もしなかったことじゃ。それをそなたと三井八郎右衛門はあっさりとやってのけてしもうた。そのうえ、初めての品卸しに芝居町への役者乗り込みとまがうばかりの派手なことをしてのけて、江戸じゅうの評判をさらったな。奥も帰ってきて、にぎにぎしく船が出ていくさまを語ってくれたわ。絵津や宇伊だけでなく勝寛も見たかったわ」

三井越後屋と大黒屋の仕入れ、売払いの提携は江戸じゅうの商人の耳目を引き、騒然とした騒ぎを呈《てい》していた。

「そなたがやったことは城中でも噂にのぼってな、旧習を打ち壊す新しい商いと評価される方々もおられる一方で、大向こう狙《ねら》いの荒技、長くは続くまいと苦々しく見ている年寄方もおられる。ともあれ、総兵衛と八郎右衛門が新しい地平を開いたことだけはたしかじゃ」

勝寛は興奮を隠し切れぬ様子で話した。

菊が男だけをその場に残して下がった。

「総兵衛、そなたの訪問はこの一件に関わりがあるのか」

「あるといえばある、ないといえばないようなことにございます」

「それはまたとりとめもつかんな。よかろう、勝寛があてて見せようか」

「ほう、勝寛様が私の要件をあてなさるか」

「さきほども申したがそなたらの試み、城中ではおおむね好意的に歓迎されておる。なにしろ新ものの呉服と古着問屋の交流で仕入れが下がれば、小売り値にはね返ってくることだからな。じゃがな、総兵衛、なかには快く思われぬ方もある」

「たとえばどなたにございますか」

「道三河岸《どうさんがし》の主などは苦虫を噛《か》みつぶしておるそうじゃ。また綱吉様も決してよくは思われてはいないご様子、この辺が柳沢様の最後の頼みかとな、思う。総兵衛、万々油断をするでないぞ」

総兵衛は綱吉の反応を知っただけでも本庄邸訪問の甲斐《かい》があったと思った。

「さてもう一人《いちにん》、そなたらのことをよからぬと思うておられるお方がある。筆頭老中土屋相模守《さがみのかみ》政直様じゃ」

「ほう、土屋様が反対にございますか」

「直接聞いたわけではない。他人の口から漏れ聞いただけじゃ」

大目付は老中を含む大名諸家を監督する立場にある。それだけに情報は適確と言えた。

「土屋様は近ごろ嫡男を亡くされたとか、病がちのおりにふさぎの虫にも取りつかれたようじゃ」

さすがに本庄は以心伝心で総兵衛の訪問の意図を察していた。

「上様も心配なされてな、相模どのに下屋敷での静養を許されたほどじゃ。小名木川《おなぎがわ》の屋敷での静養は、明後日から十日ほどになろうかのう」

勝寛はそういうと茶碗《ちゃわん》に手を伸ばして茶を喫した。

二

筆頭老中土屋相模守政直の下屋敷静養は極秘のうちにおこなわれた。

国事に携わる老中の御城上がりの行列は早足が慣行だ。緊急のときにも悟られぬように普段から早足出仕を習わしとしたほど老中の行動は注目された。老中職に就いて十六年の土屋相模守政直の下屋敷行きも当然機密事項に属する。

この日、老中は四つ上がり八つ下がり、に従い土屋相模守政直の行列は恒例通り、四つ（午前十時頃）に出仕、八つ（午後二時頃）に一橋門を下城した。それから半刻《とき》（一時間）後、大手門から数十人の護衛に守られた乗り物が出て、辰《たつ》ノ口《くち》から屋根船に乗り代えて道三堀を出ると日本橋川、大川を経由して小名木川に入った。

風神の又三郎を頭とする鳶沢一族の見張りたちは小名木川から引きこまれた水路に浸かるなどして土浦藩の下屋敷に到着した屋根船の一行を屋敷の内外か

ら確かめた。

下屋敷には小名木川に直結した広大な池があって、それが土浦藩の自慢でもあった。

綾縄《あやなわ》小僧の駒吉は、その池の植え込みに体を潜めて、屋敷内に設けられた船着場に出迎える人々の様子を見ていた。

船着場がぴーんとした緊張に変わった。

間違いなく老中の相模守が静養のために到着した姿であった。だが、確証はない。

（老中のおそばに近づいて怪しまれるではない）

という又三郎の注意が頭を横切ったが、

（確かめたい）

という欲望に駆られた駒吉は薄闇《うすやみ》に紛れて池の水に身を沈めた。懐《ふところ》に忍ばせた葦《あし》の筒を口に銜《くわ》えると静かに船着場に接近していった。

船着場から四、五間の水中にとどまると、

「殿、ようこそお越しになられました」

と出迎えの用人の声がして家臣たちや奥女中たちの腰を屈《かが》めた姿が見えた。

「上様のお許しを得てしばらく滞在いたす。このことはかまえて外に漏らすでないぞ」

相模守政直が護衛の侍たちに守られて屋敷内へと消えた。

その場に残ったのは屋根船の水夫《かこ》たちだ。木綿地の縞《しま》の半纏《はんてん》の背にむの字が見える。御船手方向井将監《むかいしょうげん》の配下の者であることが知れた。

「今晩、こちらに泊まれとはどういうことだ」

「ご老中の屋敷滞在が極秘ということだ。土浦藩の待遇がどうか確かめようではないか」

水夫同心の交わす言葉を聞いた駒吉は水中を移動してその場を離れた。

小名木川の大川寄りにかかる高橋《たかばし》の下に大黒屋の船が止まって、風神の又三郎らがじりじりしながら駒吉の帰りを待っていた。

「番頭さん、駒吉になにかなければよいですがな」

船頭役の秀三が心配したとき、ふいに船が揺れた。

船べりに手がかかると、

「遅くなりました」

と水中から駒吉が顔を出した。

「駒吉め、威《おど》かしやがって」

秀三が竿《さお》を石垣について船を出した。すでに小名木川あたりは闇に包まれていた。

船の明かりも船上をわずかに照らすばかりだ。

駒吉が秀三の足下に這《は》いあがってきた。

「河童の真似《まね》か、駒吉」

又三郎は叱声《しっせい》で訊《き》いた。

「いえ、そんなんじゃありませんよ、番頭さん」

駒吉は船着場のそばに水中から忍び寄って見た光景を告げた。

「おまえは」

又三郎はいつの日か、駒吉の勝手な行動が鳶沢一族に危難をもたらすのではないかと危惧《きぐ》しながらも、

「ようやった」

と褒めていた。

又三郎からの報告を受けた総兵衛は、

「駒吉めが……。そのうちにまた手酷《てひど》い怪我《けが》をしなければよいが」

と又三郎と同じ考えを漏らした。

「又三郎、ようやってくれた。ここからは鳶沢総兵衛勝頼の出番じゃ」

と自ら乗り出すことを宣言した。

翌朝、総兵衛は大店《おおだな》の若隠居ふうの出《い》で立《た》ちで釣船に仕立てた猪牙《ちょき》に乗った。

船頭は供をかねた手代の駒吉だけという身軽さだ。

まだ朝靄《あさもや》の立つ小名木川を江戸川へとゆっくり向かった。

亀戸《かめいど》村あたりの百姓衆が江戸へ野菜を売りに行く船に出会った。瑞々《みずみず》しい青菜などを満載した小舟の女たちは一様に手拭《てぬぐ》いを顔に巻き、菅笠《すげがさ》をかぶって、やがて上ってくる初夏の日差しを避けようとしていた。

「総兵衛様、あれが土浦藩下屋敷の塀にございます」

駒吉が小声で教えた。小名木川に面して石垣が築かれ、その上に築地塀《ついじべい》が巡らされていた。

川と屋敷のなかの池は幅十間（約一八メートル）ほどの水門で結ばれていた。

「川底まで厚板の両開きの扉が差しこまれておりますが、造られてだいぶ経《た》つとみえ、水中では人ひとり出入りができます」

「かなり広い屋敷じゃが、そのほかに隙《すき》はあるか」

土浦藩下屋敷は、南を小名木川、東を和泉岸和田藩、西を空屋敷、北の一部を肥後熊本新田藩の各屋敷に囲まれ、北の一部は深川富川町に接していた。

「いえ、それが昨日から各門の出入りはもとより築地塀にそって警護が厳しくなっております る」

「となると忍びこむのは駒吉、そなたが出入りした水門を使うしかないな」

水門あたりの警護はなされていないように思えた。

「池はどれほどの大きさか」

「へえっ。出島があったり、滝があったりで隠れるところには事欠きません」

「いよいよ水中から忍び入るしかないか」

この日、江戸川の岸辺で釣糸を垂れて夕刻を待ち、ふたたび土浦藩下屋敷のかたわらを通って富沢町に戻った。

刃物研ぎなどに化けた又三郎らは屋敷に出入りする青物屋や魚屋などを当たり、いつもよりも注文が多く、値の張る買い物であることを探りだしていた。だが、下屋敷へ訪ねてくる客人はいなかった。二日に一度ほど屋敷から乗り物が出て、四ツ谷まで御典医佐渡石湛山《さどいしたんざん》を迎えにいき、また送っていくのが出入りといえばいえたくらいだ。

湛山の様子にもそう切迫したところがないのは、土屋相模守政直が重い病にかかっていないことを、ただの静養であることを示していた。

そんな日々が繰り返された。

老中土屋相模守政直が下屋敷に静養に入って五日目の夜、総兵衛と駒吉は夜釣りに出た。

その二刻（四時間）後、信之助を頭分とする鳶沢一族の猛者《もさ》を分乗させた二隻《せき》の荷船が入堀に現われた。

二隻のうち一隻は大川を横断して、小名木川に入っていき、もう一隻は大川を上流に向かい、さらに神田川を昌平坂の学問所のある対岸へと漕《こ》ぎあがっていった。そこから屋敷町を抜けると土浦藩上屋敷のある駿河台富士見坂までは目と鼻の先だ。

この二隻目の鳶沢一族を指揮するのは風神の又三郎であった。

江戸川での釣で時を過ごした猪牙舟がふたたび小名木川に姿を見せたのは、夜の九つ半（午前一時頃）頃のことだ。

駒吉は二つの運河が交わる扇橋の石垣下に釣船をつなぎ、船上で二人は屋敷に忍び入る支度を始めた。

総兵衛は腰に三池典太光世を帯びただけ、駒吉も手鉤《てかぎ》のついた細引き縄と小太刀を持参しているだけだ。

「総兵衛様、参ります」

駒吉が船縁《ふなべり》から水中に身を沈めたのに総兵衛も続いた。石垣伝いに泳ぐ二人の様子を深川海辺大工町の一角から眺めていた信之助らは、屋敷の築地塀のあちこちで配置につき、異変に備えた。

一度水門を潜《くぐ》ったことのある駒吉は、石垣と扉の境で顔を上げて大きく息を吸った。そして一気に闇の水中へと潜水していった。

総兵衛も続いた。

駒吉の手と総兵衛の手は細引きで結ばれていた。

総兵衛は細引きを頼りに板の壁にそって水底へと潜りつづけた。細引きが引っ張られる方向へ進むと二つの扉がずれて、川底のほうで一尺半（約四五センチ）ばかりの隙間が手探りで確かめられた。細引きもまたその向こうへと消えていた。

総兵衛は三池典太に気を配りながら隙間を通り抜けて、水面へと上がっていった。

駒吉の荒い息が聞こえ、広大な池が雲間から差し落とされる月光に光って見えた。

屋敷は池の西側に立っている。

主従は池の端を西に巡り、建物が近くに見えるところから庭に上がった。着ていた衣服を脱ぐと水を絞り、ふたたび着直した。

季節は初夏のこと、寒さは感じない。

「さて、行こうか」

土屋相模守政直の寝所がどこかまだ分からない。

総兵衛も駒吉もそのことを心配はしていなかった。

大名屋敷の造りはどこも似ている。二人は庭石や庭木伝いに屋敷に接近した。

広大な庭の一角にさらに生け垣があって、夜の大気がそこだけ緊張していた。

「旦那《だんな》様、警護の者がいるかどうか確かめます」

駒吉は手鉤についた細引き縄を小さくまわしていたが、枝を横に伸ばした大松に向かって手鉤を放り上げた。

虚空《こくう》に飛んだ手鉤はみごとに枝に絡《から》んだ。

駒吉は手で二度三度と引っ張っていたが、するすると松の枝へと上っていった。その体が総兵衛の視界から消えた。しばらく静寂の時が続いた。生け垣の内部をあちこちと観察しているのだろう。夜空に枝がわずかに揺れた。そしてふたたび駒吉は縄にぶら下がって下りてきた。

「二人一組の者が庭先をうろついております。まずはこちらへ」

駒吉は生け垣の北側へと総兵衛を連れていくと、

「警護の者の動きからみて、ご老中の寝所はこの奥の建物かと思われます」

駒吉は生け垣の間に小太刀で総兵衛が潜り抜けるほどの穴を造った。

「駒吉、落ち合う場は水門じゃ、よいな。ここからはおれの仕事だ」

と冒険好きの手代に釘《くぎ》を刺した。

総兵衛が穴に潜りこむと駒吉がふたたび穴を塞《ふさ》いだ。


土屋相模守政直はいつものように尿意を覚えて目を覚ました。

「殿、お目覚めにございますか」

不寝番の小姓《こしょう》が尿瓶《しびん》を持って布団《ふとん》に差し入れた。

いつの頃から夜なかに目を覚ますようになったか。それに近ごろでは厠《かわや》まで歩いていくのが億劫《おっくう》で尿瓶に頼るようになった。

政直は小姓が差し入れた尿瓶に萎《しな》びたものを突っこむと尿を出そうとした。が、すぐには出ない。長いことかかってちょろちょろと小便をした政直は、

「終わった」

と小姓に告げた。

「終わられましたか」

「うーん」

政直は小姓の声に訝《いぶか》しいものを感じた。

「そのほうは謹吾《きんご》ではないな」

「小姓どのは眠っておられる」

政直は湿った水の匂《にお》いを鼻孔に嗅《か》いだ。

「何者か」

「鳶沢総兵衛勝頼にございます」

布団の足下に座した男が答え、政直はごくりと息を飲んだ。

「お静かに願いましょう」

叫びかけた政直を落ち着いた声が制した。

「何の用事で忍んできたか」

「何用とお尋ねとは〝影〟の分身としたことが異なことを」

「やはり昭直を斬《き》ったはそのほうか」

「政直様、鳶沢一族と〝影〟は表裏一体にございます。それを離反なされようとしたは、そちら、〝影〟にございます」

「大石一派の江戸入りを阻止せんとしたは上意であった」

「浅野様庭先切腹に端を発した事件にございます。このときの処置を誤られたはあなたがた上様側近の責任、またそれを糊塗《こと》するために柳沢様と組まれたは〝影〟が〝影〟であるべき姿を逸脱なされた証《あか》し」

「総兵衛、そのほうは傲慢《ごうまん》な男よのう」

「それがしが間違っていたかどうか、あの世に行って家康様にお伺いする所存。そのしだいによっては鳶沢総兵衛、永劫《えいごう》の地獄を彷徨《さまよ》いましょう」

「参上したわけを聞こうか」

と政直が同じ問いをせっかちに発した。

「土屋相模守政直様、あなたはもはや〝影〟にあらず。そのことを念押しに参りました」

「いらざる節介を」

「鳶沢総兵衛の手に家康様御起請《ごきしょう》の書き付けが二通あることをお忘れなく」

一通は増上寺東照宮で昭直を殺して奪ったものだ。

「総兵衛、われら父子の〝影〟を処断したことで、そのほうらもまた影の任務を解かれたのじゃぞ」

「承知いたしており申す」

「おれを殺すか生かすか」

「恥に耐えて生きていただくのも一つの策」

「筆頭老中として上様のご信任厚い政直を生き残らせるはそのほうの甘さ、破滅に導こうぞ」

「老中職として道三河岸《どうさんがし》とさらに緊密に手を結ぶとおっしゃいますか」

「それも一つの手」

「それがしが土屋相模守政直どのの命を助けるは綱吉様の信任に免じてのことにございます。もし柳沢保明どのと手を組んで行動を起こすならば、われら鳶沢一族の総力を挙げて殲滅《せんめつ》いたします」

「ほざきおったな、総兵衛。政直は幕閣にあること十六年の古兵《ふるつわもの》じゃ、権謀術数すべてを駆使してそのほうら一族を押し潰《つぶ》すぞ」

総兵衛が低い声で笑った。

「政直どの、布団の下で尿瓶から小便《いばり》がこぼれますぞ」

「うっ」

筆頭老中という幕府最高の地位にある老人にはつらく響いた。

「総兵衛、この場で殺しておけ。後で悔いを残すことになろうぞ」

「いや、相模守、そなたは殺さぬ」

「なぜじゃ」

「一に上様第一に忠義を尽くさんがため」

「…………」

「第二に家康様との約定を破って〝影〟の任務を逸脱した罰じゃ。恥を忍んで生きよ」

「改めて悔いを残すと忠告しておく」

「政直どの、六十二歳のそなたは四人の男子に恵まれた」

「それがどうした」

老人の声に不安がにじんだ。

「嫡男《ちゃくなん》の昭直どのは幼きおりに疱瘡《ほうそう》を病まれ、顔に大きな傷を残された。名家の嫡男ながら世継ぎとしては無理とお考えになった政直どのは、〝影〟の任務を任された。それを成敗したのはこの鳶沢総兵衛」

「くどいぞ、総兵衛」

「それそれ、叫ばれると小便がこぼれます」

老中が罵《ののし》り声を上げた。

「筆頭老中の要職にある身では国表土浦にはなかなかお戻りになれぬ。そこで次男の定直どのを代理に巡察に赴かせておられる。政直どの、次男を世継ぎに考えておられるか」

「そのほうの知ったことではないわ」

「もはや定直どのの世継ぎは諦《あきら》めなされ」

「な、なんと」

政直が狼狽《ろうばい》の声を漏らした。

「今宵《こよい》、われら鳶沢の手の者が駿河台富士見坂の屋敷に侵入して、定直どのの身柄を預かってございます」

「な、なにをする気か」

「ご心配なく、お命を縮める気は毛頭ございませぬ。なれど、身柄は今後鳶沢一族の軟禁のもとにおかれます」

「なんと」

「それでもご老中は道三河岸と親しくなされますか」

返事はなかった。

「柳沢保明どのと筆頭老中が手を組まれるならば、定直どのを土浦藩の上屋敷にお戻し申す、亡骸《なきがら》でな」

「そ、それは」

「さらに三男の陳直《のぶなお》どのが行方を絶たれることになる」

「鳶沢総兵衛、そなたは」

「むごいとおおせられますか。われら鳶沢一族はこの九十年近く、神君家康様のご遺言を忠実に守って生き抜いて参りました。それは〝影〟が家康様のご遺言を忠実に実行されてきたと信じたゆえにでございます。そのためにわれら同胞のいかに多くの者が野に斃《たお》れ、地に伏したか。ご老中、お分かりか。この総兵衛自身も妻《めと》に娶るべき女子をそなたの手の者によって汚《けが》され、殺された」

「そ、それは」

「言いわけをなさるな」

総兵衛の声がびしりと部屋の空気を震わした。

「その者の腹には鳶沢一族の後継の者が宿っており申した」

政直が小さな舌打ちを漏らした。それは明らかに悔いを表わした舌打ちであった。

「ご老人、そなたは上様に忠実な臣として政治《まつりごと》に専念されよ。それが土浦藩が、土屋家が存続するただ一つの途《みち》じゃ、相分かったな」

老人は重い沈黙を守った後、小さな声で、

「分かり申した」

と返答した。

そして、その言葉を聞いた総兵衛の気配が老人のかたわらからふわりと消えた。

江戸幕府の数多《あまた》の老中職のなかでも土屋相模守政直は希有《けう》と言えた。綱吉、家宣《いえのぶ》、家継《いえつぐ》、吉宗と四代の将軍に満三十年の長きにわたって仕えたのである。そして、享保《きょうほう》四年（一七一九）五月に致仕し、三年後の享保七年十一月に八十二歳で没した。

土屋家の三代目として享保四年五月に政直の後を継いだのは三男の陳直であった。

そのとき、次男の定直がどこにいるか、土浦藩ではだれ一人としてその行方を知らなかった。

三

大黒屋総兵衛、おきぬ、船宿幾とせの女将《おかみ》うめ、老船頭勝五郎の男女四人が東海道の大磯宿を目前にした虎御前所縁《とらごぜんゆかり》の化粧坂《けわいざか》に差しかかったのは、夏の昼下がりのことだ。

伝馬《てんま》の背に四人の荷を積ませての旅であった。

化粧坂は敵《かたき》の工藤祐経《くどうすけつね》をみごと討った曾我《そが》兄弟の十郎祐成《すけなり》と恋仲であった虎御前が曾我兄弟の本懐後、尼になって兄弟の菩提《ぼだい》を弔った地とか。

旅に出たせいか、うめの気鬱《きうつ》も日増しに薄れた。最初は駕籠《かご》を乗り継いでの道中であったが、大山に参った頃から自分の足で歩けるようになった。もともと一人娘の千鶴が殺された衝撃で床に伏せることになった気の病だ。刻々と変化する風景と夏の陽光がうめの気力を蘇《よみがえ》らせたようだ。

総兵衛と勝五郎が肩を並べて坂道にかかる。そのあとをおきぬとうめの女たちが従う。

「旦那《だんな》、いやさ、江戸を出たときは箱根まで行きつくかと心配《しんぺえ》しやしたがねえ、このぶんならなんとか湯に入れそうだ」

勝五郎が言ったとき、視界に小淘綾《こゆるぎ》浜が見えてきた。

「気持ちがいいじゃありませんか。旅はしてみるもんですねえ、江戸っ子と威張ってみても井のなかの蛙《かわず》だ。なにも知りゃしねえ、それが分かった」

うめとおきぬも坂道の頂で足を止め、相模湾が白く光り、小淘綾浜から袖ヶ浦《そで　うら》にまっすぐ伸びる海岸線を眺めた。

「まだ日も高い、急げば小田原に辿《たど》りつくこともできよう。じゃが、今晩は大磯泊まりにしようかねえ」

急ぐ旅でもない。うめの体調に合わせてぶらり旅だ。

「総兵衛様、湯治に誘っていただいてありがたいと感謝しておりますよ。あのまま思案橋でめそめそしていたんじゃ、狂い死にしたかもしれませんよ」

うめはつとめて明るく言った。

「うめ、無理をするでないぞ」

総兵衛は、うめに泣きたければ泣け、怒りたければ怒れ、それが親しい者同士の旅だと誘ったものだ。

うめが精神的に立ちなおり、幾とせの暖簾《のれん》を守る気力を蘇らせるのはまだまだ時間のかかることであった。

小淘綾浜沿いの街道に下りていくと、茶店にきれいな石が並べられて売られていた。

「姉さん、こんな石を買う人もいるのかえ」

勝五郎が不思議そうな顔で訊《き》いた。すると茶店の小女が、

「休んでくれりゃあ、そんだら教えるでよう」

と商売熱心だ。

「おきぬ、大磯泊まりだ。姉さんの口車に乗ろうか」

総兵衛の言葉に四人は浜風が気持ちよく吹き抜ける縁台に座った。

茶と名物の串《くし》だんごを運んできた小女が、

「江戸の方、あの石はよ、盆栽の石にするだよ。まあ、盆栽ったらば粋人の道楽だ。おめえさん方のような俗人には縁がなかろうな」

とあくたれを叩《たた》きながらも教えてくれた。

「盆栽の石を大磯くんだりから抱えていけるものか」

勝五郎も応酬したが、毎日、東海道を上り下りしている旅人を相手にしている娘の口にはかないっこない。

「勝五郎も年取ったねえ」

うめが先代から務めてきた勝五郎を茶化した。

そのとき、茶店の奥で赤子が泣きだした。

「あんれ、まだおっ母さんは戻ってこねえだか」

小女が奥の縁台の上におかれた籠《かご》で泣く赤子のかたわらに行き、ふいに大声を上げた。

「おっ父《とう》、こりゃ捨て子でねえか」

竈《かまど》の前に座っていた中年の男がのそのそとやってきて、

「捨て子だと、馬鹿《ばか》こくでねえ」

と籠のなかをいじっていたが、

「あれ、置き手紙があるでねえか」

「だからよう、おらが言ったべえ。使いに行ったにしてはえれえ長えだよ」

茶店の親父《おやじ》が手紙を娘に広げて差しだした。

「えれえ字だ。おさと、おめえ読め」

「おらも読めねえよ」

と顔を横に振った。

「私が読みましょうか」

おきぬが言いだし、親父が渡りに船とおきぬに差しだした。

水茎《みずぐき》もあざやかな字は、武家の女の手を想像させた。

「子細ありてわが子を手放さなくてはなりませぬ。どうか御慈悲を持ちまして御育て頂きますよう御願い申し上げまする。なお赤子の名は元太郎《げんたろう》と申し、元《げん》禄《ろく》十五年（一七〇二）師走《しわす》生まれにて……」

おきぬの言葉が消えると、

「おっ父、やっぱり捨て子だよ」

と叫んだ。

「この子の母親は武家の内儀でしたか」

「そうだねえ、お武家様といっても浪人のかみさんと見えたがねえ」

と親父が困惑の体だ。

「父親は一緒か」

総兵衛も口をはさんだ。

「いえ、それが若いおかみさんとこの子の二人旅で」

泣きつづける赤子を抱きあげたのはうめだ。手際《てぎわ》よく両腕に抱えていたが、

「おしめが濡《ぬ》れているんですよ。どこかに代えのおしめを残してないかえ」

とおきぬと茶店の娘に探すように命じた。

「ありましたよ、これでしょう」

おきぬが縁台の下から風呂敷《ふろしき》包みを見つけて、解いた。するときちんと畳まれたおしめが何組か出てきた。

うめは元太郎を縁台に寝かせて、

「これだけ濡れてれば泣きもしますよ。おまえのおっ母さんにどんな事情があるか知らないが、悪いおっ母さんだねえ」

と言いながらおしめを代えた。

「主《あるじ》、捨て子となると、どんな手続きをするのですかな」

総兵衛の問いに親父が、

「大磯宿の宿場役人に届けるだよ。まず、おっ母さんは戻ってきめえ。となると、宿場のだれかにもらってもらうだねえ。ただね、この時期だ、どこの家も余裕がねえからな」

と頭をひねった親父は、

「仕方ねえ、おさと、宿場役人のところへ連れていけ」

と命じた。

「私もついて参ります」

と言いだしたのはうめだ。

うめの顔にはなにか悲壮な決意が漂っていた。

「どうせ私たちも大磯泊まり、いっしょに行こうか」

「そうしてくださるか」

と茶店の親父がほっと安堵《あんど》した顔になった。

その夜、大磯宿の旅籠《はたご》うしお屋に赤子の笑い声と泣き声が交互に響いて、うめとおきぬが貰《もら》い乳に部屋を出ていった。

大磯宿の宿場役人は、届けられた捨て子の元太郎をどうしたものかと頭をひねり、

「おさと、おまえんちで育ててくれまいか」

と言いだした。

「馬鹿こくでねえ、私を頭に九人の子だくさんだ。これ以上増えたら食い扶持《ぶち》が減るだよ」

「そうだろうな。とはいえ、大磯宿六百余軒に子がほしい家なんぞあったか」

うめが決然と言いだしたのはそのときだ。

「これもなにかの縁です。宿場役人どの、私がこの子の親代わりで育てましょ

う」

「女将さん」

勝五郎が困惑の表情で止めてはみた。が、うめの決意は固く、江戸は思案橋の船宿幾とせの女将だと名乗った。

「そりゃ助かるが、みれば旅の様子、大丈夫ですかね」

「旅といっても箱根の湯治です。なにといってすることもない。子育てくらいはまだできます」

宿場役人が総兵衛に顔を向けた。

総兵衛はうめがおさとに従って宿場までついていくと言ったときからこのような事態を予測していた。そこで身分を明かし、

「差し当たって私どもが預かりましょう」

と答えた。すると宿場役人が、

「富沢町の大黒屋の大旦那《おおだんな》様でございましたか。鳶沢村の次郎兵衛様にはいつも世話になっておりますよ」

と分家の当主と昵懇《じっこん》だという。

「母親がのちのち名乗りでるようなことがあれば、どうしたものでございましょうな」

と総兵衛に役人が念を押した。

「そのときは仕方ない。江戸思案橋の船宿幾とせか、富沢町の大黒屋を訪ねてくるように伝えてくだされ。ともあれな、湯治の帰りにはこちらに立ち寄ります」

と言いおいて、元太郎を旅の一行に加えることになった。

「勝五郎、女たちが戻ってくるまで風呂でも入ろうか」

二人は連れだって風呂に行った。風呂には旅の侍がひとり湯に浸《つ》かっていた。二十前後か。立派な体格ながら、どこかなよっとした表情を見せるのが総兵衛の印象に残った。

「旦那、えれえことになったな」

湯船で顔を洗った勝五郎が総兵衛に言った。

「いや、勝五郎。うめにとってなによりの薬かもしれぬぞ」

「そうでしょうかね。うちのように子だくさんの貧乏じゃ考えもつかねえがよ」

　と答えた勝五郎が、

「旦那、あの捨て子が幾とせの跡取りになるということですかえ」

「さあて、そこまではな」

　総兵衛もそこまで言いきれない。だが、差し当たって元太郎の世話がうめの張りを取り戻させるのは間違いない。今のうめに千鶴を失った打撃を忘れさせるものがあるとしたら、子育て以上のものがあろうかと総兵衛は思った。だが、母親が後悔して茶店に戻ってくることも考えられた。

　二人が湯から上がるとおきぬだけが部屋に戻っていた。

「旅籠の近くに赤ちゃんを生みなすったばかりのかみさんがおられました。今、女将さんが付き添って貰い乳をしているところです。明日からは授乳が一仕事ですねえ」

　すっかりおきぬも元太郎を育てる気になっている。

「思案橋に活気がでそうじゃな」

「元太郎のおっ母さんが名乗りでられたときが心配ですねえ」

おきぬもそのことを案じていた。

「先のことを考えても仕方があるまい」

翌日、うめが胸に帯をかけて元太郎を抱き、勝五郎がおしめや重湯を担《かつ》いでの旅になった。

大磯から箱根までの八里八丁(約三三キロ)を総兵衛らは二日かけてゆっくりと進んだ。それでも二日目には湯本から山駕籠《かご》を女たちのために雇って上りにかかる。

箱根八里は馬でも越すが越すに越されぬ大井川……。

馬子《まご》唄《うた》を聞きながら行くと、総兵衛は須雲《すくも》川に沿った奥湯本の坂道で昨晩風呂で会った若侍を見かけた。

(これで三度目だが……)

箱根越えは道が一筋、道中は前後してもなんの不思議もない。だが、総兵衛らは女連れのうえに元太郎の騒ぎがあってのんびりした旅だ。

あちらは若い侍の一人旅、当然先に行ってしかるべきだが、小田原あたりから後になり先になりしている。それに大磯宿の湯でも会っていた。となると元太郎の父親ではあるまいかなどと総兵衛は考えを巡らしながら、勝五郎の前を進んだ。

畑宿の茗荷屋《みょうがや》は泊まりのための本陣ではない。箱根の峠越えを前に大名行列の一行が一息入れる茶屋本陣であった。

総兵衛らも甘酒などを頼み、一服した。

ここでもうめがおしめだ、重湯だと大騒ぎした。

「総兵衛様、私どもと前後していく侍が気に入りませぬ」

おきぬも気づいていたらしい。

「放っておけ」

という総兵衛に、

「いえ調べておきます」

とおきぬは一行から離れた。

出立しようとしたうめがおきぬの姿がないと言った。

「うめ、長逗留《とうりゅう》になる元箱根の湯治宿にな、先に行かせたのさ」

総兵衛の言葉にうめも納得した。そこで空いた駕籠には、

「旦那が乗ってくだせえよ」

と言いだした勝五郎を総兵衛は無理に乗せた。

総兵衛らが滞在を予定していたのは箱根七湯の芦ノ湯《あしのゆ》でも老舗《しにせ》の湯治宿ひょうたん屋だ。

〈……芦ノ湖《うみ》といふ。富士八湖の其《その》一也《なり》。箱根の山嶺《さんれい》にあり、長さ三里許《ばかり》す、巾《はば》一里余〉

と名所図会《ずえ》に説明された芦ノ湖が一行の眼前に広がり、坂道を下ったあたりの湖岸は賽《さい》の河原と呼ばれた。

総兵衛らは関所への左には向かわず、右に道を折れて箱根七湯の芦ノ湯に到着した。

駿府《すんぷ》鳶沢村と江戸の富沢町を往来する大黒屋とは何代も前からの付き合いだ。ひょうたん屋の女将のひさと主の光次郎《みつじろう》が番頭の知らせに玄関先まで飛んで出てきて、

「総兵衛様、よう見えましたな、お待ちしておりましたよ」

と歓待した。

総兵衛はうめと勝五郎を紹介すると、元太郎を示して事情を話した。

「なんとまあ捨て子とはなあ。ようございますとも、湯治ちゅうには乳の心配などさせませぬよ。通いの女中が赤子を生んだばかり、しげはたっぷり乳が出ますからな、不自由はさせません」

と請け合ってくれ、うめを安心させた。

谷川の眺めもよい二階の続き部屋に落ちついた総兵衛一行にひさが、

「まずは風呂で汗を流してくだされ」

と勧めた。

「あれ、おきぬさんがまだ見えませんね」

不審がるうめを総兵衛は、

「女のことじゃ、土産物屋などのぞいて遅くなっているのであろうよ」

と安心させた。

「そんなことよりひょうたん屋の名物の大風呂に入ってみよ」

とうめと元太郎と勝五郎を温泉にやった。

おきぬが戻ってきたのはその直後だ。

「なんぞ分かったか」

「なんとも間抜けな話でございます」

おきぬの顔が浮かなかった。

「いえね、畑宿を先行したのは分かっておりましたので、どうせどこぞで待ち伏せかとあちらこちらを探しまわりましたが姿がございません。そこで関所あたりまで足を延ばしましたが、姿が見えませぬ。仕方なしにひょうたん屋に来ますと、なんとあの者がすでに泊まっているではありませぬか」

おきぬは舌打ちしそうな顔だ。

「それは無駄足であったな」

「女将さんに頼んで宿帳を見せてもらいますと江戸は北新網町の浪人犀川小次郎二十一歳とございました」

「北新網町は増上寺の東側、紀伊中将様の下屋敷近くであったな」

総兵衛にもおきぬにも思いあたる節はない。

「こちらの考えすぎかもしれぬ。おきぬ、湯に入って、今日からゆっくり体を休めようぞ」

総兵衛らはうめを追って湯に入った。

その夜、ひょうたん屋の名物の猪鍋《ししなべ》やら小田原から運ばれてきた海の幸やらのご馳走《ちそう》に舌鼓《したつづみ》をうって、酒を飲んだ一行は江戸からの旅の疲れにぐっすりと眠りこんだ。

それでも元太郎は夜なかに二度三度と目を覚まして泣き、うめとおきぬがなにかと世話をしているのを総兵衛は布団《ふとん》のなかから感じていた。

夜明け、また元太郎が泣き、

「あれあれうんちを」

といううめの声に続いて、

「どうせなら元太郎、風呂に入りましょうかねえ」

と赤子を連れて部屋を出ていく気配があった。

総兵衛は朝風呂もいいなと考えながら、また眠りに落ちた。

騒ぎが始まったのはその直後だ。

「げ、元太郎がいなくなったよう!」

うめの叫びが隣室から響いた。

総兵衛も勝五郎も飛び起きて襖《ふすま》を開けると、取り乱した体のうめが泣き叫んでいた。

おきぬの姿はない。

「うめ、しっかりせえ」

「女将さん、どうしなすった」

「風呂場で急に元太郎がいなくなったんですよ」

「赤子が一人でどこぞに行くものですか」

勝五郎の言葉にうめはへたりこんで泣きだした。

そこへおきぬが戻ってきた。

「女将さんが脱衣場で元太郎ちゃんに着物を着せて、ちょっと風呂場に戻った隙《すき》に姿が見えなくなったらしゅうございます。同じ時刻に湯に浸かっていたおばあさんの話です」

「だれぞが拐《かど》わかしたか」

そこへ光次郎とひさが息せききって顔を見せた。

「赤子の姿が見えないですって」

「そんなことが」

呆然《ぼうぜん》とするひょうたん屋の主夫婦に、

「犀川小次郎とか申す客はどの部屋か」

と総兵衛が訊《き》いた。

「へえ、二階の端部屋ですがなにか」

おきぬが心得顔に消えた。

総兵衛もあとに続いた。

犀川小次郎が泊まっていた部屋は蛻《もぬけ》のからで庭の雨戸が外されていた。

「どうやら犀川と申す浪人者の仕業じゃな」

「金目当てでございましょうか」

「いや違う。元太郎はとばっちり、狙《ねら》いはこの総兵衛とみた」

「だれがそのようなことを」

「おきぬ、あやつを最初に見掛けたのはどこか。私は平塚の街道上であったと思ったがなあ」

「私もおおかたその見当にございます」

「平塚から箱根山中まで女、赤子連れの私らと後になり先になりの旅はなんとしてもおかしい。今少し注意するべきであったな」

光次郎が部屋に入ってきて、

「浪人者は逃げましたか」

と切歯した。

「主《あるじ》、それればかりではなさそうだ。赤子を連れていったのもこの犀川と申す侍だよ」

「えっ、泊まり客がそのようなことを」

狼狽《ろうばい》した光次郎は、関所役人に知らせてくると部屋を出ていこうとした。

「待て、待ってくだされ。これはな、大黒屋の私目当ての所行のようです。ならば先方から連絡が入ります。しばらくお役人に届けるのは待ってくだされ」

「総兵衛様、箱根から逃げだすことにはなりませぬか」

「いや、貰《もら》い子をわざわざ拐わかしたのは、金だけが目的ではありませぬ。絶対に私にな、呼び出し状がまいりますよ。それまで知らぬふりをしてくだされ」

総兵衛は光次郎を説得した。

「おきぬ、うめをなんとか落ちつかせてな、誘いがくるのを待とうか」

総兵衛の腹は座った。

四

うめはまた江戸を発《た》ったときの、魂が抜けた人間に戻ってひょうたん屋の部屋で座りこんでいた。そのかたわらで勝五郎が悄然《しょうぜん》と付き添っていた。

おきぬの姿も消えていた。

総兵衛の見込みどおりに大黒屋総兵衛に狙いをつけての元太郎誘拐なら、犀川小次郎は芦ノ湯から元箱根あたりに潜んで連絡をつけようとするはずだ。そう考えたおきぬは、旅籠《はたご》から茶屋、馬方から駕籠《かご》かきと箱根に詳しい人々を尋ね歩いて、赤子を連れた浪人の姿を追い求めていた。だが、事件が起こったのが早朝のこともあって、だれも見かけた者はなかった。

夕暮れの刻限、なんと犀川小次郎が芦ノ湯の湯治宿ひょうたん屋に一人で戻ってきた。

光次郎に知らされた総兵衛は玄関に下りた。

するとこれまで何度か見かけた犀川がにこにこと笑いながら立っていた。

「日本橋富沢町の大黒屋総兵衛どのにございますな」

「いかにも大黒屋にございます」

総兵衛は古着問屋の主の顔で挨拶《あいさつ》した。

「犀川小次郎様と申されましたかな。なんぞこの総兵衛に遺恨でもございますか。そなた様が連れ去ったはこの総兵衛とはなんの所縁《ゆかり》もない捨て子。ただ今、私の知り合いが預かって世話している子にございます」

「大磯の茶屋での騒ぎ、それがしも見知っておった」

「ならばお返しくださらぬか」

「いや、それが」

犀川は懐《ふところ》に手を突っこんだが、しばらくそのまま立っている。

「金、ですかな」

「いや、それがそなたの命《いのち》でな」

犀川は懐から手を出し、封書を突きだした。

「それがしの主からのものじゃ。返答をもらって参れとの命《めい》でな」

総兵衛は黙ってうなずくと裏を返した。

伊達村兼光隆次、とあった。

伊達村が稚児《ちご》一人を連れて道場から姿を消したと清吉から報告を受けていたが、その稚児が犀川小次郎であったか。

「おお、これはまた懐《なつ》かしい名が」

とほほ笑むと封を開いた。

〈明末明、そなた独りを賽の河原にて待つ。もし果たし合いに応ぜず、約定を違えたる場合、赤子の亡骸《なきがら》を賽の河原に晒《さら》し申すべく候《そうろう》〉

封書を懐に入れると、

「これはまたご丁寧な招き、恐縮に存じます。総兵衛、たしかにうけたまわったと伊達村どのにお伝えしてくだされ」

犀川が笑みを浮かべた顔のまま、総兵衛に背を向けた。

「元太郎は元気でございましょうな」

「おお、泣いてばかりおるが元気じゃ、心配せずともよい」

犀川の顔だけが振り向いた。

総兵衛が式台を下りるとささやくように言った。

「小次郎とやら、元太郎の世話を必死でせえ。もしものことあらば、そなたの素っ首が胴から離れることになる。相分かったな」

総兵衛の一変した眼光の鋭さと語調の厳しさに思わず犀川の背筋に悪寒《おかん》が走った。

総兵衛はそそくさとひょうたん屋の玄関を出ていく犀川小次郎を見送り、部屋に戻った。

「うめ、安心せよ。元太郎はな、明朝までにこの総兵衛が連れ戻してくれるわ」

「ほんとですか、総兵衛様」

「おお、嘘《うそ》なぞいうものか。さてさてその手立てをな、湯のなかで考えましょうか」

総兵衛は怪訝《けげん》な顔のうめと勝五郎を部屋に残すと、湯に入りにいった。

おきぬはひょうたん屋の門に入ろうとして犀川小次郎が小走りに宿から出てくるのを見た。素早く暗がりに隠れたおきぬは犀川をやりすごした。

すでに箱根の山は闇《やみ》の世界と変わっている。が、鳶沢一族の者の修行は闇の世界でも繰り返し続けられた。それにおきぬは山道を歩いてきたのだ。目が暗がりに慣れていた。

半丁ほど犀川小次郎を先行させると、そのあとを気配を消して尾行した。

犀川は背を丸めると道幅のせまい坂道を上っていく。曾我兄弟の墓所を過ぎ、六道地蔵の前をひたひたと歩いて芦ノ湖の湖岸に出た。

左に折れれば賽の河原から箱根の関所へ向かう。右に行けば、箱根権現《ごんげん》の社《やしろ》の杜《もり》が待ち受けていた。

犀川小次郎は、右の道をとった。

(あのあたりに民家があったか)

おきぬは昼間何度か通った湖岸の道を思い描いたが、どこにも思いあたるところはなかった。

犀川の歩みに玉砂利の音が混じった。

(なんとまあ、箱根権現の境内が犀川小次郎の隠れ家か)

おきぬは犀川がなぜひょうたん屋に戻ったのかが気になった。

玉砂利の音が社殿の影に消えた。

「此社《このやしろ》は天平宝字年中(七五七~七六五)万巻上人《しょうにん》の開基なり、別当は箱根山金剛王院東福寺といふ。曾我の五郎時致《ときむね》幼少の折り、此寺に在しと也《なり》」

古い文書は箱根権現を説明する。

普段は神官もいず、無人であることをおきぬは調べて知っていた。

おきぬは足音の消えた方角へ忍びやかに接近した。すると、宝物殿とおぼしき建物の一角から元太郎と思える赤子の泣き声が聞こえてきた。そして野太い声が、

「小次郎、赤子をなんとかせえ」

と苛立《いらだ》って命じた。

「ただ今すぐに」

「大黒屋はどう返答した」

「はい、承知したといかにも鷹揚《おうよう》に返事されました」

「古着屋め、泣き面《つら》をさらしてくれるわ」

おきぬは犀川小次郎ともう一人の男が総兵衛の見込みどおりに総兵衛を狙って元太郎を誘拐したことを確認した。

すでに元太郎の居場所も分かった。ならば、総兵衛の指図を仰ぐときではないか。

おきぬは静かにその場を離れた。

知らせは総兵衛を喜ばせた。

うめは元太郎の元気な姿を見るまで食事絶ちをしたとか、隣室に籠《こも》り、日頃信心する江戸深川不動尊の方角に向かってお祈りをしていた。

勝五郎は風呂《ふろ》にいって、総兵衛ひとりがいた。

「箱根権現の建屋に忍ぶとはばちあたりめが」

総兵衛は懐から果たし状を出すとおきぬに見せた。

「これですべて辻褄《つじつま》があいます」

おきぬが納得したように言った。

「伊達村め、われらが江戸を離れるときから尾行していたものとみえる。旅に出た開放感とうめのほうに気をとられて、犀川小次郎に気がつくのが遅れた。元太郎にかわいそうなことをしたな」

「伊達村には紀伊様の元陪臣の稚児がかしずいていると聞きましたが、それが犀川小次郎でございましょう」

「道理でな、宿帳に北新網町と紀州様下屋敷の所在を書いたわけか」

「どうしたものでございます」

「まずは元太郎を無事に取り戻さねばならぬ」

「得物《えもの》を持参してようございました」

総兵衛は道中差しを持たぬ代わりに伝馬《てんま》の背に運んできた荷に三池典太光世を、おきぬも小太刀を忍ばせていた。

「おきぬ」

と総兵衛が呼び、

「朝から箱根じゅうを駆けまわって疲れたであろう。ゆっくり風呂に入って夕げをともにしようではないか」

「総兵衛様は食事をすませてはおられませぬか」

「勝五郎もそなたの顔が見えぬでは酒もうまくないと言うでな」

「湯に入って参ります」

おきぬがいそいそと部屋を出ていき、総兵衛は銀煙管《ぎんぎせる》のがん首で煙草盆《たばこぼん》を引き寄せると独り考えに落ちた。

丑《うし》の刻（午前二時頃）前、江戸紫の小袖《こそで》を着た大黒屋総兵衛と海老茶《えびちゃ》の戦支度に身を包んだおきぬの二人は、忍びやかに芦ノ湯の湯治宿ひょうたん屋を出た。

箱根山中の魑魅魍魎《ちみもうりょう》すら寝入った時刻だ。だが、二人の歩みに澱《よど》みはない。一気に坂道を上りつめ、双子茶屋あたりから獣道とみまがう山道に分け入り、箱根権現社殿の裏手に出た。

宝物殿をうっすらと見下ろせる笹藪《ささやぶ》のなかで半刻《とき》（一時間）ちかく待った。

元太郎の泣き声がかすかにして伊達村の怒鳴る声が混じり、明かりが点《とも》った。

しばらく泣きつづけた元太郎の泣き声が止《や》むと、沈黙が支配した。が、ふいに扉が開いて大きな男の影が宝物殿のきざはしに立った。

「小次郎、そなたはちと間をおいて参れ」

伊達村兼光隆次が屋内に声を残して玉砂利に下りた。

それを見た総兵衛は独り笹藪を離れた。

おきぬは伊達村と総兵衛が神域を離れたのを確かめ、笹藪から立ちあがった。

伊達村兼光の脳裏にあることは、上様の覚えめでたい老中土屋相模守政直様の庇護《ひご》をふたたび得る、その一事だった。

伊達村が政直と出会ったのは、常陸《ひたち》土浦から駿河田中藩主に転封した天和《てんな》二年（一六八二）のことだ。伊達村も武者修行に出たばかり、青雲の志を胸に抱いていた。

政直は藩内の実情を調べるために家来数人を連れただけのお忍びで村々を巡察して歩いていた。その姿に目をつけた腕におぼえのある浪人者五人があらぬ因縁をつけ、金を強請《ゆす》ろうとした。政直の家来が、

「このお方をどなたと心得る。駿河田中藩の藩主土屋政直様であるぞ」

と怒鳴りつけたのが逆効果となった。

藩主一行に因縁をつけた以上咎《とが》めは必定、ならば行きがけの駄賃に金を強請りとっていこうと腹をくくった。

手慣れた剣を抜いた浪人組に家臣たちも応戦したが、修羅場を潜《くぐ》った者と道場剣法の差、たちまち二人三人と斬《き》り伏せられた。もはや政直の体面も保てなくなった頃合、近くの地蔵堂の内から騒ぎを眺めていた伊達村が飛びだして、

「旅の者にございますが、聞けば理不尽な言いがかり、ご助勢いたします」

と浪人の前に立った。

勢いにのる餓狼《がろう》たちの頭分が、

「青二才、止めておけ。剣は数と経験じゃ」

とせせら笑った。

「それが痩《や》せ浪人の知恵か」

伊達村兼光は剣を抜くと正眼につけた。

「馬庭念流伊達村兼光隆次、参る」

と名乗ると剣先を上下に振って相手を誘った。

その誘いにのって正面の敵が伊達村に突進してきたとき、伊達村は右に飛ん

で、仲間の胴を深々と抜き、さらに左に転じて二人目を倒していた。早技はさらにとどまることなく繰り返され、一瞬のうちに五人が倒された。

「みごとな腕前よのう」

政直は若い武者修行の侍を城下に連れていき、藩士たちの剣術指南として駿河田中にとどまらせた。さらに大坂城代、京都所司代と転じるうちに政直は、伊達村兼光を剣術家としてだけではなく、敵対する者たちの探索や始末に使うようになって、政直と伊達村の二人の関係はさらに一層深く強固なものになっていた。

土浦に戻った政直が老中に昇進した。

政直は老中として綱吉の信頼をえるために正邪硬軟二つの顔を使い分けて、柳営での地位を揺るぎなきものとした。その背後には、伊達村に命じた汚れ仕事が大きく貢献していたのはいうまでもない。

伊達村は、牛込御門近くに町道場を構えて表の貌《かお》とし、裏では老中の極秘の任務をこなしてきた。政直と伊達村の間には何重もの血の結びつきがあった。

それが大黒屋総兵衛という古着問屋の主《あるじ》の出現でゆらぎ、門弟たちは斬り崩さ

れ、ついには政直から、

「兼光、しばらく江戸を離れていよ」

と旅に出ることを命じられた。

東海道を上った伊達村は、いつはてるとも知れぬ旅を続けるよりも大黒屋総兵衛を討つべきだと考えを変えて江戸に舞い戻る道中、保土ヶ谷宿で駕籠《かご》をつらねた四人連れの男女に行き合った。それが大黒屋総兵衛の一行であった。

（なんという天啓であろうか）

その考えが完結しようとしていた。

伊達村兼光が芦ノ湖の湖岸に出たとき、ゆっくりと東雲《しののめ》の空が白んできた。湖面から朝靄《あさもや》が薄く立ち、賽《さい》の河原に流れていく。

伊達村はふいに足を止めた。

靄のなかに立つ影を望遠した。着流しに一本だけ刀を差し落としていた。伊達村と同じくらいの身の丈、六尺（約一八二センチ）は越えていよう。だが、伊達村は身の丈ばかりか、小山のような巨軀《きょく》であった。

政直に大黒屋とは何者かと何度も尋ねたものだ。

「大黒屋の先祖は侍であったとしか分からん」

と政直は総兵衛の隠された貌を話してはくれなかった。だが、もはやどうでもよいこと、伊達村兼光にとって倒すべき一人《いちにん》にすぎなかった。

足下を覆《おお》う靄をついて伊達村兼光は紫色の小袖を着た大黒屋に歩み寄った。

間合いはおよそ七間（約一二・六メートル）と詰まっていた。

「古着屋、おまえは何者か」

「土屋様もそこまでは話さなかったとみゆるな」

と答えた総兵衛は、

「元太郎はどうしたな」

「すでにひょうたん屋なる湯治宿に戻してあるわ」

伊達村はこの場におよんでも虚言を弄《ろう》した。

「伊達村とやら土屋老中の命とはいえ、千鶴を凌辱《りょうじょく》して殺せと餓狼どもに命じた罪、許しがたし、あの世につながる賽の河原に屍《しかばね》を晒《さら》せ」

「抜かせ」

伊達村は刃渡り三尺（約九〇センチ）余の豪剣を鞘走《さやばし》らせると上段に担《かつ》ぐよ

うに背負った。

「馬庭念流の流祖樋口又七郎定次どのは枇杷《びわ》の木刀で大石を割る大力を示されたというが、そなたも力剣法か」

「おまえの流儀はなにじゃ、古着屋」

「戦場往来の祖伝夢想流」

「なにっ、祖伝夢想流」

伊達村の顔に驚きの表情が走ったのを見て総兵衛は動いた。

三池典太光世二尺三寸四分を抜きながら一気に伊達村兼光の懐《ふところ》に入りこんだ。

「応っ！」

一瞬立ち遅れた伊達村も踏み込みざまに三尺の長剣を振りおろした。が、その瞬間には七間の間合いを詰めた総兵衛の三池典太が小山のような伊達村兼光の脇腹《わきばら》を抉《えぐ》るように斬撃《ざんげき》していた。

（したたかに斬った……）

総兵衛は伊達村の振りおろした豪剣の下を一寸見切りに逃れながら考えていた。

が、さすがに馬庭念流の達人、伊達村は総兵衛の斬撃を読み切り、寸毫《すんごう》の躱《かわ》しですり抜けていた。

そのことが伊達村に余裕を取り戻させた。

刃渡り三尺余の豪剣を正眼に構えた。

右足をわずかに踏みだして、防御にも攻撃にも即座に対処できる盤石《ばんじゃく》の構えだ。

総兵衛は三池典太の切っ先をわずかに下降させて朝靄のなかに立った。

一合の撃ち合いで互いの技量を知っていた。

(なんと古着屋風情《ふぜい》が祖伝夢想流の奥義《おうぎ》を極めて、おのれの前に立ちふさがっておる)

伊達村兼光の驚きであった。

(こやつの技前は侮《あなど》りがたい)

総兵衛の感慨であった。

その対峙《たいじ》のままに時が流れた。

朝靄が二人の足下を掃くように流れて、二人の剣者に酩酊《めいてい》感を与えた。

伊達村はそれを不快に思った。

総兵衛は白昼夢を見つつただ生死の境を楽しんでいた。

伊達村の不動の肩がかすかに上下し始め、呼吸が不規則なものとなった。額に汗が浮かんだ。

「鋭《えい》っ！」

自ら鼓舞するように気合いをかけた伊達村が走った。それは腰の位置が上下することのない滑るような走りであった。

伊達村の正眼の剣は総兵衛の肩を袈裟《けさ》に襲った。果敢な襲撃であった。

総兵衛は不動のまま体の前にわずかに下降させていた三池典太を擦り上げて袈裟にきた長剣を刎《は》ねた。刎ねながら突進してきた伊達村の身を半身で躱した。

伊達村は総兵衛の迎撃を予測していたように長剣を転ずると総兵衛の脇腹に変化《へんげ》させた。

それも三池典太が刎ね返した。

伊達村は素早く反転すると、総兵衛が片足立ちにくるりと身を回した喉首《のどくび》に突きを入れた。

総兵衛は空に流れた三池典太での防御を捨て、ふたたび片足立ちに身を回転させて伊達村の切っ先を避けた。が、避けきれずに首の皮を長剣が抉っていった。

血がぬらりと流れでた。

「次は皮一枚ではすまぬ」

伊達村は攻撃を中断して叫んだ。

総兵衛は三池典太の切っ先を左前に流して構えた。

伊達村は三尺の剣を上段に置いた。

間合いは一間半（約二・七メートル）とない。

「参る！」

「応っ！」

両者は同時に走った。

伊達村は上段撃ちに力を与えるために上体を大きく反らして反動をつけようとした。

総兵衛は腰を沈めつつ滑るように剣を振るった。

伊達村の剣は総兵衛の袈裟を、総兵衛は伊達村の脇腹を疾風のように斬撃した。

袈裟と胴。

総兵衛の沈みこんだ位置がわずかに袈裟の到達を遅らせ、三池典太が伊達村の脇腹をしたたかに抜いていた。

「うっ！」

伊達村が声をもらし、

（勝った）

と総兵衛は確信を得た。

反転した総兵衛の視線に顔を朱に染めた伊達村が長剣を斜に構え直したのが見えた。

（なんと三池典太を伊達村の鎧《よろい》のような筋肉ははね返したか）

伊達村が総兵衛の顔から視線を移した。賽の河原によろめくように犀川小次郎が下りてきた。

「小次郎、赤子を殺せ！」

伊達村が苦しげに奇声を上げた。

その声になにか言いかけた小次郎の体がゆらめいて足をもつれさせると、靄を分けた湖岸に倒れこんだ。そしてその背後に元太郎を抱いたおきぬが立っていた。

「そ、そなたらは何奴《なにやつ》か」

叫んだ伊達村の口の端から血が流れて出た。

「伊達村兼光、地獄に落ちて閻魔《えんま》に問え!」

「死ぬのはおまえじゃ!」

伊達村が斜に剣を鋭くまわしながら突進してきた。

総兵衛の体が沈み、その次の瞬間には虚空《こくう》に高く舞いあがっていた。

伊達村の大剣が空《むな》しく虚空を斬った。

「南無三《なむさん》……」

伊達村の眉間《みけん》に三池典太が襲いかかり、唐竹割りに斬りおろした。

どさり!

朝靄を散らして伊達村の巨軀が倒れ、その後方に総兵衛がふわりと舞い降りた。

「元太郎！」

ひょうたん屋の玄関先にうめの叫び声が響き、おきぬの腕からもぎとるように取りあげた。

「ようまあ、元気で戻ってこられたな」

うめはうれし泣きに泣き、涙を滂沱《ぼうだ》と流した。

が、ふいにわれに返り、

「総兵衛様、おきぬさん、ありがとうございました」

と泣き笑いに礼を述べた。そして、

「お不動様に願をかけました。元太郎が無事にわが胸に戻ったあかつきには、庭にお不動様の社《やしろ》を建てて毎日お参りしますとなあ」

「よい考えじゃ」

「総兵衛様、決めました」

「決めた？　なにをかな」

「元太郎を幾とせの跡取りにしますぞ。元太郎が大きくなるまでうめは殺されても死にません」

総兵衛はおきぬや勝五郎と顔を見合わせ、

（千鶴を亡《な》くして元太郎を得たか）

と胸の奥に一抹の寂しさを感じながら、

（これでよいのかもしれん）

と思い直した。

終章　復活

元禄《げんろく》十六年（一七〇三）師走《しわす》十四日、幕府は、

「質屋、古着屋惣代《そうだい》を廃止する」

の令を新たに公布した。

富沢町の名主江川屋彦左衛門を新しい惣代に就けたものの、富沢町の人心は新惣代になびかず、うまく機能しなかった。同時にそれまで世襲としてきた大黒屋に惣代の地位は戻ることもなかった。

が、富沢町の古着屋たちは、

「お上《かみ》がなんと言おうと富沢町の惣代は大黒屋総兵衛様さ」

と動ずることはなかった。

大黒屋では三井越後屋との新もの取引に販路を拡張して、二隻《せき》目の持ち船の

建造に着手していた。

思案橋ではうめが元太郎の世話にかかりっきりになり、笑いが蘇《よみがえ》っていた。そんな日々、総兵衛は地下の大広間で馬上刀を使いながら、どこか寂寥《せきりょう》の念に襲われていた。

総兵衛が独り上野の池之端に赴き、魚料理が名物の魚ぜんに上がったのは千鶴と駒吉を連れて上がった思い出があったからだ。如才のない女将《おかみ》相手に酒を三合ほど飲み、

「また寄せてもらいますよ」

と外に出たのが五つ（午後八時頃）過ぎだった。

「げに北邙《ほくぼう》の夕煙、一片の雲となり……」

と思わず能の『朝長《ともなが》』の語りが口をついた。

あたりは人影もなく漆黒の闇《やみ》である。総兵衛はそぞろ歩きの足をふいに止めた。

「鳶沢《とびさわ》総兵衛勝頼じゃな」

老樹の陰から問う声があった。

（土屋相模守《さがみのかみ》政直の手のものか）

と一瞬考えた総兵衛は、声音に籠《こも》る親近の情に、

（違うな）

と思い直した。

「元和《げんな》二年（一六一六）四月二日、神君家康様は死の床にあらせられた」

闇からの声が言った。

声は鳶沢一族の影の任務に触れようとしていた。

「そなたの先祖鳶沢成元どのに家康様が命じられた影仕事を勝頼、そなたに説明するまでもあるまい。〝影〟を成敗して寂しいか」

「池之端に棲《す》む老狐《ろうこ》がなんぞ戯言《ざれごと》をしでかしたか」

「戯言かどうか、家康様のご気性を考えよ」

「家康様のご気性」

総兵衛は思わず問い直していた。

「徳川幕府の基礎を固められたお方じゃ、慎重のうえにも慎重に策を講じてこられた。ゆえに百年を迎えた徳川は揺るぎない」

「まさか……」

「さよう、本多正純《ほんだまさずみ》様を初代とする〝影〟と鳶沢成元の密契を知る者が大御所様の他にもう一人いた。われらが先祖じゃ」

「なんと家康様はわれら鳶沢か、〝影〟のどちらかが使命を超えて権利を行使すると考えあそばされたか」

「さよう、非常のとき、われら第二の〝影〟が働くように命じられた」

「信じてようござるか」

総兵衛の声は喜色にあふれていた。

「勝頼、家康様との御起請文《ごきしょうもん》の文言を忘れるでない。こたびの〝影〟始末、家康様の意に適《かな》うものじゃ」

「ありがたき幸せ」

「徳川家に危難あるとき、東叡山《とうえいざん》寛永寺東照大権現《だいごんげん》の社殿に相集おうぞ」

「かしこまってそうろう」

闇の気配が消えた。

総兵衛は喜びにうち震えながら、ふと脳裏に新たな考えが走った。

（家康様は第二の〝影〟を準備された。ならばわれら鳶沢一族の代わりとなる一族をもどこぞに用意されてあるのか）

いや、と総兵衛は思い直した。

（われら鳶沢一族に代わりなし。鳶沢一族が滅び去るときは徳川が滅亡するときだ）

この作品は平成十三年四月徳間書店より刊行された。新潮文庫収録に際し、加筆修正し、タイトルを一部変更した。

佐伯泰英著

死闘

古着屋総兵衛影始末 第一巻

表向きは古着問屋、裏の顔は徳川の危難に立ち向かう影の旗本大黒屋総兵衛。何者かが大黒屋殲滅に動き出した。傑作時代長編第一巻。

佐伯泰英著

異心

古着屋総兵衛影始末 第二巻

江戸入りする赤穂浪士を迎え撃て――。影の命に激しく苦悩する総兵衛。柳生宗秋率いる剣客軍団が大黒屋を狙う。明鏡止水の第二巻。

佐伯泰英著

停止（ちょうじ）

古着屋総兵衛影始末 第四巻

総兵衛と大番頭の笠蔵は町奉行所に捕らえられ、大黒屋は商停止となった。苛烈な拷問により衰弱していく総兵衛。絶体絶命の第四巻。

佐伯泰英著

光圀

―古着屋総兵衛 初傳―
新潮文庫百年特別書き下ろし作品

将軍綱吉の悪政に憤怒する水戸光圀。若き六代目総兵衛は使命と大義の狭間に揺れるのだが……。怒濤の活躍が始まるエピソードゼロ。

佐伯泰英著

血に非ず

新・古着屋総兵衛 第一巻

享和二年、九代目総兵衛は死の床にあった。後継問題に難渋する大黒屋を一人の若者が訪ね来た。満を持して放つ新シリーズ第一巻。

隆慶一郎著

吉原御免状

裏柳生の忍者群が狙う「神君御免状」の謎とは。色里に跳梁する闇の軍団に、青年剣士松永誠一郎の剣が舞う、大型剣豪作家初の長編。

隆慶一郎著

一夢庵《いちむあん》風流記

戦国末期、天下の傾奇者《かぶきもの》として知られる男がいた！　自由を愛する男の奔放苛烈な生き様を、合戦・決闘・色恋交えて描く時代長編。

隆慶一郎著

影武者徳川家康（上・中・下）

家康は関ヶ原で暗殺された！　余儀なく家康として生きた男と権力に憑かれた秀忠の、風魔衆、裏柳生を交えた凄絶な暗闘が始まった。

吉村昭著

長英逃亡（上・下）

幕府の鎖国政策を批判して終身禁固となった当代一の蘭学者・高野長英は獄舎に放火させて脱獄。六年半にわたって全国を逃げのびる。

吉村昭著

ふぉん・しいほるとの娘（上・下）

吉川英治文学賞受賞

幕末の日本に最新の西洋医学を伝え神のごとく敬われたシーボルトと遊女・其扇の間に生まれたお稲の、波瀾の生涯を描く歴史大作。

吉村昭著

桜田門外ノ変（上・下）

幕政改革から倒幕へ——。尊王攘夷運動の一大転機となった井伊大老暗殺事件を、水戸薩摩両藩十八人の襲撃者の側から描く歴史大作。

山本周五郎著

人情裏長屋

居酒屋で、いつも黙って飲んでいる一人の浪人の胸のすく活躍と人情味あふれる子育ての物語「人情裏長屋」など、〝長屋もの〟11編。

宮城谷昌光著

楽毅（一〜四）

策謀渦巻く古代中国の戦国時代。名将・楽毅の生涯を通して「人がみごとに生きるとはどういうことか」を描いた傑作巨編！

宮城谷昌光著

新三河物語（上・中・下）

三方原、長篠、大坂の陣。家康の覇業の影で身命を賭して奉公を続けた大久保一族。彼らの宿運と家康の真の姿を描く戦国歴史巨編。

藤沢周平著

用心棒日月抄

故あって人を斬り脱藩、刺客に追われながらの用心棒稼業。が、巷間を騒がす赤穂浪人の動きが又八郎の請負う仕事にも深い影を……。

藤沢周平著

竹光始末

糊口をしのぐために刀を売り、竹光を腰に仕官の条件である上意討へと向う豪気な男。表題作の他、武士の宿命を描いた傑作小説5編。

藤沢周平著

橋ものがたり

様々な人間が日毎行き交う江戸の橋を舞台に演じられる、出会いと別れ。男女の喜怒哀楽の表情を瑞々しい筆致に描く傑作時代小説。

北原亞以子著

似たものどうし
―慶次郎縁側日記傑作選―

仏の慶次郎誕生を刻む記念碑的短編「その夜の雪」他、円熟の筆冴える名編を精選。ドラマ出演者の作品愛や全作解題も交えた傑作選。

池波正太郎著

男（おとこ）振《ぶり》

主君の嗣子に奇病を侮蔑された源太郎は乱暴を働くが、別人の小太郎として生きることを許される。数奇な運命をユーモラスに描く。

池波正太郎著

雲霧仁左衛門（前・後）

神出鬼没、変幻自在の怪盗・雲霧。政争渦巻く八代将軍・吉宗の時代、狙いをつけた金蔵をめざして、西へ東へ盗賊一味の影が走る。

池波正太郎著

お せ ん

あくまでも男が中心の江戸の街。その陰にあって欲望に翻弄される女たちの哀歓を見事にとらえた短編全13編を収める。

池波正太郎
平岩弓枝
松本清張
山本周五郎
宮部みゆき 著

親不孝長屋
―人情時代小説傑作選―

親の心、子知らず、子の心、親知らず――。名うての人情ものの名手五人が親子の情愛を描く。感涙必至の人情時代小説、名品五編。

池波正太郎著

散歩のとき何か食べたくなって

映画の試写を観終えて銀座の〔資生堂〕に寄り、はじめて洋食を口にした四十年前を憶い出す。今、失われつつある店の味を克明に書留める。

池波正太郎
山本一力
北原亞以子
山本周五郎
藤沢周平 著

たそがれ長屋
―人情時代小説傑作選―

老いてこそわかる人生の味がある。長屋を舞台に、武士と町人、男と女、それぞれの人生のたそがれ時を描いた傑作時代小説五編。

宮沢賢治著　新編 風の又三郎

谷川に臨む小学校に突然やってきた不思議な転校生――少年たちの感情をいきいきと描く表題作等、小動物や子供が活躍する童話16編。

宮沢賢治著　新編 銀河鉄道の夜

貧しい少年ジョバンニが銀河鉄道で美しく哀しい夜空の旅をする表題作等、童話13編戯曲1編。絢爛で多彩な作品世界を味わえる一冊。

宮沢賢治著　注文の多い料理店

生前唯一の童話集『注文の多い料理店』全編を中心に土の香り豊かな童話19編を収録。イーハトヴの住人たちとまとめて出会える一巻。

夏目漱石著　三四郎

熊本から東京の大学に入学した三四郎は、心を寄せる都会育ちの女性美禰子の態度に翻弄されてしまう。青春の不安や戸惑いを描く。

夏目漱石著　それから

定職も持たず思索の毎日を送る代助と友人の妻との不倫の愛。激変する運命の中で自己を凝視し、愛の真実を貫く知識人の苦悩を描く。

夏目漱石著　門

親友を裏切り、彼の妻であった御米と結ばれた宗助は、その罪意識に苦しみ宗教の門を叩くが……。「三四郎」「それから」に続く三部作。

三浦綾子著

細川ガラシャ夫人（上・下）

戦乱の世にあって、信仰と貞節に殉じた悲劇の女細川ガラシャ夫人。清らかにして熾烈なその生涯を描き出す、著者初の歴史小説。

三浦綾子著

千利休とその妻たち（上・下）

武力がすべてを支配した戦国時代、茶の湯に生涯を捧げた千利休。信仰に生きたその妻おりきとの清らかな愛を描く感動の歴史ロマン。

諸田玲子著

幽霊の涙 お鳥見女房

珠世の長男、久太郎に密命が下る。かつて矢島家一族に深い傷を残した陰働きだ。家族の情愛の深さと強さを謳う、シリーズ第六弾。

葉室麟著

橘花抄

己の信じる道に殉ずる男、光を失いながらも一途に生きる女。お家騒動に翻弄されながら守り抜いたものは。清新清冽な本格時代小説。

池内紀
川本三郎 編
松田哲夫

日本文学100年の名作
第1巻 1914-1923 夢見る部屋

新潮文庫創刊以来の100年に書かれた名作を集めた決定版アンソロジー。10年ごとに1巻に収録、全10巻の中短編全集刊行スタート。

石原千秋監修
新潮文庫編集部編

新潮ことばの扉
教科書で出会った名詩一〇〇

ページという扉を開くと美しい言の葉があふれだす。各世代が愛した名詩を精選し、一冊に集めた新潮文庫百年記念アンソロジー。

抹《まっ》殺《さつ》

古着屋総兵衛影始末 第三巻

新潮文庫　さ-73-3

平成二十三年三月一日発行
令和元年七月三十日八刷

著者　佐《さ》伯《えき》泰《やす》英《ひで》

発行者　佐藤隆信
発行所　株式会社新潮社
郵便番号　一六二―八七一一
東京都新宿区矢来町七一
電話　編集部(〇三)三二六六―五四四〇
読者係(〇三)三二六六―五一一一
http://www.shinchosha.co.jp

価格はカバーに表示してあります。

乱丁・落丁本は、ご面倒ですが小社読者係宛ご送付ください。送料小社負担にてお取替えいたします。

印刷・株式会社光邦　製本・株式会社大進堂

ISBN978-4-10-138037-7 C0193